STRATEGIE DER TÄUSCHUNG

ANDREW WATTS

Übersetzt von
MARTIN ENTENMANN

Severn River
PUBLISHING

STRATEGIE DER TÄUSCHUNG

„Geben Sie mir die Kontrolle über die Finanzen einer Nation,
und es ist mir egal, wer ihre Gesetze macht."

Mayer Amschel Bauer Rothschild

PROLOG

Osaka, Japan, 2011

„Haben Sie eine Vorstellung davon, wie Geld wirklich funktioniert?"

Sie zuckte mit den Achseln. „Im Vergleich zu Ihnen wahrscheinlich eine sehr vage."

Er nickte. „Da sind Sie nicht allein. Die meisten Leute wissen nicht wirklich, was mit ihrem Geld geschieht, nachdem sie es auf die Bank gebracht haben. Oder wie sein Wert bestimmt wird. Viele Menschen, die heute in den Ländern der Ersten Welt wohnen – besonders Ihr Amerikaner –, haben noch nie den Schrecken einer galoppierenden Inflation erlebt."

Sie legte ein Aufnahmegerät auf den Tisch und drücke einen Knopf mit einem roten Kreis. „Darf ich anfangen?", fragte sie.

„Müssen wir das aufnehmen?" Er rutschte unbehaglich auf seinem Stuhl herum.

Die Reporterin sah ihn an. Sie saß ihm gegenüber auf einem kleinen Holzstuhl am einzigen Tisch des Raumes. Sie hatte ihre Beine verschränkt, ihr Rock reichte knapp bis zu ihrem Knie. Sie war hübsch. Langes, schwarzes Haar. Große, schöne Augen.

Die Art von Frau, die einen von einer Reklametafel aus ansah, wenn man die Straße überquerte.

„Auf diese Weise kann ich sicherstellen, dass ich Sie nicht falsch zitiere." Gefolgt von einem höflichen Lächeln. Ihre Stimme klang melodisch.

Er schüttelte den Kopf. „Und ich bin all die Zeit davon ausgegangen, dass man mich niemals finden würde. Das war wohl naiv."

„Also, was sagten Sie gerade? Sie glauben, dass die meisten Menschen keine Ahnung haben, wie das globale Währungs-system funktioniert? Frustriert Sie das?"

Er schaute aus dem Fenster. Osaka, diese aufgeräumte Küstenstadt mit ihrer majestätischen Aussicht auf die Berge, war die letzten dreißig Jahre seine Heimat gewesen. Er fragte sich, ob er weiterhin hierbleiben konnte, nun, da seine Identität aufgedeckt würde.

„Nein", antwortete er, „Es stört mich nicht, wenn jemand die Komplexität des Gelds nicht versteht. Genauso wenig erwarte ich, dass normale Menschen die Komplexität der Physik verstehen. Alle Menschen sind an die Gesetze der Physik gebunden, und doch verstehen die meisten sie nicht wirklich. Aber die Gesetze der Physik wurden nicht von Menschen geschaffen. Die Geldpolitik jedoch wurde von Menschen gemacht. Und es gibt heutzutage Menschen, die diese Geldpolitik kontrollieren."

„Und das missfällt Ihnen?"

Er beobachtete sie. Sie machte sich keine Notizen, sie sah ihn nur an, während sie sich unterhielten. Sie kam ihm nicht vor wie eine Reporterin. Ihr Gesichtsausdruck, ihr Tonfall, der Blick in ihren Augen. Sie hatte etwas an sich, das er bei einer Reporterin nicht erwartet hätte, aber er konnte nicht sagen, was es war.

„Es gefällt mir nicht, dass einige Männer das Recht haben, ein Regelwerk zu erstellen, an das sich alle anderen halten müssen. Egal, ob sie damit einverstanden sind oder nicht." Er lächelte. „Sie sind Amerikanerin. Sicher stimmen Sie mit dem Konzept überein, dass alle Menschen unveräußerliche Rechte haben. Auf Leben, Freiheit und das Streben nach Glück."

Sie lächelte nun ebenfalls. „Es interessiert mich sehr, was *Sie* darüber denken."

„Ich denke, dass alle Menschen frei sein sollten. Ich denke, dass sich die Verbreitung des Internets ähnlich auswirken wird wie die Ausbreitung des Buchdruckes. Die Verbreitung von Informationen verändert unsere Welt. Ich glaube, dass das Internet dazu beigetragen hat, die Rechte des kleinen Mannes zu fördern. Aber ihre Geldbörsen unterliegen immer noch irgendwelchen Vorschriften, die sie nicht verstehen. Und diese Vorschriften sind nicht immer zu ihren Gunsten. Ihre Geldbörsen sollten ebenfalls frei sein." Er lächelte sie wieder an.

„Und der Bitcoin wird dafür sorgen?"

Er schlug sich auf das Knie und grinste breit. „Das wäre mein Traum."

„Wie würden Sie ihn beschreiben?"

„Was beschreiben? Den Bitcoin?"

Sie nickte. „Ja."

Er sah nachdenklich zu Boden. „Einer der Vorteile meines Einsiedlertums und meiner Anonymität bestand darin, dass ich das nicht Menschen erklären musste, die die Sprache des Geldes und der Kryptologie nicht beherrschen." Er stieß einen tiefen Seufzer aus und schaute ihr ins Gesicht. „Helfen Sie mir. Wie würden Sie ihn beschreiben?"

„Ich würde ihn die erste weit verbreitete digitale Währung der Welt nennen", sagte sie.

„Weit verbreitet? Ich denke, da sind Sie sehr großzügig."

Sie schüttelte den Kopf. „Es heißt, dass bis 2014 bereits über eine Million Menschen Bitcoin besitzen werden. Es ist schwer, so viele Menschen dazu zu bewegen, eine Sache gutzuheißen.

Und doch sind sie nun alle einverstanden, diese neue Form des Geldes zu verwenden."

Er legte seinen Kopf schief. „Woher kommt Ihr Akzent? Wo haben Sie Japanisch gelernt?"

„In Amerika", antwortete die Reporterin.

„Natürlich. Sie sprechen sehr gut Japanisch. Wurden Sie dort geboren? In Amerika?"

„Nein", antwortete sie, während sie sich nach vorn lehnte, um das Aufnahmegerät auf dem Tisch auszurichten. „Jetzt sind Sie an der Reihe mit antworten. Was ist Bitcoin? In Ihren eigenen Worten."

Er blickte wieder hinaus auf die Stadt. Auf den geschäftigen Straßen überquerten Scharen von Männern und Frauen in Anzügen den Zebrastreifen. „Er ist ein Mittel zum Zweck."

„Und um welchen Zweck geht es?"

Er deutete aus dem Fenster in Richtung der Wolkenkratzer von Osaka. „Vor drei Jahren ist das weltweite Finanzsystem beinahe zusammengebrochen. All diese Menschen in ihren Anzügen waren kurz davor, aus dem Fenster zu springen. Dann erkannten diejenigen, die alles kontrollierten, dass sie zu gierig geworden waren. Sie fingen an, Dinge zu verändern. Für ein paar Jahre wurde es besser, aber die Märkte werden erneut einbrechen. Dieser Zyklus wiederholt sich immer wieder. Die Geschichte wiederholt sich für diejenigen, die nichts daraus lernen. Und die junge Generation erinnert sich selten gut an die Lektionen ihrer Vorväter. Man kann über die Gründe für den Crash 2008 streiten. Aber das weltweite Finanzsystem wird immer noch von nationalen Regierungen und globalen Institutionen reguliert, die wiederum von diesen Regierungen unterstützt werden. Eine Handvoll sehr mächtiger Leute mit unterschiedlichen Motiven."

„Was hat das mit Bitcoin zu tun?", fragte die Reporterin.

„Ich wurde in Japan geboren. Aber ich frage Sie: Was ist,

wenn ich nicht mit allem übereinstimme, was meine Regierung sagt und beschließt? Ich kann Ihnen bereits jetzt sagen, dass ich das nicht tue. Was ist, wenn die weltweiten Regulierungsbehörden für Wirtschaft und Währung Entscheidungen treffen, mit denen ich nicht einverstanden bin? Es gab eine Zeit, in der der Einzelne nichts dagegen tun konnte. Aber wir stehen an einem Wendepunkt im Technologiebereich; und einem Wendepunkt im Hinblick auf Peer-to-Peer-Netzwerke, die stetig zunehmen. Heute steht es jedem frei, eine Währung zu nutzen, die nicht von irgendeiner Staatsmacht reguliert wird. Vor dieser Technologie war das nicht möglich."

Die Reporterin wirkte skeptisch. „Sie sagen also, dass Bitcoin die Menschen von den staatlichen Fesseln befreien wird?"

Der Mann lachte. „Nein. Aber es ist ein Anfang. Lassen Sie mich Ihnen eine Frage stellen: Was ist die globale Leitwährung?"

„Der US-Dollar."

„Korrekt. Der US-Dollar. Wissen Sie, was es für ein Land bedeutet, so viel Macht zu haben? Es bedeutet, dass die Vereinigten Staaten einen wirtschaftlichen Vorteil gegenüber jeder anderen Nation der Welt haben."

„Sind Sie anti-amerikanisch eingestellt?"

„Überhaupt nicht. Ich war schon in Amerika. Ein wunderbares Land. Aber das System ist nicht fair. Wenn eine Nation die globale Leitwährung kontrolliert, kann sie den größten und mächtigsten Militärapparat aufbauen. Und diese Nation kann einen Wohlstand schaffen, von dem andere Nationen nur träumen können. Die USA sind führend in den Bereichen Technologie, Industrie, Sport und Medien. Ihre Kultur ist sehr dominant. Völker auf der ganzen Welt beneiden Amerika, ob sie es zugeben oder nicht."

Sie lächelte. „Ist das wirklich alles darauf zurückzuführen, dass der Dollar die globale Leitwährung ist?"

„Oh, ja. Sehen Sie sich doch die Geschichtsbücher an. Das Römische Reich, das Britische Weltreich – alle Imperien stützten ihre Herrschaft zum Teil auf die Einführung einer dominanten Währung. Die Amerikaner müssen sich keine Sorgen über eine tatsächliche Inflation machen. Ein Brot mag im nächsten Jahr vielleicht ein paar Prozent mehr kosten, aber sicher keine zwanzig Prozent mehr. Keine fünfzig Prozent mehr. Es wird sicher nicht so viel teurer werden, dass Eltern ihren Kindern keine drei Mahlzeiten pro Tag mehr bieten können. Oder dass Eltern ihr Haus verkaufen oder einen Zweitjob annehmen müssen."

„Aber die Vereinigten Staaten hatten es doch schon mal mit einer Inflation zu tun?" Sie wirkte unsicher.

Er hob seinen Blick. „Ja. Aber alles in allem standen sie stets besser da als der Rest der Welt. Andere Länder verbeugen sich vor den Vereinigten Staaten. Vielleicht nicht öffentlich. Sie sprechen es nicht aus. Aber durch ihre Politik und ihre Maßnahmen signalisieren andere Länder, dass sie sich den USA unterordnen würden. Können Sie sich beispielsweise vorstellen, was der US-Präsident sagen würde, wenn Südkorea oder Deutschland oder Spanien oder Brasilien einen Militärstützpunkt in Kalifornien einrichten wollten? Er würde lachen. Und doch haben die Vereinigten Staaten Militärstützpunkte in vielen Ländern weltweit. Das amerikanische Imperium."

„Aber das liegt doch in der Militär- und Kriegsgeschichte begründet? Deswegen haben die USA in vielen Ländern der Welt Militärbasen."

„Teilweise. Aber auch, weil diese Länder die mächtigste Nation der Erde nicht verärgern wollen."

Er konnte sehen, dass sie darüber nachdachte. Sie zog ihre Augenbrauen zusammen und sagte: „Also, wie wird der Bitcoin

den Status quo verändern? Hoffen Sie, dass die flächende-
ckende Einführung von Bitcoin die amerikanische Wirtschaft
zum Einsturz bringen wird?"

„Überhaupt nicht. Ich liebe Amerika. Und ich hoffe, dass es
auch weiterhin floriert. Aber ich hoffe auch, dass die Einführung von Bitcoin, wenn sie denn weiter voranschreitet, eines
Tages ein Mächtegleichgewicht herstellen wird, das momentan
noch ausgeschlossen ist. Solange sich die Menschheit darauf
verlassen muss, dass Regierungen Geld drucken und so den
Wert der globalen Reservewährung beeinflussen, kann es ein
solches Gleichgewicht nicht geben."

„Ich verstehe."

Er lächelte. „Es ist kompliziert. Aber es gibt noch einen
anderen wichtigen Grund, warum etwas wie der Bitcoin für den
Normalbürger eine Erleichterung sein wird. Unsere Welt rast in
eine digitale Zukunft. Wie oft bezahlen Sie noch mit Bargeld?"

„Nicht sehr oft. Normalerweise benutze ich eine Kredit-
oder Girokarte."

„In den Ländern der Ersten Welt ist es alltäglich geworden,
so zu bezahlen. Lassen Sie mich Ihnen eine andere Frage stellen: Wenn Sie eine Online-Transaktion durchführen, wohin
fließt das Geld?"

„Sie meinen, wenn ich ein Kleidungsstück oder etwas
Ähnliches im Internet kaufe?"

„Ja. Wohin fließt Ihr Geld, wenn Sie auf *Kaufen* klicken?"

Sie machte ein Gesicht, als wäre die Antwort darauf offensichtlich. „An das Bekleidungsgeschäft."

„Etwas von Ihrem Geld, ja. Aber ein Teil geht an die Bank,
die die Kreditkarte ausgestellt hat. Und ein anderer Teil an das
Kreditkartenunternehmen selbst. Und etwas davon geht an das
Unternehmen, das die Informationen weiterleitet, damit der
Händler die Transaktion abschließen kann. Und nicht zu
vergessen die Anbieter der Konten – also noch mehr Mittels-

männer. Letztere verwalten die Abwicklung von Kreditkarten-
zahlungen. Ihr Geld wird also zwischen all diesen Parteien
aufgeteilt. Und das beinhaltet noch nicht einmal das Zahlungs-
Gateway – also das Online-Portal, das als Schnittstelle zwischen
Ihrem virtuellen Einkaufswagen und dem Zahlungsabwickler
fungiert."

Sie sah überrascht aus. „Mir war nicht bewusst, dass es da so
viele Beteiligte gibt."

Er nickte. „Anstatt nur eine oder vielleicht zwei Parteien zu
bezahlen, um die Transaktion durchzuführen, bezahlen Sie also
viele. Das macht alles teurer, und Sie haben letztlich weniger
Geld in der Tasche. Viel weniger, wenn Sie immer auf diese
Weise bezahlen. Aber der Bitcoin eliminiert viele dieser
Zwischenschritte. Die Software macht es möglich, Zahlungen
ohne Mittelsmänner zu versenden."

„Aber wenn die Händler Bitcoin verwenden möchten, benötigen Sie dann keinen Dritten, um die Transaktion
abzuwickeln?"

„Doch. Aber zu einem Bruchteil der Kosten. Auf diese
Weise behalten sowohl der Verbraucher als auch der Verkäufer
mehr von ihrem Geld. Und wissen Sie, was das Beste daran
ist?"

„Was?"

„Es ist anonym. Bitcoin-Transaktionen erfordern keinerlei
persönliche Informationen. Und was bedeutet das?"

Sie nickte wissend. „Keine Steuern. Das wäre meine nächste
Frage gewesen. Wie würde eine Regierung so ein System
besteuern oder regulieren?"

Er schüttelte den Kopf. „Es dürfte ihnen sehr schwerfallen.
Das System ist so konzipiert, dass alle Transaktionen anonym
sind. Keine Steuern. Und dazu gibt es noch zahlreiche andere
großartige Anwendungsmöglichkeiten für Bitcoin, wie
beispielsweise Mikrokredite. Ich könnte den ganzen Tag

darüber reden. Aber ich werde Sie lieber Ihre Fragen stellen lassen."

Die Reporterin schlug ihr Notizbuch auf und las vor: „Im Jahr 2008 hat jemand ein Weißbuch verfasst, das erklärte, wie Bitcoin funktioniert. Es wurde unter dem Namen Satoshi Nakamoto veröffentlicht. Niemand weiß, ob hinter Nakamoto wirklich nur eine Person oder mehrere Personen stehen. Er begann in den darauffolgenden zwei Jahren mit Softwareentwicklern zusammenzuarbeiten."

Er schwieg.

Sie fuhr fort: „Kürzlich hat er angedeutet, dass er beabsichtigt, die Kontrolle über den Quellcode und andere wichtige Informationen in die Hände mehrerer prominenter Mitglieder einer inzwischen treuen Bitcoin-Community zu legen."

Der Mann lächelte und führte seine Fingerspitzen zusammen.

Sie las weiter: „Satoshi Nakamoto schuf die erste weltweit verwendete digitale Währung. In den letzten Jahren wurden Dutzende Satoshi Nakamotos von der Presse ‚geoutet'. Einer davon war ein Rechtsgelehrter und Entschlüsselungsexperte aus den USA. Ein anderer ein japanisch-amerikanischer Physiker und Systemingenieur. Eine Nachrichtenquelle behauptete, dass Satoshi in Wahrheit eine Gruppe begnadeter Programmierer aus verschiedenen Ländern sei."

Der Mann lächelte nur.

„Könnten Sie mir für das Protokoll bitte den Namen nennen, den Sie in den Bitcoin-Foren verwenden?"

Der Mann schlug die Beine übereinander und lehnte sich in seinem Sessel zurück. „Satoshi Nakamoto."

„Ist das Ihr richtiger Name?"

„Nein. Aber das ist der Name, unter dem die Welt mich kennengelernt hat."

Die Frau drückte auf den roten Knopf des Diktiergeräts.

„Vielen Dank, Satoshi. Lassen Sie uns eine kurze Pause machen." Sie griff in ihre Handtasche und fischte ein Handy heraus.

„Natürlich", antwortete er. „Würde es Ihnen etwas ausmachen, wenn ich frage, wo Sie geboren wurden, wenn nicht in den Vereinigten Staaten?"

„In China."

„Oh, wo genau?"

„Im Süden. In der Provinz Guangdong. Aber ich war schon viele Jahre nicht mehr dort." Sie tippte etwas auf ihrem Handy, dann steckte sie es zurück in ihre Handtasche.

Ihr Benehmen hatte sich verändert. Der freundlich interessierte Blick der Reporterin war verschwunden. Ihm hatten ihr Tonfall und ihr charmantes Lächeln gefallen. Als sie jetzt ihren Oberkörper etwas weiter nach vorne beugte, schien sie ihn mit ihrem Blick zu sezieren.

„Ich habe noch ein paar Fragen. Inoffiziell."

Er betrachtete sie gespannt. „Nur zu."

„Was würde geschehen, wenn eine einzige Nation die Beschaffung von Bitcoin kontrollieren würde?"

Er runzelte die Stirn. „Das ist unmöglich. Das würde zunächst einmal jeden Anreiz, den Bitcoin zu verwenden, zunichtemachen. Wenn ein einziges Land die Kontrolle darüber hätte, warum sollte ihn dann überhaupt jemand verwenden wollen?"

„Was, wenn die Menschen davon nichts wüssten?"

„Nein. So funktioniert Bitcoin nicht." Er seufzte. Hatte sie ihm denn nicht zugehört?

„Warum nicht?"

„Es gibt bereits viele Systeme für digitale Transaktionen. PayPal und zahllose andere. Bei Bitcoin geht es nicht nur um Bequemlichkeit. Er ist ein Vehikel für den Normalbürger – für jeden Menschen –, um die Fesseln und Zwänge der Banken und

Aufsichtsbehörden abzustreifen. Ein Beispiel: Ein griechischer Bäcker könnte Zahlungen in Bitcoin akzeptieren. Oder er könnte ganz einfach sein ganzes Vermögen in Bitcoin anlegen. Falls die Wirtschaft seines Landes durch eine Inflation zerstört würde, würde ihm das nichts ausmachen."

„Sicher, in Ordnung. Aber lassen Sie uns rein hypothetisch annehmen, dass der Wert des Bitcoins von einer einzigen Partei kontrolliert wird, und die Anwender sich dessen nicht bewusst sind. Wäre das möglich? Wäre ein einziges Unternehmen fähig, das Angebot zu regulieren?"

„Nein. Jedes Mitglied der Bitcoin-Community kann alle Transaktionsdaten einsehen."

„Und das kann nicht umprogrammiert werden? Oder gehackt? Ein Mann mit Ihren Fähigkeiten könnte den Wert doch sicherlich künstlich beeinflussen. Oder vielleicht könnte jemand winzige Bruchteile des Bitcoin-Vermögens einzelner Teilnehmer abschöpfen und alle Spuren vernichten?"

Er schüttelte energisch den Kopf. „*Nein.* Das ist nicht möglich. Ich habe den Code so geschrieben, dass –"

„Aber was, wenn wir den Code abänderten?"

Jetzt war er aufgebracht. Einige Leute konnten es offenbar nicht verstehen, oder sie wollten es nicht. „Es tut mir leid, ich bin etwas vergesslich. Könnten Sie mir bitte nochmals Ihren Namen nennen?"

„Mein Name ist Lena Chou."

„Lena, ich kann Ihnen versichern, dass der Code so geschrieben ist, dass solche Dinge nicht passieren können. Und schon bald werde ich den Quellcode an vertrauenswürdige Programmierer auf der ganzen Welt schicken. Es ist genau, wie Sie vorher sagten – ich habe diese Phase abgeschlossen. Der Bitcoin ist bereit, um auf die Welt losgelassen zu werden. Dieses System wird von vielen Menschen genauestens unter die Lupe genommen werden. Es wird nicht manipulierbar sein. Das ist ein Versprechen."

Sie sah ihn seltsam an. So, als überlegte sie, was sie als Nächstes sagen sollte. „Satoshi, Sie glauben an ein Gleichgewicht. Sie glauben an Gleichheit. Aber glauben Sie wirklich, dass die Menschen in der Lage sind, dieses Gleichgewicht und diese Gleichheit selbst herbeizuführen?"

Er war verblüfft. „Was fragen Sie mich wirklich? Fragen Sie mich, ob ich an das Gute im Menschen glaube?"

„Mehr oder weniger."

„Dann lautet meine Antwort: Ja, das tue ich. Ich glaube, dass diejenigen, die viel Macht haben, davon korrumpiert werden. Also ist es mein Lebenswerk und mein Geschenk an die Welt, den Menschen ein Finanzsystem zur Verfügung zu stellen, das ihnen diese Macht gibt und sie den wenigen Mächtigen entzieht."

Wieder hatte sie diesen seltsamen Blick. Kalt. Berechnend. „Da widerspreche ich Ihnen. Ich glaube, dass die Welt von einigen wenigen großen Menschen geprägt wurde. Es sind nur diese Wenigen, die alles zum Besseren hin verändern können. Unter diesen großen Anführern können das Gleichgewicht und die Gleichheit, über die Sie sprechen, fortbestehen. Aber wenn man sie ihrem eigenen, freien Willen überlässt, werden die Massen katastrophale Entscheidungen treffen. Das ist es, was uns die Geschichte lehrt."

Was für ein seltsames Interview. Ganz anders als erwartet. Das Diktiergerät blieb weiterhin ausgeschaltet. Er runzelte die Stirn. „Lena, wie lange arbeiten Sie bereits für Ihr Nachrichtenmagazin?"

Es klopfte an der Tür.

„Ich fürchte, ich arbeite nicht für ein Nachrichtenmagazin."

Er blinzelte. „Wie bitte?"

Wieder klopfte es an der Tür. Dieses Mal fester. Er wollte

gerade aufstehen, als Lena eine Hand auf seine Schulter legte und ihn zurück in seinen Sessel drückte. Ihre Blicke trafen sich.

„Bitte bleiben Sie sitzen." Dann ging sie zur Tür und öffnete sie. Zwei verwegen aussehende Männer traten ein. Während sie in die Mitte des Raumes gingen, beobachteten sie Satoshi. Ihre Körperhaltung war entspannt, aber dennoch wirkten sie wie Kampfhunde, die nur auf den Befehl ihres Herrn warteten.

Lena setzte sich wieder ihm gegenüber und sagte: „Nun, wo waren wir? Sie wollten mir etwas über das Gute im Menschen erzählen?"

Er verspürte ein wachsendes Unbehagen, wie jemand, der wusste, dass er in der Falle saß. „Wer sind diese Männer?"

Sie beachtete die beiden gar nicht. „Meine Kollegen. Und nur damit Sie es wissen, ich würde die beiden nicht gerade als Paradebeispiele für das Gute im Menschen bezeichnen. Sie können durchaus gewalttätig sein. Aber nur, wenn ich es verlange."

Satoshis Hände begannen unter dem Tisch zu zittern. „Wer sind Sie?"

„Mein Name ist Lena, das habe ich Ihnen bereits gesagt."

„Und warum wollten Sie mich hier treffen? Warum sind Sie wirklich hier, wenn Sie keine Reporterin sind?"

„Der Mann, für den ich arbeite, schmiedet großartige Zukunftspläne für unseren Planeten. Und er hofft, dass Ihre Arbeit ein Teil davon sein wird."

„Sie wollen den Bitcoin verwenden?"

Sie nickte.

Er ging im Kopf nochmals ihre Fragen durch. „Sie möchten den Bitcoin kontrollieren?"

„Er wird die erste wirklich globale Währung werden. Denken Sie nur an die Macht, die man ausüben würde, wenn man den Wert des Bitcoins manipulieren könnte. Sie haben dafür gesorgt, dass die Bitcoin-Transaktionen anonym ablaufen.

Das spielt uns perfekt in die Karten. Weil es uns ermöglicht, anonym die Kontrolle zu behalten. Eine Welt, die sich als frei erachtet, ist auch eine glückliche Welt. Unwissenheit ist in dem Fall eine Stärke."

In seinen Augen waren Wut und Angst zu erkennen. „Das können sie nicht machen. Ich erlaube es nicht. Außerdem ist das nicht möglich. Ich habe es so progra–"

Sie schüttelte den Kopf und schnalzte mit der Zunge. „Sie werden es möglich machen. Und wir werden Sie dabei bestmöglich unterstützen und anspornen."

Er verschränkte die Arme vor der Brust. „Was? Sie wollen mir körperlich wehtun, wenn ich Ihnen nicht helfe?"

Sie lehnte sich vor. „Oh, ja."

Ihr Tonfall ließ einen kalten Schauer über seinen Rücken laufen. Die beiden Männer, die hinter ihr standen, verharrten regungslos.

„Sie werden uns nun begleiten und ihr gewohntes Leben endet hier und heute. Wenn Sie kooperieren, wird Ihnen nichts passieren. Sie werden Ihr Bestes geben, um uns bei der Verwirklichung unsere Ziele zu unterstützen."

„Und wenn ich nicht –"

Sie ließ ihn nicht aussprechen. „Wenn Sie sich weigern, werden wir Ihnen trotzdem nicht wehtun."

Er war verwirrt.

„Wir werden dann denjenigen wehtun, die Ihnen am meisten bedeuten. Große Veränderungen erfordern große Opfer."

Er blickte sie entsetzt an. Unter dem Tisch waren seine zitternden Hände zu Fäusten geballt, aber nicht in der Absicht, sie zu benutzen. „Wie kann eine Frau wie Sie solche Dinge sagen? Wie kann man nur so – böse sein?"

Lena erhob sich und sah auf ihn herab. „Mr. Satoshi, es gibt viel Böses auf dieser Welt, aber ich bin es nicht. Ich bin lediglich ein Instrument, ein Werkzeug. Ich habe die Pflicht, eine Veränderung herbeizuführen. Einige meiner Aufgaben mögen Ihnen hässlich, gewalttätig oder verachtenswert erscheinen. Aber ich betrachte sie als meine ehrenvolle Pflicht – denn wir verfolgen hehre Ziele. Und Sie können nun ein Teil dieser großen Sache werden. Ich hoffe, eines Tages werden Sie dies als Geschenk betrachten."

Sie bot ihm ihre Hand an, um ihm aufzuhelfen. Ein strahlendes Lächeln breitete sich über ihr Gesicht aus. „Kommen Sie, helfen Sie uns, eine bessere Welt zu erschaffen."

Er ergriff ihre Hand nicht.

Einen Augenblick blieb sie abwartend stehen. Als er keine Anstalten machte, aufzustehen, schnippte sie mit den Fingern.

Die beiden Männer traten vor. Satoshi sah, dass einer von ihnen eine Spritze bereithielt.

1

Persischer Golf

15 Seemeilen südlich der Insel Abu Musa

Gegenwart

Hamid rieb sich mit der Rückseite seines ölverschmierten Handschuhs die Augen. Dann sah er auf die analoge Uhr, die neben dem magnetischen Kompass des Schiffes angebracht worden war. Bald war es soweit. Er blickte aufs Meer hinaus. Außer dem lauten Dröhnen der Dieselmotoren war es ruhig.

Das ist alles verrückt, dachte er.

Die Matrosen unter seinem Kommando wussten es nicht besser. Sie würden Befehle befolgen, so wie sie es im Marinekorps der iranischen Revolutionsgarde (IRGCN) gelernt hatten. Aber während das Boot sich weiter seinen Weg über das dunkle Wasser bahnte, wusste Hamid, wie ungewöhnlich gefährlich ihre Aufgabe war.

„Motoren abstellen", rief er.

Einer der Matrosen zog einen Hebel zurück und der Motorenlärm erstarb. Dann blickte er Hamid erwartungsvoll an. Das schwache gelbe Licht der Lampe, die am Führerhaus hing, erhellte sein Gesicht. Einen Moment lang standen sie schweigend da und sahen sich an. Nichts war zu hören, als das sanfte Geräusch der Wellen des Persischen Golfs, die am Bootsrumpf plätscherten.

„Möchtest du mich etwas fragen?", wollte Hamid wissen.

Der zweite Matrose kam die Leiter zum Steuerhaus herauf. Auch er sah neugierig aus. „Nein, Chief", antwortete der erste Matrose schließlich.

„Gut. Wie ich euch bereits vor unserer Abreise in Abu Musa erklärt habe, es ist besser, keine Fragen über das zu stellen, was wir heute Nacht vorhaben. Was auch immer ihr hier draußen seht, ihr werdet niemals darüber sprechen. Niemals. Mit niemandem. Denkt daran, was ich gesagt habe, und stellt keine Fragen."

Die Matrosen nickten. Sie waren gute Männer. Nein, keine Männer, sondern Jungs – der ältere der beiden konnte kaum älter als zwanzig Jahre sein. Hamid hatte sie ausgewählt, weil sie hart arbeiteten und vertrauenswürdig waren. Und auch, weil sie keine Familie auf der Insel hatten. Er hasste sich selbst dafür, aber genau das waren seine Überlegungen gewesen.

„Alles liegt auf dem Hauptdeck bereit, wie Sie es wollten, Chief."

„Danke."

„Das sind genügend Vorräte, um eine ganze Kompanie einen Monat lang zu ernähren. Ich bin mir nicht sicher, wer das hier draußen benötigen sollte –"

Der Matrose erkannte, dass er im Begriff war, eine Frage zu stellen und brach ab. „Gibt es vor dem Rendezvous noch etwas anderes zu tun? Ich habe die Karte überprüft, dies ist der richtige Ort."

Hamid hatte Ort und Uhrzeit bereits selbst dreimal überprüft. Er wollte keinen der Männer verärgern, die in den sogenannten Grauen Gebäuden auf Abu Musa arbeiteten. Das Leben für Hamid und seine Männer könnte sehr unangenehm werden, wenn diese Leute mit ihnen nicht zufrieden wären. Sie hatten einen Zeitplan, und Hamid war nur ein Zahnrad in der Maschinerie, die genau nach diesem Zeitplan ablief. Wenn etwas nicht rechtzeitig geliefert wurde, konnten diese Leute sehr wütend werden. Dasselbe geschah, wenn jemand über die Aufgaben sprach, die er zu erfüllen hatte. Und wenn diese Männer wütend wurden, kam Oberstleutnant Pakvar ins Spiel. Das wollte niemand.

Hamid hatte mit eigenen Augen gesehen, was geschah, wenn die Regeln der Geheimhaltung gebrochen wurden. Sie hatten Hamid gezwungen, der Bestrafung einer Person beizuwohnen, die gegen ihre Geheimhaltungspflicht verstoßen hatte. Pakvar hatte ihm in die Augen gesehen und ihm versichert, dass ihm dasselbe Schicksal drohte, falls irgendjemand jemals herausfinden würde, was er wusste. Das war nun beinahe drei Jahre her.

Pakvar gehörte zur Quds-Brigade, der Eliteeinheit der Armee der Wächter der Islamischen Revolution, welche informell auch als Revolutionsgarde bezeichnet wurde. Männer aus Hamids Einheit behaupteten, Pakvar hätte viel Zeit im Irak damit verbracht, Guerilla-Einheiten auszubilden und Angriffe gegen US-Truppen zu planen. Vor vier Jahren war er zusammen mit den Fremden auf Abu Musa aufgetaucht.

Zu diesem Zeitpunkt begannen auch die Bauarbeiten. Innerhalb weniger Monate waren die Grauen Gebäude errichtet worden. Seitdem waren ganze Schiffsladungen mit Elektronik und Personal eingetroffen. Manchmal auch per Flugzeug oder per Fähre. Nur selten wurden die Lieferungen so transportiert wie heute Nacht. Hamid wusste, dass diese Lieferungen zu den größten Geheimnissen gehörten, die Pakvar und seine Männer zu bewahren versuchten.

Die Grauen Gebäude waren drei Stockwerke hoch und hatten nur sehr wenige Fenster. Die Fassade bestand aus grauem Stein. Es war keinerlei Beschriftung angebracht worden, was für das iranische Militär ungewöhnlich war. Normalerweise war jede freie Fläche mit Propaganda zugepflastert.

Keiner der Männer, mit denen Hamid arbeitete, wusste, was sich innerhalb dieser Gebäude abspielte. Und die Männer, die dort arbeiteten, verließen sie so gut wie nie. Sie kamen immer nachts zum Treffpunkt und trugen stets Masken. Nahrungs- und Vorratslieferungen – sogar die Müllabfuhr – folgten strikten Abläufen, die von der iranischen Revolutionsgarde vorgegeben wurden. Dadurch konnten die Gebäude komplett vom Rest der Insel abgeschottet werden.

Natürlich gab es viele Gerüchte darüber, was dort vor sich ging. Manche behaupteten, es sei ein geheimer iranischer Militärstützpunkt, um Schiffe im Persischen Golf auszuspionieren. Andere waren der Meinung, dass dort Atomwaffen gelagert oder chemische Kampfstoffe erforscht wurden. Die Hälfte der Insel war ein iranischer Militärstützpunkt, also würde es für die iranische Regierung doch Sinn machen, dort eine geheime Einrichtung anzusiedeln.

Abu Musa befand sich am westlichen Ende der Straße von Hormus, in den heiklen Gewässern zwischen dem Iran und Dubai. Jeden Tag passierten Öltanker und Kriegsschiffe die Insel auf ihrem Weg in oder aus dem Golf. In den vergangenen Jahrzehnten kam es immer wieder zu Streitigkeiten zwischen den Anrainerstaaten darüber, wem das Land wirklich gehörte. Dann hatte der Iran dort Militärpersonal angesiedelt, und der Disput war in den Hintergrund getreten. Die iranische Luftwaffe hatte Mitte der 2000er Jahre begonnen, Kampfflugzeuge auf der Insel zu stationieren.

Hamid war der Marine der iranischen Revolutionsgarde vor mehr als fünfzehn Jahren beigetreten und bekleidete mittlerweile

den Rang eines Chief Petty Officer, vergleichbar mit einem Ober-
bootsmann. Er war in der Nähe der iranischen Küstenstadt Jask
aufgewachsen, und hatte das Meer schon immer gemocht. Als sich
ihm die Möglichkeit bot, seinen Dienst an Bord eines Patrouillenbootes zu verrichten, hatte er die Gelegenheit beim Schopfe
gepackt. Die Jahre harter Arbeit unter der gleißenden Sonne
hatten ihren Tribut gefordert. Aber er liebte es immer noch, auf See
zu sein, ungeachtet der Mission, für die er ausgebildet worden war.

Er betrachtete das großkalibrige Maschinengewehr, das auf
einem ungefähr 150 Zentimeter hohen Stand auf dem Achterdeck thronte. Die Matrosen, die Hamid befehligte, hatten
während ihrer Ausbildung wahrscheinlich mit ihren Kameraden ‚Tod für Amerika' gesungen. Vermutlich waren sie ganz
versessen darauf, diese Waffe im Kampf einzusetzen. Hamid
war sich nicht sicher, wann seine persönlichen Überzeugungen
begonnen hatten, von der Politik seiner Organisation abzuwei-
chen, aber es war definitiv eingetreten.

Vielleicht war es, als er das erste Mal zu einem Flugzeug-
träger der US Navy aufblickte, der mit doppelt so hoher
Geschwindigkeit an seinem Patrouillenboot vorbeifuhr. Die
schiere Größe und Ungeheuerlichkeit dieser schwimmenden
Städte ließen sein iranisches Patrouillenboot dagegen wie einen
Witz aussehen.

Aber Hamid war sich eigentlich sicher, dass er nicht deshalb
den Glauben an das Regime seines Landes verloren hatte. Die
Sinnlosigkeit der Vorbereitung eines Krieges gegen einen
großen Feind allein hatte diesen Glauben nicht erschüttert.
Wahrscheinlicher war, dass sich seine Überzeugungen und
Werte durch die Geburt seines ersten Kindes verändert hatten.
Hamid hatte drückend heiße Tage auf den Gewässern des Golfs
verbracht und nachts seinen Finger in die perfekte kleine Hand
seines Sohnes gelegt.

Auch der Mann, den Pakvar in jener Nacht vor seinen Augen ermordet hatte, war Vater gewesen.

Hamid konnte die Schreie des armen Jungen immer noch in seinen Träumen hören. Es war spät nachts, vor drei Jahren. Hamid war dabei gewesen, sein Patrouillenboot am Dock zu vertäuen, als Pakvar am Ende des Piers erschien und ihn zu sich rief. Sie fuhren zu den Grauen Gebäuden, und Hamid hatte schließlich herausgefunden, was sich darin verbarg.

Sie waren eine Reihe von Betontreppen hinuntergegangen, immer weiter hinab. Hamid hatte nicht glauben können, wie tief sich das Gebäude in die Erde erstreckte. Sie kamen an Räumen vorbei, die mit Computern gefüllt waren. Mit Tausenden von Computern. Kleine quadratische Kisten, deren Lüfter summten. Aber ohne Monitore. Sie waren auf Regalen aneinandergereiht, immer drei Reihen übereinander. Jeder Raum war mit Leitungen und Kabelrohren an das Netzwerk angeschlossen. Hamid stellte fest, dass nur sehr wenige Menschen dort arbeiteten. Was auch immer dieser Ort war, er schien nicht das zu sein, was die Klatschtanten auf der Insel dachten.

Als sie in einem kerkerartigen Raum ankamen, schlug Hamid entsetzt die Hände vors Gesicht.

Ein asiatischer Mann und seine Familie lagen ausgestreckt nebeneinander auf dem kalten Steinboden. Alle wiesen Verletzungen auf und bluteten. Der Mann war älter. Vermutlich in seinen Fünfzigern. Die Frau, von der Hamid annahm, dass sie seine Ehefrau war, lag neben ihrem Sohn. Keiner von ihnen bewegte sich. Ein paar von Pakvars Schlägertypen, bewaffnet mit Maschinenpistolen, hielten Wache. Der asiatische Mann sah sie mit entsetzten, blutunterlaufenen Augen an.

Pakvar packte Hamids Arm und sagte: „Heute fängst du an, für uns zu arbeiten. Du wirst uns dein Patrouillenboot für logistische Transporte zur Verfügung stellen. Sämtliche unserer Aktivitäten müssen vertraulich bleiben. Verstanden?"

Hamid nickte und blickte auf die Familie zu seinen Füßen.

Pakvar lehnte sich vor und flüsterte ihm ins Ohr: „Niemand darf unsere Geheimnisse erfahren." Dann wandte er sich an einen der uniformierten Männer und nickte. Seine buschigen, dunklen Augenbrauen zogen sich zusammen, als dieser einen Befehl bellte. Die Familie wurde lebendig in eine Art Ofen geworfen. Pakvar ging zu einer Wand und legte den dort angebrachten Hebel um. Die ganze Zeit über starrte er Hamid an.

Derart markerschütternde Schreie hatte Hamid noch nie in seinem Leben gehört. Er musste den Blick abwenden. In seiner Kehle stieg Galle auf, und seine Knie wurden weich. Angesichts der vom Ofen ausgehenden Hitze brach ihm obendrein der Schweiß aus.

Erst als sie völlig von den Flammen überwältigt wurden, ebbten die Schreie der Familie ab, und Pakvar gesellte sich wieder zu Hamid. Sein Ton war eiskalt. „Dieser Mann hat versucht, anderen zu erzählen, was wir hier machen. Das sollte dir besser nicht einfallen. Du kannst natürlich dein Boot nehmen und jederzeit über das Meer fliehen. Aber mir wurde gesagt, dass deine Familie auf dieser Insel lebt. Ich verspreche dir, wenn du jemals darüber sprichst, was du gesehen hast oder was wir tun – oder falls es dir in den Sinn kommen sollte, zu fliehen – dann wird deiner Familie das widerfahren, was du heute hier gesehen hast."

Hamid stiegen Tränen in die Augen, was gleichermaßen an der Rauchentwicklung und dieser Horrorvorstellung lag. Er nickte zustimmend.

Während sie die Stufen wieder hinaufgingen, fragte er sich, an welcher Stelle der Rauch wohl austrat. Würden andere auf der Insel die qualmenden Schornsteine nicht bemerken? Nicht so spät in der Nacht. Wurde menschliche Asche in die Luft geschleudert und regnete dann ins Meer? Würde seine Asche eines Tages auf diese Weise ins Meer fallen? Ein dumpfes Gefühl der Hilflosigkeit überkam ihn.

Seit jener Nacht war ihm jeder Tag wie eine Gefängnisstrafe vorgekommen. Hamid wurde zum Schiffsführer für diejenigen, die in den Grauen Gebäuden auf Abu Musa arbeiteten. Seine normale Befehlskette wusste, dass er Befehle von Oberstleutnant Pakvar erhielt – und sie wussten auch, dass sie besser keine Fragen stellten. An einem typischen Tag patrouillierte Hamid die Küstengewässer von Abu Musa und kehrte abends zu seiner Familie zurück.

Aber etwa zweimal im Monat erhielt er die Aufforderung, sich zu einer bestimmten Uhrzeit in den Grauen Gebäuden einzufinden. Dort nannte Pakvar ihm einen Treffpunkt und eine Zeit. Anschließend fuhr er auf den Golf hinaus. Manchmal transportierte er Vorräte zum Treffpunkt. Manchmal musste er etwas abholen. Immer nachts, und immer war es streng geheim.

Für gewöhnlich fanden diese Transfers mit anderen kleinen Booten statt. Mit Schnellbooten von Schmugglern aus Dubai oder von der gegenüberliegenden Golfseite. Mit einem gelegentlich vorbeikommenden Tanker. Fischkutter. Einmal war es sogar ein Schlepper.

Manchmal wurde er damit beauftragt, Personen zu befördern. Diese Aufträge waren interessant. Hamid war sich ziemlich sicher, dass keiner der Männer oder Frauen, die er transportierte, Iraner waren. Alle trugen stets Masken und sprachen nie. Hamid war immer allein unterwegs und bewahrte Stillschweigen über alles, was er sah.

In dieser Nacht war es jedoch anders. Dieses Mal war er nicht allein. Etwas an diesem Auftrag war wichtiger als sonst. Pakvar hatte das deutlich gemacht. Es tat Hamid leid, dass er die beiden jungen Männer mitnehmen musste, um ihm zu helfen, aber Pakvar hatte es so verlangt. In dieser Nacht gab es eine schwere Fracht.

„Hamid!" Jugendliche Begeisterung schwang in der Stimme mit.

Der Angesprochene blickte auf das Hauptdeck und sah seine Matrosen auf das dunkle Wasser hinausschauen. Der riesige Mast eines U-Boots erhob sich fast senkrecht aus dem Wasser, etwa fünfundzwanzig Meter vor ihnen. In der weißen Gischt und den schwarzen Wasserstrudeln reflektierte sich der Nachthimmel, als der Rumpf des Bootes majestätisch aus dem Wasser stieg. Es war größer als jedes der iranischen U-Boote der Kilo-Klasse, die Hamid in Bandar Abbas gesehen hatte.

„Sind wir deshalb hier?"

„Augen nach vorne. Mund halten. Tut, was ich sage."

„Ja, Chief", antworteten die beiden unisono.

Die Luke des U-Bootes öffnete sich, und ein rotes Licht fiel nach außen. Dann kletterten mehrere Männer heraus, die sich an den Griffen am Mast festhielten und auf die Plattform am vorderen Ende des Rumpfes hinabstiegen. Alle trugen dunkle Masken mit kleinen Augen- und Mundlöchern. Hamid konnte hören, wie sie miteinander sprachen. Chinesisch, da war er sich beinahe sicher. Dieselbe Sprache, die auch die Ausländer im Grauen Gebäude gesprochen hatten.

Eine Stimme mit einem starken persischen Akzent drang herüber. „Wir sind bereit für die Lieferung."

„Warten Sie auf die Leinen", rief Hamid zurück.

Mit einem Knoten Geschwindigkeit steuerte er auf das U-Boot zu. „Fender ausbringen", befahl er seinen Männern.

Die beiden Matrosen warfen die langen, weißen Gummizylinder über die Bordwand. Sie platschten ins Wasser und dämpften den Aufprall, als das kleine Patrouillenboot auf das U-Boot traf.

„Werft ihnen die Leinen zu", rief Hamid.

Die vermummten Männer auf dem U-Boot fingen die zugeworfenen Bug- und Heckleinen auf, welche sie an einer Art Klampe festmachten. Als beide Schiffe miteinander vertäut waren, standen die Männer einen Moment lang nur da und starrten sich gegenseitig an.

Ein rotes Flutlicht schien vom Mast herunter und beleuchtete Hamids Patrouillenboot. Er konnte zwei hinter dem Scheinwerfer stehende Männer ausmachen. Einer von ihnen montierte ein sperriges Maschinengewehr auf einen Ständer. Der andere Mann, der den Scheinwerfer ausrichtete, rief seinen Untergebenen Befehle zu. Zwei von diesen richteten gerade eine kleine Gangway vom Rumpf des U-Bootes auf das Patrouillenboot ein. Dann kamen die U-Boot-Matrosen rasch an Bord und begannen mit der Aufnahme der Vorräte.

Hamid deutete auf mehrere Dutzend Kisten auf dem Achterdeck seines Bootes. „Es ist alles dort drüben."

Die Männer sprachen nicht. Sie stellen sich nur in einer Reihe auf und reichten die Kisten weiter. Die Kette bestand aus zwanzig Männern, und sie bewegten sich schnell.

Hamid betrachtete die Männer hinter dem roten Suchscheinwerfer. Sie erinnerten ihn an das Wachpersonal in einem Gefängnis, das von seinem Turm aus die Gefangenen bei der Arbeit beaufsichtigte.

Seit jener Nacht fühlt sich jeder Tag wie ein Gefängnisaufenthalt an.

Nachdem sie ungefähr die Hälfte der Frachtkisten abtransportiert hatten, trugen die Männer eine Holzkiste, die anscheinend wichtiger war als der Rest. Darin befand sich schwere Ausrüstung. Pakvar hatte betont, dass diese unbedingt an Bord des U-Boots gebracht werden musste.

DM-B3 Mono Pulse RADAR war in weißen Buchstaben auf die Kiste gepinselt worden.

Hamid glaubte nicht, dass die Chinesen solche Radargeräte

auf ihren U-Booten benötigten. Dies Art von Radar kam normalerweise in iranischen Marschflugkörpern zum Einsatz. Warum sie dieses monströse Gerät unter Wasser dabeihaben wollten, konnte er sich nicht erklären.

Der Entladevorgang dauerte insgesamt etwa zwanzig Minuten. Hamid stellte sicher, dass seine Matrosen halfen, wo sie konnten, und ansonsten aus dem Weg blieben. Die Arbeit in der heiß-schwülen Luft des Persischen Golfs war schweißtreibend.

Hamid hörte ein Rauschen von seinem auf Schiff-Schiff-Kanal eingestellten Funkgerät und kletterte die Leiter zum Führerstand hinauf. Er lauschte einen Moment aufmerksam, hörte aber nichts. Das änderte sich auch nicht, als er einige iranische Militärfrequenzen ausprobierte. Dann stellte er das Funkgerät wieder auf die Frequenz des U-Bootes ein. Nichts. Erst da bemerkte er, dass die Lautstärke fast ganz heruntergedreht war. Einer seiner jungen Matrosen musste es leiser gestellt haben, ohne dass Hamid es bemerkt hatte. Sie sollten es eigentlich besser wissen. Er drehte am Lautstärkeregler und hörte sofort eine Stimme, die Englisch sprach.

„Schiff in der Nähe von …" Die Stimme gab Längen- und Breitengrade durch, dann folgte statisches Rauschen. Er konnte genug Englisch, um zu verstehen, was der Funker sagte, aber die Übertragung brach ab, bevor dieser die Position vollständig durchgegeben hatte.

Er blickte auf seinen Radar. Es war ein altes Gerät, und noch dazu vollkommen unzuverlässig. Hamid studierte die grünen Striche und Punkte auf dem Bildschirm. Unmittelbar südlich ihrer Position erschien bei jedem Durchlauf ein verwischter, grüner Fleck. Das war ein Oberflächenkontakt – ein Schiff.

„Hier spricht ein Kriegsschiff der US-Marine …" Mehr Rauschen.

Der Radarkontakt befand sich eine Seemeile entfernt.

Konnte der Funkspruch von dort kommen? Wenn ja, war das Boot anscheinend aus dem Nichts aufgetaucht. Oder kam die Übertragung von weiter weg? Könnte der grüne Fleck auf dem Radarbildschirm ein Stück Müll sein, das von einem vorbeifahrenden Tanker über Bord geworfen worden war?

Die Beladung des U-Bootes war fast beendet, als der Mann am Scheinwerfer in einer Sprache zu schreien begann, die sich für Hamid ebenfalls wie Chinesisch anhörte. Die Menschenkette löste sich in wenigen Sekunden auf, nachdem der Mann am Maschinengewehr mit den Armen zu winken begann und etwas in das U-Boot hinunter brüllte.

Einer von Hamids jungen Matrosen sah verängstigt aus. „Chief, was ist hier los?"

„Bereitet euch darauf vor, abzulegen", antwortete Hamid. Sein Puls ging nun schneller.

Der Mann auf dem Kommandoturm des U-Bootes schrie immer noch und deutete in die Nacht. Hamid sah in die von ihm gezeigte Richtung, konnte aber in der Dunkelheit nichts erkennen. Die Chinesen hasteten die Außenleiter des Turms hoch und versuchten, schnell die letzten Kisten ins U-Boot zu verfrachten.

Dann erschien ein helles weißes Licht am südlichen Horizont. Erst als es seine Intensität veränderte und das Wasser in Richtung der beiden anderen Schiffen beleuchtete, erkannte Hamid, was es war. Das weiße Licht war ein leistungsstarker Suchscheinwerfer, der an dem befestigt war, was den grünen Fleck auf Hamids Radarschirm auslöste. Einen Moment später erfasste er das U-Boot und Hamids Patrouillenboot.

Hamid hob schützend seine Hände vor die Augen.

Oben auf dem U-Boot betätigten die maskierten Männer die Höhenverstellung des Maschinengewehrs. Das ratternde Geräusch einer vollautomatischen Waffe hallte durch die Nacht. Hamid konnte den Rückstoß der Waffe sehen und das metallische Scheppern der Patronenhülsen hören, als sie auf den Rumpf des U-Boots fielen.

Plötzlich begann das U-Boot zu zittern. Die Vibrationen übertrugen sich sofort auf Hamids kleines Boot. Das kam nicht vom Maschinengewehr. Das war etwas viel Mächtigeres. Weißer Schaum sprudelte überall um sie herum auf. Er realisierte, dass sich die Schrauben des U-Boots drehten. Es hatte sich in Bewegung gesetzt. „Alles klarmachen! Ich lasse die Motoren an", rief er seinen Matrosen zu.

Die U-Boot-Besatzung hatte nun auch die letzten Kisten verstaut und hastete unter Deck. Auch die Männer vom Turm verschwanden und schlossen die Luke hinter sich.

Die Lichter des U-Bootes waren erloschen und Hamid und seine beiden jungen Matrosen blieben in der Dunkelheit zurück. In ihren Ohren hallten immer noch die Schüsse des Maschinengewehrs nach. Langsam entfernten sie sich vom Ort der Übergabe.

„Hamid, was sollen wir tun?", fragte einer der Matrosen. Der Junge hatte gerade die Leinen eingeholt und stand am Bug. Er zitterte.

Aus der Tiefe der Finsternis hinter ihm wölbte sich ein gelber Lichtbogen auf sie zu. Zuerst sah es wunderschön aus. Wie eine Sternschnuppe, die still und leise über die schwarzen Abgründe des Persischen Golfs flog. Dann erkannte Hamid, was es wirklich war: Diese vermeintliche Sternschnuppe würde sich schon bald in eine gewaltige Feuersbrunst verwandeln.

Das eben noch lautlose Lichtspektakel entpuppte sich als weiß glühendes Metall, dass sich durch das Patrouillenboot fraß. Unmittelbar nach dem Treffer brach die Hölle los. Der Matrose, der eben noch mit Hamid gesprochen hatte, löste sich in eine Art roten, nassen Nebel auf. Hamid und der andere Matrose ließen sich hinter den Aufbau des kleinen Bootes fallen. Rings um sie herum zerbarst und schmolz alles, als mehrere Geschosse den Rumpf trafen.

Während er sich flach aufs Deck drückte und nach achtern blickte, konnte Hamid das schwere Maschinengewehrfeuer beobachten, das sein Boot verfehlte. Die gelben Leuchtspurgeschosse hüpften auf der Wasseroberfläche wie flache Steine auf einem See. Sobald deren Leuchtmitteln die Energie ausging, verschwanden sie im Schwarz der Nacht.

Das U-Boot entfernte sich immer weiter von ihnen. Hamid sah zu, wie der Mast unter der Wasseroberfläche versank.

In einem der wenigen zusammenhängenden Gedanken, zu denen er in der Lage war, fragte er sich, wer da gerade auf sie schoss. Dann brach der ohrenbetäubende Lärm des Maschinengewehrs auf dem Patrouillenboot los. Es war so laut, dass sein Herz in seiner Brust hüpfte und seine Backenzähne bei jedem Schuss klapperten.

Er spähte hinter der Ecke des Aufbaus hervor und sah seinen verbliebenen Matrosen, der die nach vorne gerichtete Waffe mit beiden Händen packte und den Abzug drückte. Hamid war wie gelähmt vor Angst. Er konnte keinen klaren Gedanken fassen. Er wollte einfach nur nach Hause zu seiner Frau und seinem Kind.

Er biss die Zähne so fest zusammen, dass es wehtat. Gerade als er dachte, ihr Angreifer hätte das Feuer eingestellt, verstreute dieser eine weitere Ladung Leuchtspurmunition. Wenig später wurde das Boot auch noch von Kugeln zersiebt. Etwas explodierte in der Nähe der Motoren, und eine drei Meter hohe Stichflamme schoss vom Achterdeck in den Himmel.

Dieses Mal wurde das Feuer nicht erwidert. Hamid warf erneut einen vorsichtigen Blick in Richtung Führerstand und sah, dass auch der zweite Matrose tot war. Erst als ihm ein furchtbarer Gestank in die Nase stieg, realisierte er, dass er in die Hose gemacht hatte. Er hatte es nicht einmal bemerkt.

Trotzdem ihm seine Ohren immer noch klingelten, konnte er das Geräusch eines großen, näherkommenden Dieselmotors erkennen.

Das Feuer war eingestellt worden. Der stechende Geruch von Schießpulver und Diesel lag in der Luft. Er blickte in die Richtung, aus der das Motorengeräusch kam. Es musste ein Kriegsschiff oder ein großes Patrouillenboot sein. Er konnte nicht sehen, unter welcher Flagge es fuhr, aber sie würden ohnehin bald da sein.

Hamid war klar, was das bedeutete. Er dachte sofort an Pakvar und daran, was er tun würde, wenn man ihn gefangen nähme. Er musste das unbedingt vermeiden. Die Sicherheit seiner Familie stand auf dem Spiel. Für einen Augenblick spielte er mit dem Gedanken, sich das Leben zu nehmen.

Im sich spiegelnden Mondlicht konnte er nun den Mast und die Aufbauten des Schiffes ausmachen: Ein Zerstörer der US Navy hielt direkt auf ihn zu.

Er musste irgendwie fliehen. Vielleicht würden sie ihn nicht finden, wenn er jetzt sofort handelte. Hamid untersuchte den Bug seines Bootes. Er war vollkommen auseinandergerissen und brannte. Schnell griff er nach einer orangefarbenen Schwimmweste und zog sie sich über. Sein Boot schaukelte schwerfällig. Er vermutete, dass es bereits mit Wasser volllief und wohl nicht mehr lange schwimmen würde.

Er stieg die Leiter zum Steuerhaus hinauf und packte das Funkgerät mit einer Hand. Er drehte den Knopf ganz nach rechts und versuchte, einen Notruf abzusetzen. Aber das, was er daraufhin vernahm, war zwar eine Funkübertragung, aber absolut unverständlich. Er änderte die Frequenz, aber es war auf jedem Kanal dasselbe.

Zuerst dachte er, das Funkgerät sei kaputt. Eine der amerikanischen Kugeln musste die Antenne getroffen haben. Oder vielleicht wurde es absichtlich gestört? Aber warum sollten die Amerikaner das tun? Es war egal. Er würde keinen Notruf absetzen können.

Seine einzige Hoffnung bestand darin, von seinen Kollegen der IRGCN gerettet zu werden. Was Pakvar seiner Familie antun würde, wenn er den Amerikanern in die Hände fiele, war nicht auszudenken.

Hamid zerrte das kleine Rettungsfloß aus dem Stauraum auf der Steuerbordseite und zog an der Reißleine. Die gelbe Rettungsinsel füllte sich sofort mit Druckluft. Schnell warf er es über die Reling ins Wasser, um einzusteigen.

Er warf einen letzten Blick auf die Überreste seiner beiden Matrosen. Das Boot nahm am Heck bereits viel Wasser auf. Dann betrat er das Floß. Die Welt wurde weiß und still.

Ein paar Momente später kam er wieder zu sich. Wie lange war er ohnmächtig gewesen? Er trieb im Meer. Mit blutunterlaufenen Augen und verschwommenem Blick erkannte er die Überreste seines Patrouillenbootes. Es war vollkommen zerstört. Kleine Flammen züngelten immer noch daraus hervor. Er wandte sich ab und versuchte zu schwimmen. Mit Entsetzen stellte er fest, dass ihm ein Arm fehlte.

Er musste unter Schock stehen, denn er fühlte keine Schmerzen, nur eine stechende Kälte, die langsam durch seinen Körper kroch. Er sah sich um.

Das einzige, was er erkennen konnte, war ein seltsames Objekt in der Ferne. Es wurde von den Flammen schwach beleuchtet und sah aus wie eine Stange, die aus dem Wasser ragte.

Hamid versuchte nachzudenken. Ihm wurde immer kälter,

und seine Müdigkeit nahm stark zu. Aber er kannte dieses Ding. Was war es? Es war weit weg. Er konnte kaum denken, war vollkommen desorientiert.

Ein Periskop. Natürlich, es war ein Periskop.

Ihm fiel wieder ein, was Pakvar ihm in jener Nacht zugeflüstert hatte. In jener Nacht, seit der er sich jeden Tag wie im Gefängnis gefühlt hatte. Er hatte es ihm zugeflüstert, bevor er den Hebel umgelegt und den bedauernswerten Mann mitsamt seiner Familie in diesem Ofen verbrannt hatte. Hamid realisierte, dass sie von dem chinesischen U-Boot beschossen worden sein mussten. Selbst die hielten sich an Pakvars Regeln.

Niemand darf von unseren Geheimnissen erfahren.

2

Luftwaffenstützpunkt Al Dhafra, Vereinigte Arabische Emirate
Drei Wochen später

Chase Manning beobachtete, wie sich ihnen ein dunkelgrüner Militärtransporter näherte und eine Wolke aus Wüstensand hinter sich herzog.

Der Mann, mit dem er gerade zusammenstand, nickte in Richtung des Pick-ups und bemerkte: „Ich glaube, jemand sucht nach uns."

Chase betrachtete das Fahrzeug durch seine Sonnenbrille. „Ich schätze, der Spaß ist vorbei. Es geht wieder an die Arbeit."

Er vergewisserte sich zweimal, dass seine MP-5 gesichert war, legte sie auf die Holzbank, rollte seine Zielscheibe zusammen und sammelte die Patronenhülsen auf. Er fuhr mit der Hand durch den Sand, um sicherzugehen, dass er alle erwischt hatte.

„Mein Gott, Chase, schießt du ab und an auch mal vorbei?"

Sein Begleiter, ebenfalls ein Mitglied der Sondereinsatzgruppe (SOG) der CIA, betrachtete Chases Zielscheibe. Sie wies ein paar Einschusslöcher direkt im inneren schwarzen Kreis auf.

Chase lächelte ihn an. „Nur, wenn ich möchte."

„Dann schulde ich dir wohl ein weiteres Bier."

„Wie viele schuldest du mir jetzt?"

„Zu viele. Wer hat dir beigebracht, so zu schießen?"

„Die Navy."

„Ach. Sag doch nicht solche Sachen. Das macht es nur noch schlimmer."

Chase kicherte. Beinahe alle Jungs der SOG waren früher beim Militär gewesen. Die meisten bei der Armee. Witze über die Rivalität zwischen den verschiedenen Teilstreitkräften waren üblich.

Der dunkelgrüne Ford F-350 hielt direkt hinter ihnen an. Außer ihnen war niemand auf dem Schießstand. Ein uniformierter Technical Sergeant der Air Force stieg aus.

„Chase Manning?"

„Ja?"

„Sir, Sie werden drüben im Center gebraucht. Ich kann Sie hinfahren, Sir." Er deutete auf sein Fahrzeug.

Chase nickte. „Danke. Ich bin gleich bei Ihnen." Er räumte fertig auf und verabschiedete sich von seinem Freund.

Chase stieg auf den Beifahrersitz und fragte den Sergeant: „Irgendeine Idee, um was es geht?"

„Sir, ein Mann namens Elliot ist auf dem Weg hierher, um sich mit Ihnen zu treffen. Das ist alles, was ich weiß", antwortete der Sergeant, der neben einem Flieger saß.

„Verstanden. Danke, Sergeant." Chase kannte nur einen Mann mit dem Namen Elliot. Es war der Stationsleiter der CIA hier in Dubai. Er hatte sich noch nie persönlich mit Chase unterhalten. Diese Sache war sehr ungewöhnlich. Normalerweise schickte er für Gespräche seine Handlanger.

Sie rasten über die Wüstenstraße hinüber auf die andere Seite des Stützpunktes. Chase bemerkte, wie der Mann neben ihm auf das Ende seines Gewehrs schielte.

„Ist das ein Schalldämpfer?"

„Yep."

„Warum verwenden Sie einen Schalldämpfer, wenn Sie auf weite Entfernungen schießen?"

„Übung macht den Meister. Daran habe ich schon immer geglaubt."

„Sir, darf ich Sie fragen, welcher Einheit Sie angehören?"

„Natürlich, Sergeant. Sie dürfen fragen. Ich darf nur nicht darauf antworten."

Der Mann verdrehte seine Augen, natürlich hätte er es besser wissen müssen. Während der restlichen Fahrt blieb er stumm.

Sieben Minuten später betrat Chase das Joint Tactical Control Center, ein Gebäude, zu dem nur Angehörige des amerikanischen Militärs Zutritt hatten. Mehrere Hundert Soldaten verrichteten hier jeden Tag ihren Dienst und sorgten dafür, dass das US-Militär in diesem Teil der Welt auf dem Laufenden war.

Chase musste zwei Sicherheitskontrollen passieren, bevor er die Räumlichkeiten der CIA innerhalb des Gebäudes erreichte. Der Sicherheitsbeamte der CIA schaute auf, als er eintrat, und fragte nach seinem Ausweis.

Chase nahm seinen mit einem Mikrochip versehenen Regierungsausweis ab, der um seinen Hals hing. Der diensthabende Offizier steckte ihn in ein Kartenlesegerät, nickte, und gab ihn Chase zurück.

Die Tür summte, und er betrat einen großen dunklen Raum mit Flachbildschirmen an den Wänden und gedämpfter blauer Beleuchtung. Etwa ein Dutzend Leute arbeitete hier, die meisten von ihnen waren über taktische Karten gebeugt oder telefonierten über Headsets. Die Monitore an den Wänden zeigten verschiedene Bilder. Liveübertragungen von Drohnen aus dem gesamten Einsatzgebiet und digitale Karten. Grüne

Linien für Landesgrenzen, rote und blaue Objekte, die verschiedene Militäreinheiten darstellten.

Es war eiskalt. Die Temperatur wurde absichtlich niedrig gehalten, um die optimale Leistung all der Hightech-Computer und elektronischen Geräte zu gewährleisten. Die meisten Leute trugen Winterjacken. Für Chase, der gerade aus der sengenden Wüstenhitze kam, fühlte es sich großartig an.

Der diensthabende Offizier war eine rothaarige Frau, die etwa dreißig Jahre alt sein musste. Chase glaubte, ihren Namen zu kennen – Doris, aber er war sich nicht sicher genug, um sie mit ihrem Vornamen anzusprechen. Er hatte sie kurz kennengelernt, als er vor beinahe einem Jahr auf diesem Stützpunkt angekommen war. Direkt nach der Beerdigung seiner Mutter. Es schien verdammt lange her zu sein.

Im Anschluss an seine CIA-Ausbildung in der Nähe von Williamsburg, Virginia, war Chase zur Al Dhafra Militärbasis in den Vereinigten Arabischen Emiraten abkommandiert worden. Nach einem ersten Orientierungstraining auf dem Stützpunkt wurde er für verschiedene Einsätze in den Nahen Osten geschickt. Einige Monate lang hatte er an Missionen teilgenommen, die auf die IS-Führung sowie deren Versorgungslinien in Syrien und dem Irak abzielten. Danach hatten sie ihn nach Ostafrika entsandt, wo er bei Operationen zur Zerschlagung der terroristischen Gruppen Al-Shabab in Somalia und Boko Haram in Nigeria eingesetzt wurde.

Manchmal hatte Chase das Gefühl, dass es kaum einen Unterschied gab zwischen den Tätigkeiten, die er für die SEALs ausgeführt hatte und den Missionen, an denen er nun im Namen der CIA teilnahm. In anderen Situationen waren die Unterschiede hingegen offensichtlich. Am meisten störte ihn, dass es ihm vorkam, als arbeite er für ein Unternehmen –und nicht für eine taktische Einheit. Es gab mehr Politik. Und damit verbunden auch mehr politische Korrektheit. Außerdem gab es in der Agency ein ausgeprägtes Klassensystem, das auf Rängen basierte. Das frustrierte Chase, aber es gab nichts, was er dagegen hätte unternehmen können.

Chase stand vor der Frau, von der er dachte, sie hieße Doris. Sie warf ihm einen flüchtigen Blick zu, in dem die Spur eines Lächelns lag. Ihre Wangen waren von der kalten Luft leicht gerötet.

Sie stand hinter einem Schreibtisch, auf dem sich mehrere Festnetztelefone befanden. Jedes war beschriftet. „Elliot ist bereits unterwegs, um Sie zu treffen. Ich soll Sie bitten, ihn anzurufen, sobald Sie einsatzbereit sind. Offensichtlich möchte er, dass Sie heute gegen Abend in Dubai sind. Ich weiß nicht, worum es geht."

„Ja, das habe ich bereits vom Sergeanten der Luftwaffe gehört. Gibt es irgendwelche weiteren Informationen?"

Sie zuckte mit den Achseln. „Nur, dass es dringend ist."

Sie nahm den Hörer des Telefons ab, das mit *US-Botschaft Dubai, Station Chief* beschriftet war. „Ja, Sir. Manning ist hier. Verstanden, Sir. Einen Augenblick." Sie gab Chase den Hörer.

„Manning."

„Chase, hier spricht Elliot."

Nachnamen waren überflüssig. Elliot war eine zentrale Figur in Chases Welt. Als Stationsleiter in Dubai war er für mehr als fünfzig Agenten verantwortlich, die im gesamten Einsatzgebiet verstreut waren. Dazu war er der hochrangigste CIA-Agent in einer der aktivsten Regionen der Erde. Außerdem war er ein Freund von Chases Vater, was seiner Versetzung hierher nicht geschadet hatte.

„Ja, Sir. Wie kann ich behilflich sein?"

„Ich mache es kurz. Ihre Expertise ist gefragt. Sie müssen heute Abend in Dubai sein. Ich steige gleich in ein Flugzeug. Packen Sie Ihre Sachen zusammen und machen Sie sich bereit. Ich hole Sie in einer Stunde ab."

Die U-28A war die Militärversion der einmotorigen Turboprop PC-12. Die Air Force liebte ihre Vielseitigkeit und setzte sie als Spezialtransporter für kleine Passagiergruppen ein. Sie hatte genügend Pferdestärken, um sie schnell von A nach B zu bringen, und war auch für sehr kurze Start- und Landebahnen geeignet. Wenn es an einem entlegenen Ort der Welt auch nur ein kleines Stückchen flaches Gelände gab, so konnten die Sondereinsatzkräfte der amerikanischen Luftwaffe jemanden mithilfe der U-28A rasch dorthin befördern.

Die Maschine war dunkelgrau lackiert, und Chase beobachtete, wie sie zum Passagierterminal rollte. Die Schubumkehr dröhnte laut, bevor der Motor abgestellt wurde. Die Kabinentür öffnete sich, und Elliot Jackson stieg die Leiter herunter.

Er war ein großer schwarzer Mann mit kurz geschnittenem grauen Haar. Er trug eine Brille, die sich im hellen Sonnenlicht automatisch tönte. Jetzt kam er auf Chase zu und schüttelte ihm die Hand. Sein Händedruck war kräftig. Es war die Art von Händedruck, die Chase verriet, dass Elliot Jackson ein richtiger Kerl war.

„Es ist schön, Sie wiederzusehen, mein Sohn."

„Danke sehr, Sir." Chase hatte seinen schwarzen Seesack über die Schulter geschlungen.

„Werfen Sie den schon mal ins Flugzeug", sagte Elliot. „Und dann suchen wir uns einen ruhigen Ort, an dem wir uns kurz unterhalten können." Chase fragte sich, welches Thema den Stationsleiter wohl dazu veranlasste, zwanzig Minuten zu fliegen, wenn eine Flugstunde um die zweitausend Dollar kostete. Er hätte Chase einfach die neunzig Minuten fahren lassen und ihn irgendwo in Dubai treffen können. Entweder genoss er einfach die Annehmlichkeiten seines hohen Ranges, oder das Gespräch würde interessant werden.

Einen Moment später betraten sie ein Gebäude mit der Aufschrift *Base Operations*. Es war ein Passagierterminal für Amerikaner, die mit Militärtransporten in die VAE ein- oder ausreisten ihnen. Mehrere Dutzend Soldaten der US-Armee hielten sich im Wartebereich auf und schliefen neben ihrem Gepäck, immer noch in Kampfstiefel und Tarnuniform gekleidet.

Chase und Elliot fanden einen ruhigen, klimatisierten Raum, der an den Wartebereich angrenzte. Es war ein Besprechungsraum, den die Piloten zur Vorbereitung auf ihre Flugeinsätze nutzten. Es gab ein Whiteboard, und auf einem Plastiktisch lag ein Stapel Karten. Ein alter Fernseher hing von der Decke und zeigte die Flugwettervorhersage.

Elliot forderte Chase auf, sich zu setzen. „Ihr Vater wird morgen in der Stadt sein."

„Wirklich?", fragte Chase. „Das wusste ich nicht."

„Sie haben von seinem Jobwechsel gehört, nicht wahr?"

„Ja. Das ist – unglücklich gelaufen."

„Ja, das ist es."

Elliot trommelte mit seinen Fingernägeln auf dem Tisch. „Nach dem Abu Musa-Vorfall sind die Beziehungen zwischen dem Iran und den USA auf einem historischen Tiefpunkt angelangt."

„Davor waren sie auch nicht besonders gut."

„Das stimmt. Ich sage nur, dass Ihr Vater nichts falsch gemacht hat, Chase. Er hatte nur zufällig das Kommando über jemanden, dem ein Fehler unterlaufen ist. Das passiert auch den Besten von uns."

Admiral Manning war der Ein-Sterne-Admiral, der für die *Harry S. Truman* Carrier Strike Group verantwortlich war, dem einzigen US-Flugzeugträgerverband in der Region. Als solcher war er auch für alle Aktionen der Schiffe unter seinem

Kommando verantwortlich. Einschließlich des US Navy-Zerstörers USS *Porter*.

Der Iran hatte die US-Marine beschuldigt, vor drei Wochen eines seiner Patrouillenboote vor der Insel Abu Musa versenkt zu haben. Einer der Beobachtungsposten der *Porter* hatte behauptet, er habe neben dem iranischen Patrouillenboot ein U-Boot gesehen. Die Besatzung des US-Zerstörers gab außerdem an, das iranische U-Boot habe zuerst das Feuer eröffnet – eine Behauptung, die die gesamte Geschichte weit hergeholt erscheinen ließ. US-Geheimdienste hatten zudem bestätigt, dass alle iranischen U-Boote in den Häfen lagen. Aufgrund der diesigen und feuchten Witterungsverhältnisse waren die Videoaufnahmen der *Porter* nicht aussagekräftig.

Es herrschte immer noch Verwirrung über die tatsächlichen Vorkommnisse, aber unter dem Strich war festzuhalten, dass das amerikanische und das iranische Schiff sich gegenseitig beschossen hatten. Das iranische Boot war explodiert, alle drei Besatzungsmitglieder waren ums Leben gekommen. Auf amerikanischer Seite hatte es keine Verletzten gegeben. Die Iraner waren wütend, und amerikanische Politiker hatten sich in der darauffolgenden Woche entschuldigt. Admiral Manning war nun offensichtlich zum Sündenbock erklärt worden.

„Mr. Jackson ...“

„Elliot.“

„Elliot, darf ich annehmen, dass Sie nicht hierhergekommen sind, um meine Sorgen wegen der Karriere meines Vaters zu zerstreuen? Und darf ich weiter annehmen, dass meines Wissens nach Stationsleiter normalerweise nicht zu einem Treffen mit einem einfachen Angehörigen der Sondereinsatzgruppe wie mir anreisen? Ist diese Einschätzung richtig?“

„Ja, Mr. Manning, das ist korrekt.“ Er lächelte sanft.

„Dürfte ich fragen, warum Sie hier sind?“

Elliot seufzte und schürzte die Lippen, als würde er über etwas nachdenken.

„Ich kenne Ihren alten Herrn schon sehr lange. Er ist loyal, und ich möchte wetten, dass seine Kinder ebenfalls loyal sind. Außerdem habe ich Ihre Akte gelesen. Sie haben bei den SEALs Top-Leistungen gebracht. Das mussten Sie auch, um in die SOG aufgenommen zu werden. Aber trotzdem – Ihre Erfolge heben sich von denen der meisten anderen deutlich ab."

„Vielen Dank, Sir."

„Chase, ich habe eine Aufgabe für Sie. Und es ist, gelinde gesagt, eine sehr heikle Aufgabe."

„Ich bin ganz Ohr."

Elliot stand auf und ging zum Fenster. Chase konnte das Dröhnen eines Kampfjets mit zwei Turbinen hören, der gerade startete. Nur Sekunden später folgte ein zweites Dröhnen, als ein weiterer Jet direkt danach abhob.

Elliot wartete, bis der Lärm verklungen war. „Chase, wir haben eine undichte Stelle."

Chase hob fragend die Augenbrauen.

„Sind Sie mit dem Finanzgipfel in Dubai vertraut?"

„Ein wenig. Ich bin erst vor ein paar Tagen aus dem Irak zurückgekommen und muss, was Nachrichten angeht, noch etwas aufholen."

Er grunzte. „Glauben Sie mir, mein Sohn – der Finanzgipfel in Dubai ist das größte Ereignis, das dieser Teil der Erde seit dem Anbeginn der Ölförderung erlebt hat. Chinas neue Version der Weltbank, die Asiatische Infrastruktur-Investmentbank, kurz AIIB, ist einer der Hauptsponsoren. Die mächtigsten Länder der Welt haben ihre Finanzgurus entsandt. Sie werden über Handelsabkommen diskutieren und die Ölförderung in der Region besprechen. Aber das Hauptthema wird diese neue Devisenbörse sein, die sie aufsetzen werden." Er sah Chase an. „Wissen Sie, was eine Devisenbörse ist?"

„So etwas wie eine Wertpapierbörse?"

„Genau. So ähnlich. Nur dass diese Börse für Währungen ist. Die Leute handeln mit Geld und Währungen. Nun, Banken handeln mit Geld, ich handle mit Baseball-Karten."

Chase lächelte. Elliot war ein sympathischer Typ.

„Also, die Emirate und ein paar globale Investoren bauen diese neue Währungsbörse auf", fuhr Elliot fort. „Ein paar Länder im Nahen Osten haben zugestimmt, etwas auszuprobieren. Sie strukturieren ihre nationalen Währungen um, sodass diese von Bitcoin gestützt werden. Haben Sie schon mal von Bitcoin gehört?"

„Klar."

„Natürlich haben Sie das. Sie sind schließlich jung. Viele Leute dachten, dass der Bitcoin nicht mehr als eine Modeerscheinung wäre. Aber er nimmt gerade gewaltig an Fahrt auf."

„Wie passt Bitcoin in diese ganze Sache?"

„Ich bin kein Experte. Aber mir wurde erklärt, dass eine Währung – egal ob Dollar, Euro oder was auch immer – lediglich ein Papier sei. Eigentlich ist es wahrscheinlicher, dass eine Währung nur ein Haufen von Elektronen auf einem Server ist, der irgendwo steht. Die Währung erhält erst einen Wert, wenn Menschen übereinkommen, ihr einen solchen zu geben. Verstehen Sie, was ich meine? Nun, manchmal werden die Leute nervös, und eine Währung sieht stabiler aus als eine andere. Also werden all diese Händler – meistens Banken – ihr Geld aus der riskanten Währung abziehen und in die stabile Währung investieren."

„Klingt wie bei der Wertpapierbörse."

„Es läuft auch genau wie an der herkömmlichen Börse. Und auch hier steht etwas hinter einem Investment. Etwas, das es stützt, und das den Menschen einen Grund liefert, an den Wert des Investments zu glauben. Oder einen Grund, davor zurückzuschrecken. Im Falle der Wertpapierbörse steht dahinter ein Unternehmen. Wenn das Unternehmen Geld verdient und Gewinne macht, glauben die Menschen, dass dessen Aktie einen Wert hat. Aber bei Geld und Währungen ist das anders."

„Ich dachte, Währungen würden durch Gold gedeckt. Hat das US-Finanzministerium nicht Goldreserven in Fort Knox?"

„Viele Menschen unterliegen diesem Irrglauben. Aber in Wahrheit kann der US-Dollar schon seit den 1930er Jahren nicht mehr gegen Gold eingetauscht werden."

„Was stützt die Währung dann?"

„Fiat."

„Der italienische Autohersteller?"

„Ja. Der italienische Autohersteller." Er schüttelte den Kopf. „Nein – nicht wirklich. Wo haben Sie noch mal Ihren Abschluss gemacht?"

„An der Naval Academy."

„Das passt. Eine Fiat-Währung ist eine Art gesetzliches Zahlungsmittel, das nicht durch eine Ware abgesichert ist ... Das Gegenteil wäre eine Warenwährung, beispielsweise eine, die durch Gold gedeckt wird. Der Dollar wird durch das volle Vertrauen in die Kreditwürdigkeit der US-Regierung gestützt."

„Nun, das ist eine beängstigende Vorstellung."

„Nicht, wenn Sie die Alternativen betrachten. Besser die US-Regierung als manch andere, würde ich sagen."

„Stimmt."

Chase blickte an die Decke, seine Augen bewegten sich schnell, während er überlegte. „Also ist in diesem Fall der Bitcoin die Ware."

Elliot nickte. Er war stolz auf seinen Schüler. „Jetzt haben Sie es verstanden. Der Finanzgipfel von Dubai ist dabei, eine neue Währung zu schaffen. Eine Warenwährung, die von Bitcoin-Reserven gestützt wird. Viele Schwergewichte des Investmentbankings investieren in diese Währung. Aber der größte Investor ist die chinesische Version der Weltbank, von der ich Ihnen erzählt habe, die AIIB."

„Und wo liegt das Problem?"

„Es gibt ein paar Probleme. Momentan ist der US-Dollar König. Wir als Amerikaner wollen nicht, dass sich das jemals ändert. Ein weiteres Problem ist, dass sich der Bitcoin nicht nachverfolgen lässt. Wenn die Währungen dieser Länder also von Bitcoin gedeckt werden, dann bedeutet das auch, dass die neue Währung schlechter nachverfolgbar ist als die anderen. Darauf wird gerade alles ausgerichtet."

„Unternehmen die Vereinigten Staaten denn nichts dagegen?"

„Niemand fragt nach unserer Meinung. Aber vertrauen Sie mir, wir protestieren. Eine bedeutende Rolle spielt die Tatsache, dass eine Währung einen Markt benötigt. Es ist ähnlich wie bei der Einführung eines neuen Produktes. Man benötigt einen Testmarkt, um den Nachweis zu erbringen, dass das Konzept richtig ist. Das beschleunigt die Einführung."

„Und wer soll der Testmarkt sein?"

„Es gibt zwei. Den Iran und die Vereinigten Arabischen Emirate. Der iranische Rial – das ist deren Währung – würde praktisch an den Bitcoin gekoppelt werden. Die Theorie besagt, dass viele Iraner einfach dazu übergehen könnten, nur noch Bitcoin zu verwenden. Das könnte große wirtschaftliche Auswirkungen haben, falls es sich als erfolgreich erweist."

Chase sah nachdenklich aus. „Ich bin überrascht, dass die Vereinigten Arabischen Emirate und der Iran sich darauf einigen konnten, in dieser Sache zusammenzuarbeiten. Ich dachte, dass jeder auf dieser Seite des Golfs den Iran hasst?"

„Im Iran gibt es einen aufstrebenden Politiker, der sogar mit dem Ayatollah verwandt ist. Sein Name ist Ahmad Gorji. Soweit ich weiß, ist er ein ziemlich vernünftiger Typ. Seine Ideen sind fortschrittlich, aber es scheint, als hätte er viel Spielraum, weil –

nun, wenn man mit dem Obersten Führer verwandt ist, hat man eben viel Spielraum. Das könnte die perfekte Mischung sein. Der Ayatollah hat ihm die Verantwortung für Irans Bitcoin-gestützte Währung übertragen. Er könnte die Beziehungen in dieser Region verändern. Die Emiratis mögen ihn. Sie sind daher bereit, die Verwendung dieser Währungsart in den VAE als Zweitwährung zuzulassen."

„Ich schätze mal, dass uns das nicht gefällt. Die Vereinigten Arabischen Emirate sind einer unserer stärksten Verbündeten. Wir möchten vermutlich nicht, dass sie sich dem Iran annähern."

„Das ist teilweise richtig. Obwohl das Außenministerium die interessante Theorie vertritt, dass es uns langfristig sogar helfen könnte. Ein ökonomischer Brückenkopf, um die Demokratie in Teheran zu beflügeln. Ich bin eher skeptisch."

„Ich auch."

„Kurzfristig geht es um die Frage, wie man Gelder nachver-folgen kann. Der Iran versorgt mehrere terroristische Gruppen weltweit mit Waffen und Geld. Hauptsächlich die Hisbollah. Wir schätzen, dass der Iran die Hisbollah im letzten Jahr mit dem Gegenwert von beinahe zweihundert Millionen US-Dollar versorgt hat."

„Das klingt nicht gerade nach einem guten Rezept für Frieden."

„Nun, hier kommt jedenfalls Bitcoin ins Spiel. Aktuell können die USA und unsere Verbündeten einen Teil der Gelder, die der Iran den Terroristen zur Verfügung stellt, verzö-gern oder sogar einfrieren. Aber der Bitcoin kann nicht nach-verfolgt werden. Wir glauben, dass terroristische Gruppen und Nationen mit schlechtem Ruf bereits heute schon Bitcoin nutzen, um Gelder zu transferieren, von denen wir nichts mitbekommen sollen. Aber mit dieser neuen Währung, die von Bitcoin gestützt wird, könnten die Dämme brechen und Staaten wie der Iran noch viel größere Geldsummen an sehr schlechte Menschen transferieren. Nicht nur an die Hisbollah, sondern an terroristische Zellen auf der ganzen Welt. Heute können die USA den Iran noch davon abhalten, eine Terrorzelle in New Jersey zu finanzieren. Aber wenn dieses neue Währungssystem funktioniert und wir keine Transaktionen mehr überwachen können, wäre es viel einfacher, Terroristen überall auf der Welt, auch in den USA, zu finanzieren. Das könnte also eine sehr reale Bedrohung für unsere nationale Sicherheit werden."

„Ich verstehe."

Elliot fuhr fort: „Außerdem gefällt den USA der Gedanke nicht, dass China einen Wettbewerber zur Weltbank auf die Beine stellt. Das schwächt uns und stärkt gleichzeitig China. Das ist nun der erste richtige Schritt der AIIB. Und was tun sie? Sie finanzieren diese Währungsbörse zwischen dem Iran und den Vereinigten Arabischen Emiraten ... Ich finde, dann könnten Sie auch gleich in unseren Vorgarten pissen."

Chase lehnte sich auf seinem Stuhl zurück, legte seinen Kopf zur Seite und sagte: „Nun, ich kann mir vorstellen, dass es bestimmte amerikanische Institutionen in Dubai gibt, die sehr damit beschäftigt sind, ein Auge auf diesen Finanzgipfel zu werfen."

Elliot warf Chase einen wissenden Blick zu. „Das kann ich mir auch vorstellen."

„Elliot, wenn Sie in diese Themen so eingebunden sind, warum sind Sie dann hierher geflogen, um mich zu treffen?"

Der Stationsleiter setzte sich wieder und legte seine Hände auf den kleinen Tisch. „Chase, waren Sie jemals im amerikanischen Konsulat in Dubai?"

„Dort befindet sich Ihr Büro, nicht wahr? Für Ihre Arbeit beim Außenministerium?"

Elliot nickte. „Lassen Sie mich Ihnen etwas erzählen. Es gibt keinen Bedarf für ein US-Konsulat in Dubai. Wir haben eine

Botschaft in Abu Dhabi. Der Grund dafür, dass wir ein Konsulat in Dubai haben, ist, dass dort mehr iranische Bürger nach einer amerikanischen Green Card fragen, als an jedem anderen Ort auf dem Planeten. Manche sind Geschäftsleute, die Staatsunternehmen leiten. Andere sind Möchtegern-Überläufer mit militärischer Erfahrung. Ich habe drei Verhörzimmer mit Spionspiegeln in diesem Konsulat, und zehn Angestellte führen täglich Interviews mit diesen Leuten. Über die Jahre war dies stets eine großartige Quelle für Aufklärungsarbeit."

„Klingt nach einer guten Operation", warf Chase ein.

„Konsulate sind oftmals die besten Orte überhaupt, um Informationen zu sammeln. Und die besten Informationen erhalten wir von menschlichen Quellen."

„Das wurde mir während meiner Ausbildung in Camp Peary auch gesagt."

Der CIA Station Chief lächelte. „Vor zwei Tagen kam ein Typ in unser Konsulat in Dubai. Wissen Sie, wer es war?"

„Wer?"

„Ich habe ja vorhin diesen iranischen Politiker erwähnt – Ahmad Gorji. Er ist derjenige, der für die iranische Beteiligung am Finanzgipfel in Dubai verantwortlich ist. Es war sein persönlicher Assistent."

„Was wollte er? Auch eine Green Card?"

„Nein. Das wollte er nicht."

„Was dann?"

Elliot Jackson kniff seine Augen zusammen und lehnte sich nach vorne. „Nun, Chase. Es stellte sich heraus, dass er *Sie* wollte."

3

Chase runzelte ungläubig die Stirn. „Das verstehe ich nicht. Ich habe noch nie den Assistenten irgendeines iranischen Politikers getroffen."

„Das hatte ich auch nicht erwartet. Aber trotzdem hat er Ihren Namen erwähnt. *Chase Manning.* Natürlich hat er gewartet, bis er mit mir allein war. Er hat mich sogar darum gebeten, alle Kameras auszumachen. Er meinte, es wäre in meinem eigenen Interesse. Ich habe nicht auf ihn gehört. Nun, da ich weiß, was ich weiß, hätte ich vielleicht auf ihn hören sollen."

„Was wissen Sie denn jetzt?"

„Da ist also dieser Kerl, gerade eingeflogen aus Teheran. Sein Boss ist eine große Nummer, also hat er vermutlich ziemlich viel zu tun. Er nutzt seine wahrscheinlich einzig freie Stunde zwischen den Besprechungen, um nach Dubai ins amerikanische Konsulat zu kommen. Wer weiß, welche Tricks er anwenden musste, um dorthin zu gelangen, ohne Aufmerksamkeit zu erregen. Zum Teufel – ich hoffe jedenfalls, dass er das geschafft hat. Um seinetwillen. Dann fragt er nach einem Neuling bei der Spezialeinsatzgruppe. Nach Ihnen. Einem ehemaligen US Navy SEAL, der den größten Teil seines ersten

Jahres hier damit verbracht hat, gegen den IS im Irak zu kämpfen." Elliot hielt kurz inne. „Ich wusste nicht, was ich davon halten sollte. Der Typ meinte, er würde mit niemandem sonst reden. Dann sagte er mir, er hätte einige sehr wichtige Informationen, die er Ihnen geben sollte."

Chase verlagerte sein Gewicht. Elliots Tonfall gefiel ihm nicht. „Sir, verdächtigen Sie mich?"

„Nein, natürlich nicht", antwortete Elliot. „Aber ich möchte gerne über all unsere menschlichen Ressourcen in dieser Gegend informiert und im Bilde sein. Wenn es also etwas gibt, das Sie mir erzählen sollten, dann wäre jetzt der richtige Zeitpunkt dafür."

Auf Chases Handflächen bildete sich Schweiß. Er hatte nichts Falsches getan und wusste selbst nicht, warum er nervös wurde. Vielleicht, weil er nicht beweisen konnte, dass er nichts falsch gemacht hatte. Er streckte seine Hände aus. „Nun, Mr. Jackson. Ich schwöre bei Gott, dass ich keine Ahnung habe, woher dieser Kerl meinen Namen kennt."

Elliot wartete einen Moment. Es war eine unangenehme Situation. „Ich habe diesem Typen eine Menge Fragen gestellt. Zuerst wollte er nicht antworten. Er meinte, er würde nur mit Ihnen sprechen. Ich sagte ihm, dass Sie nicht verfügbar wären, und dass ich versuchen würde, zeitnah ein Treffen mit Ihnen zu organisieren. Dann hat er mir eine Geschichte erzählt."

„Was hat er gesagt?"

„Er hat mir von einer CIA-Operation in Dubai erzählt, die von den Iranern aufgedeckt wurde. Er hat mich wissen lassen, dass mein Schiff ein Leck hat."

„Konnte er das beweisen?"

„Ja, das konnte er."

„Woher wissen Sie, dass er die Wahrheit sagt?"

„Sie erinnern sich an die Bitcoin-gestützte Währung, über die wir gesprochen haben?"

„Natürlich."

„Währungen brauchen Zentralbanken. Diese neue Bitcoin-gestützte Währung wird ihre eigene Zentralbank haben, die im Finanzviertel von Dubai angesiedelt sein wird – nebenan von Dubais eigener Bitcoin-Börse. Der Startschuss für diese ganze Sache kann nun jeden Tag fallen. Und die USA sind nicht zu dieser Party eingeladen. Seit einem Jahr arbeite ich mit Waleed Hajjar, vom Geheimdienst der Vereinigten Arabischen Emirate, an einem Projekt. Es ist uns gelungen, einen zuverlässigen Informanten in die IT-Abteilung der Zentralbank dieser Bitcoin-gestützten Währung einzuschleusen. Er wird auch in diese neue Bitcoin-Börse, die ihren Handel in der nächsten Woche aufnimmt, involviert sein."

„Klingt nach einer verdammt guten Quelle."

„Das hatte ich gehofft."

„Aber?"

„Aber es scheint, als wüssten die Iraner nun über ihn Bescheid. Unser neuer iranischer Freund hat mir seinen Namen gesagt. Es gibt also tatsächlich eine undichte Stelle."

„Sie erwähnten, dass Sie mit dem Geheimdienst der VAE kollaborieren. Woher wissen Sie, dass das Leck nicht dort zu finden ist? Das wäre doch plausibler."

„Weil der Iraner den CIA-Codenamen von unserer Quelle kannte. Und diese Information war nie an Waleed weitergegeben worden."

Chase hob seine Augenbrauen. „Ich verstehe. Gibt es irgendwelche Ideen, wer die undichte Stelle sein könnte?"

„Soll ich ehrlich sein? Nein, keine Ahnung. Und das macht mir eine Scheißangst. Langley schickt mir ein paar Spezialisten von der Spionageabwehr. Sie treffen übermorgen ein und werden dabei helfen, das Loch zu stopfen. Wer auch immer diese Person ist, wenn wir sie finden, erwartet sie ein besonderer Platz in der Hölle."

Chase schaute aus dem Fenster. Zwei weitere Jets hoben ab.
„Nun – ich verstehe immer noch nicht, warum dieser Mann
nach mir gefragt hat. Hat er es Ihnen erzählt?"

„Nein, das hat er nicht. Aber wir sind übereingekommen,
dass ich ein Treffen zwischen Ihnen beiden arrangieren werde."
Jackson rieb sich die Schläfen. „Ich verstehe, dass das sehr
unorthodox ist, aber ich muss Sie bitten, in dieser Sache mit
dem Geheimdienst der Vereinigten Arabischen Emirate zusammenzuarbeiten. Ich habe bereits mit Waleed gesprochen. Ich
vertraue ihm. So viel, wie ich irgendjemandem aus dieser
Branche vertrauen kann. Ich leihe Sie ihm sozusagen aus,
während wir unseren Laden in Dubai aufräumen."

Chase nickte. „Verstanden. Was auch immer Sie brauchen."

„Sobald wir ein paar Agenten unter die Lupe genommen
und sichergestellt haben, dass sie sauber sind, werde ich ihnen
Verstärkung schicken. Aber fürs Erste sprechen Sie mit
niemandem aus der Agency über Ihre Tätigkeit in Dubai.
Verstanden?"

„Jawohl."

„Wenn Sie Hilfe benötigen, genehmige ich, dass wir dafür
jemanden unter Vertrag nehmen. Aber keine Agenten."

„Kein Problem. Woran werde ich mit Waleed arbeiten?"

„Unsere Quelle im Finanzviertel von Dubai hat einige
Daten, die wir brauchen. Im Augenblick kann ich niemanden
von meinen Leuten losschicken, weil ich nicht weiß, wem ich
vertrauen kann. In drei Tagen werden Sie ihn kontaktieren und
etwas von ihm bekommen."

„Und was wird das sein?"

„Ein Speicherstick oder eine externe Festplatte. Etwas in der
Art. Wir brauchen das. Es wird uns erlauben, Transaktionsdaten innerhalb des Bitcoin-gestützten Währungsnetzwerks zu
überwachen."

„Wieso müssen wir drei Tage warten?"

„Weil die Börse erst den Handel aufnehmen muss, damit wir Informationen abschöpfen können. Unsere Quelle hat ein Programm erstellt, das ...“ Elliot dachte darüber nach, wie er es am besten erklären konnte. „Es ist so. Sagen wir, Sie finden ein Loch in der Gasleitung Ihres Grills, okay? Sie könnten nun etwas Seifenwasser auf die Leitung sprühen und sehen, ob irgendwo Blasen entstehen. So könnten Sie feststellen, wo genau das Leck ist. Aber das würde nur funktionieren, wenn auch Gas fließt. Hier haben wir dieselbe Situation. Damit das Programm funktioniert, das für uns illegale Aktivitäten identifiziert, müssen die Gelder fließen. Die Börse öffnet in achtundvierzig Stunden. Also haben wir uns geeinigt, in drei Tagen die erste Datenlieferung zu bekommen. Ich möchte, dass Sie mir diese Informationen sofort überbringen.“

Chase nickte. „Okay.“

Jackson nahm ein Handy aus seiner Jacke und gab es Chase. „Verwenden Sie dieses Handy. Es ist verschlüsselt, und es ist nur eine einzige Nummer eingespeichert. Meine. Ich sende Ihnen Nachrichten mit den benötigten Informationen, sobald ich sie erhalte. Bitte machen Sie dasselbe. Wenn Sie sensible Informationen haben, sagen Sie mir, dass wir uns treffen müssen, und ich werde dafür sorgen, dass Sie abgeholt werden.“

„In Ordnung. Wie trete ich mit der Quelle im Finanzviertel von Dubai in Kontakt?“

„Waleed weiß Bescheid. Er wird Ihnen dabei helfen. Die andere Sache, die Sie tun müssen, ist, sich mit Ahmad Gorjis Assistenten zu treffen. Versuchen Sie, ihn oder Gorji selbst als Informanten für die Agency zu gewinnen. Finden Sie heraus, warum er sich mit Ihnen treffen will. Dann erstatten Sie mir Bericht.“

„Okay.“

„Das wäre alles für den Moment. Wie gesagt, ich werde

versuchen, Ihnen in ein paar Tagen einen Agenten zu schicken, der Sie unterstützt."

„Kein Problem."

„In Ordnung. Schnappen Sie Ihr Gepäck. Wir fliegen jetzt gleich nach Dubai. Wenn wir dort ankommen, wird bereits ein Wagen auf Sie warten." Elliot stand auf. „Das ist das erste Mal, dass Sie mit den Emiratis arbeiten, nicht wahr?"

„In einer solchen Angelegenheit, ja."

„Nun, dann machen Sie sich auf etwas gefasst. Sie sind bekannt dafür, immer mit hohen Einsätzen zu spielen."

Die Turboprop der US Air Force brauchte weniger als zwanzig Minuten vom Luftwaffenstützpunkt Al Dhafra zur Basis in Minhad. Chase fragte sich, warum sie die neunzig Minuten nicht einfach mit dem Auto fuhren, beschwerte sich aber nicht. Minhad war genau wie Al Dhafra offiziell Eigentum der VAE. Inoffiziell gab es an beiden Orten jedoch eine starke internationale Militärpräsenz.

Eine frisch polierte schwarze Lexus-Limousine stand auf der Landebahn bereit, als er gemeinsam mit Elliot das Flugzeug verließ. Ein weitaus besserer Empfang als er es gewohnt war. Im Irak war er von einem Toyota Baujahr 1993 ohne Klimaanlage abgeholt worden. Elliot verabschiedete sich und ging auf einen neutral aussehenden weißen Lieferwagen zu. Die Schiebetür öffnete sich und er verschwand darin.

Chase betrachtete den Lexus. Die Arbeit für die VAE würde ihm gefallen.

Der Fahrer sah arabisch aus, obwohl Chase bezweifelte, dass er ein Emirati war. In Dubai stellten sie viele ausländische Arbeitskräfte ein. Der Mann sprach Englisch, wenngleich mit starkem Akzent. „Guten Abend, Mr. Manning. Bitte, lassen Sie mich Ihr Gepäck nehmen."

Chase reichte dem Mann seinen Seesack, woraufhin sich der Fahrer umblickte, als würde er mehr erwarten. Nachdem er kein weiteres Gepäck entdecken konnte, warf er Chase einen seltsamen Blick zu und hielt ihm die hintere Tür auf. Ein paar Augenblicke später rasten sie bereits über die Hauptverkehrsstraße Dubais.

Während der dreißig Minuten, die sie bis zu ihrem Ziel unterwegs waren, bewahrte der Fahrer Stillschweigen. Eine langweilige Fahrt, wäre nicht der Ausblick gewesen. Zuerst konnte Chase nichts als die enormen rotbraunen Sanddünen der Wüste sehen. Dann erschienen im Dunst die dunklen Umrisse der Wolkenkratzer von Dubai. Das prächtige Stadtbild setzte sich fort, soweit das Auge reichte. Gekrönt wurde es vom höchsten Gebäude der Welt, dem Burj Khalifa.

Die Reflexionen der untergehenden Sonne ließen das Burj Khalifa wie eine Fackel erleuchten. Das gigantische Bauwerk überragte die restlichen Wolkenkratzer der Stadt, wobei auch diese normalerweise als enorm bezeichnet worden wären. Es war nicht das erste Mal, das Chase in Dubai war. Aber das spielte keine Rolle. Jedes Mal, wenn er das Burj Khalifa sah, musste er es erneut bewundern.

Als sie ins Zentrum kamen, wanderte Chases Blick zu der modernen Magnetschwebebahn, den Luxuskarossen und den hellen Lichtern der Stadt. Sie fuhren an riesigen vierstöckigen Einkaufszentren und edlen Spitzenrestaurants vorbei. Viele der Hotels hatten Pools und Bars auf ihren Dächern, die von Palmen gesäumt waren.

Als der Wagen an einer Kreuzung anhielt, betrachtete Chase die unterschiedlichen Menschen, die die Straßen bevölkerten. Es war eine Mischung aus europäischen Touristen, internationalen

Geschäftsleuten, Arbeitern der Unterschicht – hauptsächlich aus Indien – und der lokalen Elite. Gruppen arabischer Frauen mit fließenden schwarzen Gewändern betraten die Geschäfte entlang der Straße. Die meisten arabischen Männer waren in strahlend weiße Gewänder gekleidet, mit einer Vielzahl an Kopfbedeckungen. Alle schwitzten in der sengenden Wüstenhitze.

Es war schon fast dunkel, als Chase am Hotel ankam. Während sie die lange Einfahrt entlangfuhren, konnte er einen kurzen Blick auf den Strand hinter dem Hotel erhaschen. Die untergehende Sonne war nur noch als eine schmale orangefarbene Linie über dem Ozean zu erkennen. Chase sah eine Gruppe Frauen in Bikinis, die an der Poolbar an ihren Cocktails nippten. Das hier war definitiv nicht der Irak.

Sein Lexus hielt an, und Chase trat hinaus in die heiße, feuchte Luft. Ordentlich angelegte Reihen importierter Palmen ragten über ihm empor. Er bedankte sich beim Fahrer und warf sich seinen Seesack über die Schulter. Auf dem Weg zum Eingang passierte er eine Reihe Luxuswagen, die auf dem rotweißen Pflaster geparkt waren.

Bentley. Maserati. Lamborghini. Ferrari. Porsche. Chase sabberte förmlich. Er mochte Autos und besaß einen Ford Mustang. Er war schon ein paar Jahre alt, aber es war eben das, was er sich leisten konnte. Der Mustang war nett. Es war, als würde man mit einer hübschen Frau ausgehen. Aber diese Wagen hier waren im Vergleich dazu Supermodels. Das war eine andere Liga.

Mittlerweile fühlte er sich in seinem Poloshirt und seinen Khakis unangemessen gekleidet. Aber das war alles, was er dabeihatte.

Er blickte auf den Namen des Hotels. Das Four Seasons Dubai. Chase ging durch die großen gläsernen Drehtüren und spürte, wie sich wohltuende kühle Luft auf sein Gesicht und seine Arme legte. Ein süßer Blumenduft lag in der Luft, und vor ihm ergoss sich ein künstlicher Wasserfall über mehrere Stufen. Auf der anderen Seite der Halle spielte ein Mann im Smoking auf einem Steinway-Flügel Rachmaninow.

In der Lobby waren sehr viele reich aussehende Männer. Chases Augen verfolgten eine Gruppe westlicher Frauen in Stöckelschuhen, schwarzen Kleidern und teurem Schmuck. Sie begleiteten mehrere Emirati in ihren traditionellen weißen Gewändern und Ghutras, einer Kopfbedeckung, die von schwarzen Kordeln zusammengehalten wurde. Er fragte sich kurz, ob es Professionelle waren. Vermutlich brummte die Prostitution hier.

Eine indische Frau mit dem Namensschild des Hotels an ihrer Bluse erschien vor ihm. Sie sprach mit britischem Akzent. „Mr. Chase Manning?" Die Frau hatte ein strahlend weißes Lächeln.

„Ja?"

„Hier entlang, Sir. Mr. Waleed Hajjar hat mich gebeten, ihr Gepäck zu nehmen und Sie nach Ihrer Ankunft unverzüglich in die Hendricks Bar zu führen. Wenn Sie mir bitte folgen würden."

Chase reichte ihr seinen Seesack, den Sie auf einen kleinen Gepäckwagen stellte und hinter den Empfang schob. Dann folgte er ihr durch einen Korridor, dessen hohe Gewölbedecke mit goldenen Applikationen verziert war. Die Hendricks Bar befand sich am Ende des Hotelflurs.

Das Gesetz in Dubai wies ein wunderbares Schlupfloch auf, das den Ausschank von Alkohol in Hotels erlaubte. Beinahe überall sonst war das verboten. Alle Bars und fast alle der besten Restaurants befanden sich deshalb in den Nobelresorts.

Sie erreichten ein fast fünf Meter hohes Holzportal, hinter dem ein dunkler Raum lag. Ein rundlicher Mann in einem grauen Anzug bewachte den Eingang und nahm jetzt ein violettes Filzband von zwei goldfarbenen Pfosten, um sie durchzulassen. Chase dachte, dass das Wort *Bar* diesem Ort nicht wirklich gerecht wurde.

Er war an die Lokale der Arbeiterklasse gewöhnt. Etablissements mit Namen wie *Zum fettigen Löffel* oder *Der rostige Nagel*. Kein Vergleich mit dem hier. Das hier war etwas ganz anderes.

Die Hendricks Bar hatte eine hohe Decke und Wände aus exquisitem Mahagoni. Bierzapfhähne suchte man hier vergeblich. Auf dem einzigen Regal im Raum waren die teuersten Spirituosen der Welt aufgereiht. Jeder Barhocker war mit einem magentafarbenen Sitzpolster ausgestattet. Eine eineinhalb Meter hohe vertikale Lichtwand umgab die Bar wie ein riesiger Lampenschirm und tauchte den Raum in ein sanftes gelbes Licht. Miniaturkronleuchter schienen von der Decke herabzuschweben. Kostbar aussehende Gemälde füllten die Wände.

Die Bedienung übernahmen allesamt schlanke asiatische Frauen in engen violetten Kleidern. Ihr Erscheinungsbild passte zum Dekor des Raums und sie alle waren sehr hübsch. All das erinnerte Chase an einen Artikel, den er einmal gelesen hatte. Er besagte, dass Emirates Airlines eine der wenigen Fluggesellschaften der Welt war, die aufgrund mangelnder rechtlicher oder politischer Zwänge die Flugbegleiterinnen primär aufgrund ihres Aussehens einstellte. Scheiß auf die politische Korrektheit. Chase musste den VAE lassen, dass sie wussten, wie man Dinge ästhetisch ansprechend gestaltete.

Die Hotelangestellte, die Chase zur Bar gebracht hatte, führte ihn nun in die hintere Ecke des Raums, nickte höflich und entfernte sich.

Chase fiel ein arabisch aussehender Mann in einem dunklen Anzug ins Auge. Der Mann stand neben dem Ecktisch, halb verborgen von einem Arrangement dekorativer Vorhänge. Als Chase nun auf ihn zuging, beäugten sie sich gegenseitig. Der Araber warf ihm einen strengen Blick zu und Chase realisiere, dass er zur Security gehören musste. Hinter dem Vorhang an einem Tisch saß ein weiterer Mann. Der Wachmann kam Chase entgegen und stellte sich ihm in den Weg.

Als der Mann am Tisch jedoch etwas auf Arabisch sagte, zog sich sein Bewacher ein paar Schritte in Richtung Wand zurück. Der Mann am Tisch erhob sich. Er trug ein weißes Hemd und ein dunkelblaues Jackett. Keine Krawatte. Der oberste Knopf seines Hemdes war auf, und unter seinen Armen hatten sich Schweißflecken gebildet.

„Sind Sie Chase Manning?"

Chase nickte und schüttelte dem Mann die Hand. „Ja. Mr. Waleed Hajjar?"

„Bitte nennen Sie mich Waleed. Sie haben eine gute Aussprache. Sprechen Sie Arabisch?" Sein Händedruck war fest, und er schüttelte Chases Hand vielleicht zwei Sekunden zu lang, bevor er losließ.

„Ein wenig", antwortete Chase.

„Aber Sie haben einen Akzent. Hat Ihnen ein Iraker Arabisch beigebracht?"

Chase lächelte. „Ja. Ich habe einige Zeit im Irak verbracht. Und mein Lehrer in den USA war aus Bagdad."

„Ah. Ich habe ein gutes Gehör für solche Dinge. Setzen Sie sich doch."

Nachdem beide Platz genommen hatten, kam eine der hübschen Kellnerinnen herüber und zündete die Kerze auf dem Holztisch mit einem langstieligen Streichholz an. Waleed sagte etwas auf Arabisch, das Chase nicht verstand, und sie ging wieder.

Einen Augenblick lang herrschte Schweigen.

Waleed ergriff schließlich das Wort. „Mr. Jackson hat Ihnen gesagt, warum Sie hier sind?"

Chase sah sich kurz um, bevor er antwortete. Er wollte sehen, ob sich noch jemand in Hörweite befand.

„Machen Sie sich Sorgen um unsere Privatsphäre?", fragte

Waleed. „Dazu besteht kein Anlass. Niemand wird diese Unterhaltung mithören. Ich komme oft für geschäftliche Besprechungen hierher. Mein Sicherheitsteam hat alle anderen
Besucher der Bar unter strenger Beobachtung. Wir kennen die
Namen aller hier Anwesenden. Und der Barmanager weiß, dass
er niemanden in die Nähe meines Tisches setzen darf."

Er zog den Vorhang vor dem Tisch zu, was dazu führte, dass
man sich in einem großen Zelt wähnte.

„Mir wurde gesagt, dass meine Anwesenheit einen unerwar-
teten Informationsfluss ausgelöst hat, und dass jüngste Ereignisse Maßnahmen unsererseits erforderlich machen", erklärte
Chase.

„Der Iraner, der in Ihr Konsulat gekommen ist – er hat nach
Ihnen gefragt."

„Das hat man mir erzählt."

„Wissen Sie, warum?" Waleed hob eine Augenbraue.

Chase schüttelte den Kopf. „Nein, das weiß ich nicht."

Sein Gegenüber rieb sich das Kinn. „Interessant."

Die Kellnerin kam mit einem Rollwagen zurück. Von
diesem nahm sie eine große Schüssel mit Hummus und eine
Platte mit noch dampfendem Fladenbrot und stellte alles auf
den Tisch. Daneben platzierte sie eine zweite Platte mit Falafel.
Zuletzt folgten zwei altmodische Gläser, in die sie jeweils einen
doppelten Scotch eingoss.

„Ich gehe davon aus, dass Sie Alkohol trinken?", fragte
Waleed.

„Ich denke, einer kann nicht schaden."

Auch wenn es diesbezüglich keine Vorschriften gab, dachte
Chase, dass es vielleicht als Beleidigung verstanden werden
könnte, wenn er einen Drink ausschlug. Außerdem hatte er seit
mehreren Monaten nichts mehr getrunken. Er hatte durchaus
Fragen zum Thema Muslime und Alkoholabstinenz, beschloss
aber, sie nicht zu stellen. Wie bei jeder anderen Religion auch,

praktizierten die Menschen ihren Glauben auf unterschiedliche Weise.

Die Kellnerin hatte die Flasche Scotch auf dem Tisch stehen lassen. Macallan. Die Flasche hatte scharfe Kanten und sah sehr modern und teuer aus. Wie alles in dieser Stadt.

Chase schnappte sich ein Stück Fladenbrot und biss hinein. Er hatte seit Stunden nichts mehr gegessen.

„Sagen Sie mir, Mr. Manning, was wissen Sie über die Geschichte von Dubai?" Waleed lehnte sich in seinem Stuhl zurück und nahm einen weiteren Schluck aus seinem Glas.

„Es ist eine relativ junge Stadt, die in den letzten zwei Jahrzehnten schnell gewachsen ist. Und sie ist eine der – progressiveren Städte in dieser Region."

Waleed lächelte. „Ja, wir sind die Liberalen des Nahen Ostens. Aber das ist so, als wäre man die schnellste Schildkröte. Eine beeindruckende Sache – aber eben nur im Vergleich zu anderen Schildkröten. Verglichen mit Amerika ist Dubai ziemlich streng. Ich weiß das, denn ich war in Amerika. Es hat mir dort sehr gefallen." Er hob seine dicken Augenbrauen, als er sprach. Sein Gesicht war sehr ausdrucksstark. „Aber Sie haben recht, wir sind auch eine junge Stadt."

Chase nickte höflich. „Ich habe auch gelesen, dass das hiesige Bevölkerungs- und Immobilienwachstum bemerkenswert ist."

Waleed schien zu überlegen, wie er antworten sollte. „Lassen Sie mich Ihnen eine Frage stellen: Wissen Sie, warum Dubai so schnell gewachsen ist? Wissen Sie, was der Katalysator für dieses Wachstum war?"

„Ich nehme an, dass es am Geld liegt, das das Öl einbringt."

„Damit würden Sie falschliegen. Das ist ein weitverbreiteter Irrglaube. Viele Menschen im Westen denken das. Die wahren Gründe für Dubais Entwicklung sind jedoch diese beiden – unser Flughafen und die Nachwirkungen der Anschläge des elften Septembers auf die Vereinigten Staaten.‟

Chase legte seinen Kopf zur Seite. „Das ist neu für mich.‟

„Das ist für die meisten neu. Die meisten Menschen im Westen denken, dass wir, wie viele andere Königreiche in diesem Teil der Welt, durch unser Öl reich geworden sind. Das stimmt nicht ganz. In den 1960ern sind wir hier auf Öl gestoßen. Gemessen an einigen unserer Nachbarn war es aber kein riesiger Fund. In den frühen Siebzigern beauftragte Scheich Rashid den damals noch jungen Scheich Mohammed mit dem Bau eines Flughafens. Er engagierte Experten aus dem Westen; unter anderem einen erfahrenen Manager von British Airways, der half, die Gesellschaft zu gründen, die Sie heute als die Emirates Airline kennen. Sind Sie damit schon einmal geflogen?‟

Chase schüttelte den Kopf. Er war meistens mit Luftwaffentransportern oder Armeehelikoptern unterwegs. „Nein, das Vergnügen hatte ich noch nicht.‟

„Es ist wirklich eine der weltbesten Fluggesellschaften. In den 1980er Jahren wurden sowohl der Flughafen als auch die Airline für Touristen geöffnet. In den 1990ern haben wir dann steuerfreie Zonen zum Einkaufen und Dutzende extravaganter Hotels gebaut. Dubai war einzigartig in diesem Teil der Welt. Und durch den Flughafen war die Stadt nun für sehr viele Menschen erreichbar. Die Wirtschaft fing an, sich für eine Region, die sonst nur für Krieg und Terrorismus bekannt war, zu interessieren. Wir waren ein Leuchtfeuer des Friedens und des Wohlstands.‟

Chase wartete darauf, dass er seine Geschichte zu Ende erzählte.

„Unglücklicherweise waren es ausgerechnet die Gräueltaten des elften Septembers, die dazu führten, dass Großkapital nach Dubai floss. Denn nach dem September 2001 verabschiedete Ihr Land den Patriot Act. Ich war zu dieser Zeit in Amerika, was damals kein guter Ort für einen Araber war ... Aber Sie müssen wissen, dass die Golfstaaten mit den reichen Ölvorkommen in den 1990ern ihr Geld in amerikanische Unternehmen investierten. Nach Einführung des Patriot Act war das plötzlich weniger reizvoll. Es war einfach zu schwierig für Geldgeber aus dem Nahen Osten. Niemand wollte den ganzen Papierkram erledigen und das Risiko eingehen, dass die US-Regierung beschloss, die Gelder einzufrieren. Also – was sollten die reichen Familien des Nahen Ostens mit ihrem Geld machen? Wo konnten sie noch investieren?"

„Sie haben in Dubai investiert."

Waleed nickte. „Sie haben in Dubai investiert. In dieses friedliche Land der unbegrenzten Einkaufsmöglichkeiten und des Tourismus, von dem ich Ihnen eben erzählt habe. Auch wenn man mit der Tourismusbranche eben nicht unendlich viel Geld verdienen kann. Trotzdem, das ist alles, was Dubai bis etwa zum Jahr 2000 war – ein reines Touristenziel. Ein sehr attraktives Ziel, sicher. Aber mit dem Geld, das hereinkam, konnten wir noch so viele andere Dinge machen, anstatt nur den Fremdenverkehr weiter auszubauen. Diversifizierung war den Emiraten wichtig. Ebenso ein Plan für die Zukunft."

Waleed nippte an seinem Drink, bevor er fortfuhr. „Eines Tages würden die Ölquellen versiegen oder veraltet sein. Dubai hat sein Geld zwar nicht nur auf diesem Wege gemacht, aber viele unserer Investoren eben doch. Wie sollten wir also unser Fortbestehen sichern, wenn dies eines Tages geschähe? Wie würden wir den Wohlstand unseres Königreiches sichern?"

Chase konnte sehen, wie stolz Waleed auf diese Geschichte war. Es war quasi seine Familienchronik. Elliot Jackson hatte ihm erzählt, dass Waleed mit der königlichen Familie von Dubai verwandt war. Eine Weile sprach er noch weiter über den großartigen Aufstieg der Stadt aus dem heißen und unfruchtbaren Wüstensand des Persischen Golfs.

Chase war beeindruckt. Er hatte auf Fotos gesehen, wie diese Stadt noch vor ein paar Jahrzehnten ausgesehen hatte. Damals gab es nur ein paar Gebäude an einem Strand. Aber das heutige Dubai war ein Meisterwerk der modernen Architektur und ein schnell wachsendes Zentrum für verschiedene Industriezweige.

Waleed fuhr fort: „Das war ein Geniestreich. Scheich Mohammed wusste, was die Herzen der Investoren beherrschte: Angst und Gier. Also hat er der Welt gegeben, wonach diese verlangte: Sicherheit. Zuversicht. Er hat bestimmte Gebiete in Dubai zu Freihandelszonen für unterschiedliche Wirtschaftsbranchen erklärt. Sie wurden von nun an durch Gesetze geschützt, die sich am Westen orientierten. Unterhaltungsunternehmen. Technologieunternehmen. Immobilienunternehmen. Und – was für unser Gespräch relevant ist – Finanzunternehmen. Wir haben McKinsey geholt. Kennen Sie McKinsey? Das Beratungsunternehmen?"

„Ja. Ein sehr gutes Unternehmen. Ich habe einen Freund, der dort arbeitet. Er ist einer der klügsten Köpfe, die ich kenne."

„Sie haben uns geholfen, die Struktur des Dubai International Financial Centre zu entwerfen – nicht die Struktur der Gebäude, sondern das finanzielle und rechtliche Gerüst. Schon bald kamen alle großen Banken. Dieses Finanzzentrum wurde zum Motor, der immer mehr Kapital und Investments anlockte. In den 2000ern konnte man hier nichts anderes sehen, als im Bau befindliche Wolkenkratzer mit Kränen auf dem obersten Stockwerk. Der Immobilienmarkt war in einem Rauschzustand. Der Irak-Krieg trieb den Ölpreis in die Höhe. Und die ganze Zeit über strömte Kapital nach Dubai. Die neue Hauptstadt des Nahen Ostens wuchs in atemberaubender Geschwindigkeit. Eine friedliche, tolerante und luxuriöse Stadt. Sie war und bleibt ein Symbol der Hoffnung für diese Region."

Chase schenkte ihm ein höfliches Lächeln, als er ein Stück

Falafel mit einem Schluck Scotch herunterspülte.

„Sie waren schon an vielen Orten im Nahen Osten. Sagen Sie mir, haben Sie sich überall sicher gefühlt?"

Er war in vier verschiedenen Ländern des Nahen Ostens beschossen worden. „Sicher. Solange ich bewaffnet bin."

Waleed grinste. „Nun, dann möchte ich Sie fragen: Fühlen Sie sich in Dubai sicher?"

Chase dachte darüber nach. „Ja, das tue ich. Es erinnert mich an eine westliche Stadt. Sauber und modern. Obwohl sie sicher luxuriöser ist als fast jede Stadt im Westen."

„Sie *ist* luxuriöser als jede andere Stadt im Westen. Ich habe die meisten bereits besucht."

„Sie haben wahrscheinlich recht."

„Ich liebe diese Stadt", sagte Waleed. „Und ich möchte sie beschützen. Ich habe hier eine Familie gegründet. Meine beiden Söhne kennen nichts anderes als den Frieden und den Wohlstand des modernen Dubais."

Chase konnte an Waleeds Tonfall hören, dass er angespannt war.

„Der brillante Entwurf dieser Stadt ist der Vision unserer Anführer zu verdanken. Sie wussten, dass das Geld aus dem Ölgeschäft allein nicht reichen würde. Eines Tages wird der weltweite Hunger nach Öl versiegen. Oder die Quellen selbst werden versiegen. Wenn das geschieht, werden viele Städte und sogar ganze Nationen in dieser Region furchtbar darunter leiden. Sie sind auf einen solchen Strukturwandel nicht vorbereitet."

„Aber Dubai schon?"

„Absolut. Öleinnahmen machen weniger als fünf Prozent unserer Wirtschaft aus. Der Rest stammt aus Wachstumsindustrien, die die hellsten Köpfe aus der ganzen Welt anlocken. Wir können uns also selbst tragen."

„Beeindruckend."

„Ich liebe das, wofür es steht. In vielerlei Hinsicht ist es Amerika recht ähnlich. Ein Symbol der Hoffnung in einer unruhigen Welt. Ein Ort, an dem Führungspersönlichkeiten mit großen Visionen etwas ganz Besonderes aufgebaut haben. Ein Ort, der auch in Zukunft wirklich großartig sein kann." Waleed hielt inne. Seine buschigen Augenbrauen zogen sich zusammen, als er sich nach vorne beugte. „Jetzt müssen wir ihn beschützen."

„Dubai – beschützen?"

„Ja. Denn ich glaube, dass das heutige Dubai in großer Gefahr ist."

„Warum denken Sie das?"

„Chase, sagen Sie mir – kennen Sie eine iranische Militäreinheit, die als Quds-Brigade bekannt ist?"

Chase kannte diese Einheit sehr gut. Als er mit den SEALs im Irak und in Afghanistan operiert hatte, ging das Gerücht um, dass die iranische Spezialeinheit mit dem Namen Quds-Brigade Anti-US-Milizen belieferte und sogar unterstützte.

Eine Kongressanhörung im Jahr 2015 deckte auf, dass etwa fünfhundert amerikanische Todesopfer auf im Iran hergestellte projektilbildende oder auch panzerbrechende Ladung zurückzuführen waren. Während die USA versuchten, den Irak und Afghanistan zu stabilisieren, half der Iran, in beiden Ländern stationierte amerikanische Truppen zu töten.

Eine Sache war Chase bei der Medienberichterstattung über die Kriege im Iran und in Afghanistan immer bitter aufgestoßen: Der Tatsache, dass der Iran finanzielle Mittel und technische Ausbildungsmöglichkeiten bereitstellte, um dem US-Militär zu schaden, wurde zu wenig Aufmerksamkeit geschenkt.

Er war während seiner Einsätze mehrfach Zeuge der Auswirkungen von panzerbrechender Munition geworden. Eines dieser Explosivgeschosse hatte einen Humvee eines Konvois zerfetzt und die beiden SEALs getötet, die darin mitfuhren. Später fanden sie Beweise dafür, dass die Quds-Brigade diese Waffen zur Verfügung gestellt hatte.

Die anti-amerikanischen Milizen, die von der Quds-Brigade ausgerüstet worden waren, waren nicht nur irakische Freiheitskämpfer. Es waren Dschihadisten aus der ganzen Region. Chase hatte entsetzliche Dinge miterlebt, die auf das Konto dieser Einheiten gingen. Sie waren die Personifizierung des Bösen. Sie verstümmelten und töteten Zivilisten, die sie der Zusammenarbeit mit den Amerikanern bezichtigten. Diese Gewalttaten wurden oft in der Öffentlichkeit ausgeführt, um Angst und Schrecken zu verbreiten und Macht zu demonstrieren.

Es gab Geschichten über Väter, die vor den Augen ihrer Kinder erschossen wurden. Ehefrauen wurden im Beisein ihrer Ehemänner gesteinigt. Chase hatte einmal einen vierjährigen Jungen gesehen, dem eine Hand fehlte. Als er einen Einheimischen darauf ansprach, war ihm erklärt worden, der Vater des Jungen habe die Hand eines amerikanischen Soldaten geschüttelt. Die Verstümmelung des Jungen war das Ergebnis.

Nach Chases Erfahrung verspürten nur die Schwachen und Verängstigten den Drang, ihre Macht zu demonstrieren, indem sie diejenigen verletzten, die sich nicht selbst schützen konnten. Seine Zeit im Irak und in Afghanistan hatte ihm gezeigt, dass es wahrhaft böse Menschen auf dieser Welt gab.

Bevor er in den Krieg gezogen war, kannte er solche Gräueltaten nur aus den Nachrichten. Aber einen Nachrichtenbeitrag im Fernsehen zu sehen oder über einen solchen Vorfall in der Zeitung zu lesen, war eine Sache. Diese Brutalität mit eigenen Augen zu sehen, eine ganz andere. Es gab abartige Männer auf dieser Welt. Alle Menschen mochten gleich geboren werden. Aber die Art von Menschen, die einem Kind die Gliedmaßen abschnitt, um der Dorfbevölkerung eine Botschaft zu senden – diese Männer waren seine Feinde.

„Ich bin mit der Quds-Brigade vertraut", sagte Chase.

„Es gibt einen iranischen Militäroffizier, der ein Mitglied
dieser Organisation ist. Sein Name ist Oberstleutnant Bahadur
Pakvar. Unserem Geheimdienst zufolge gilt er als besonders
brutal."

„Was hat das mit Dubai zu tun?"

Waleed nahm sein Handy aus der Tasche und blätterte
durch einige Fotos, bis er das Gewünschte fand und Chase
zeigte. „Bahadur Pakvar wurde vor zwei Wochen in Dubai
gesichtet. Meine Informanten berichten, dass er sich mit
mehreren Mitarbeitern der Bitcoin-Börse von Dubai getroffen
hat."

Chase senkte seine Stimme. „War einer dieser Mitarbeiter
unsere Quelle?"

Waleed nickte. „Ich glaube schon. Mr. Jackson und ich
hatten gehofft, dass unser Mann nur schlechte Handelsergeb-
nisse erzielt oder schlampig gearbeitet hatte und deshalb
Besuch bekam. Aber Elliot hat mir von diesem iranischen Politiker erzählt, Gorji, und dass dessen Assistent das US-Konsulat
besucht hat. Seine Enthüllungen deuten darauf hin, dass der
Iran über unseren Mann Bescheid weiß. Und es scheint, als
hätten sie die CIA in Dubai infiltriert."

„Also machen Sie sich Sorgen um sein Wohlergehen?
Warum ziehen Sie ihn nicht einfach ab?"

„Wir müssen warten, bis die Börse eröffnet. Andernfalls
wäre er nutzlos für uns. Wir wollen sicherstellen, dass unsere
Überwachungssysteme korrekt aufgesetzt sind und funktionieren. Wenn dies der Fall ist, werden wir in der Lage sein, sowohl
diese neue Bitcoin-gestützte Währung als auch die Zentralbank
zu überwachen. Wenn nicht – nun, diese Situation würde uns
gar nicht schmecken."

„Ich dachte, die VAE würden bei dieser neuen Währung
mitmachen? Warum fühlen Sie sich mit der aktuellen Lage
nicht wohl?"

Waleed setzte sich anders hin. „Die Beteiligung der VAE ist kompliziert. Es ist im Grunde genommen ein weitreichendes Handelsabkommen. Ein Schritt in Richtung Frieden in der Region. Der Iran wird kurzfristig der große Gewinner sein, wenn diese neue Währung dazu beiträgt, seine Inflationsrate zu stabilisieren."

„Also noch einmal, warum machen Sie sich Sorgen? Ich schätze, eine bessere Frage wäre: Warum haben die VAE einer Beteiligung überhaupt zugestimmt? Die Perser und Araber sind doch schon seit – nun, seit Ewigkeiten Rivalen, nicht wahr? Warum sollten Sie also ...?", hakte Chase zum zweiten Mal nach.

Sein Gegenüber schüttelte den Kopf. „Es geht um mehr als nur die Beziehungen zwischen dem Iran und den Vereinigten Arabischen Emiraten. Die Führung in Dubai und den VAE will unser Land weiter voranbringen. Das ist ihre oberste Priorität: Dass unsere Nation einer blühenden Zukunft entgegenblicken kann. Dieser Finanzgipfel und alle Übereinkünfte, die dort zustande kommen, werden von Chinas neuem Konkurrenten für die Weltbank, der Asiatischen Infrastruktur-Investment Bank gesponsert. Sie ist der jüngste und größte Investor, der von einer der beiden globalen Supermächte gestützt wird. Ich habe Ihnen erzählt, dass die Entwicklung meines Landes von Visionären geprägt ist. Und diese Leute möchten die AIIB auf ihrer Seite haben. Wissen Sie, was sie finanziert?"

„Was?"

„Infrastruktur. Straßen, Brücken, Flughäfen, Züge – und Glasfaserkabel und Datenzentren. Teure Investitionen. Dinge, die die Emirate benötigen, wenn sie weiterhin wachsen und gedeihen wollen. Deshalb will die Regierung der VAE sie bei Laune halten. Dies ist schließlich ihr erstes Investment im Nahen Osten. Die Chinesen haben einen Mann hergeschickt, Cheng Jinshan –

haben Sie von ihm gehört?"

„Nein, das kann ich nicht behaupten."

„Ein erfahrener und ausgebuffter Investor. Ein Multimilliardär. Er ist derjenige, der die Chinesen überzeugt hat, diese Bitcoin-gestützte Währung zu finanzieren. Er ist der Grund, warum all das hier geschieht. Und auch wenn es mir etwas peinlich ist, es zuzugeben, er ist der Grund, warum meine Regierung alles tut, damit hier keinerlei Probleme oder Verzögerungen auftreten. Meine Aufgabe ist es, für unsere Sicherheit zu sorgen. Es wurde die Entscheidung getroffen, die Beschlüsse des Finanzgipfels umzusetzen. Ich habe meine Bedenken geäußert. Nun muss ich sicherstellen, dass kein Trojanisches Pferd in dieses System eingebaut wird."

„Ich verstehe."

„Jetzt wissen Sie, warum ich unsere Quelle in der Bitcoin-Börse von Dubai nicht einfach abziehen kann. Wir sind auf ihn und seine Informationen angewiesen."

„Könnte er uns die Informationen nicht einfach per E-Mail schicken?"

„Nein. Das könnte zurückverfolgt werden. Es muss ein Treffen von Angesicht zu Angesicht stattfinden. Und das wird in drei Tagen geschehen. Sie werden mich begleiten und die Informationen danach Ihrem Team übergeben."

„Und wie halten wir diesen Pakvar davon ab, sich Ihren Mann zu schnappen?"

„Meiner Meinung nach müssen wir zuerst Pakvar finden."

„Und wie stellen wir das an?"

„Wir fragen Ihren neuen iranischen Freund. Ich schätze, er könnte uns dabei behilflich sein."

Chase nahm einen weiteren Schluck. Der Eiswürfel klimperte im Glas, als er es wieder auf den Tisch stellte. „Der Mann, der nach mir gefragt hat? Der Assistent dieses Politikers?"

„Genau der."

4

Chase erwachte vom Klingeln des Telefons, das neben seinem weichen Bett im Four Seasons stand. Hinter den geschlossenen Vorhängen schien die Sonne bereits hell. Er blinzelte und konnte durch einen Spalt den Strand ausmachen. Ein paar Touristen sonnten sich bereits.

Er nahm den Hörer ab.

„Guten Morgen, Mr. Manning. Ich hoffe, Sie genießen Ihren Aufenthalt im Four Seasons?"

Es war Waleed.

„Sehr, ja."

„Ausgezeichnet. Ich habe veranlasst, dass Ihnen ein Frühstück aufs Zimmer gebracht wird. Bitte treffen Sie mich um zehn Uhr in der Lobby. Von dort aus werden wir dann losfahren, um Gorjis Assistenten zu treffen. Das Ganze wird Ihre Show sein."

„Wir haben bereits einen Gesprächstermin? Wie haben Sie das denn angestellt?"

„Ich habe eben Freunde in dieser Stadt. Es gibt nur wenig, was ich hier nicht arrangieren kann."

Chase versprach, um zehn Uhr fertig zu sein, und legte auf.

Dann sah er auf seine Uhr. Es war kurz vor acht. Er öffnete seinen Seesack und zog seine Sportkleidung und Laufschuhe an. Die nächste Stunde widmete er ganz seinem Körper. Das Fitnesscenter des Hotels hatte Hartholzfußböden, brandneue Geräte und einen Blick über den Golf. Es war leer, und für einen Fitnessfan wie Chase der reinste Himmel.

Als er zurückkam, erwartete ihn bereits ein Teewagen mit verschiedenen warmen Speisen. Dazu diverse gekühlte Säfte. Smoothies. Eine gegrillte Tomate. Würzige Rösti mit Eiern Benedict. Ein ganzer Korb frisches Obst. Ein weiterer Korb mit Croissants und Muffins. Drei verschiedene Arten von Würstchen. Und eine große Kanne heißen Kaffee.

Vielleicht hatte Elliot recht gehabt, als er erwähnte, dass die Leute hier nicht kleckerten, sondern klotzten. Das hier war besser als das, woran er sich während der Kampfeinsätze gegen den IS im Irak gewöhnt hatte. Er suchte im Fernseher nach einem Nachrichtensender und frühstückte.

„Offizielle Vertreter der Asiatischen Infrastruktur-Investment Bank haben angedeutet, dass mit mehreren asiatischen Ländern weitere Gespräche über die künftige Einführung der neuen Bitcoin-gestützten Währung im Gange sind. Der Wert des Bitcoins ist in den letzten Wochen stetig gestiegen und hat neue Rekordhöhen erreicht."

„Weitere Nachrichten: Schiffe der iranischen Marine haben ihre Aktivitäten in der Straße von Hormus und im Persischen Golf ausgeweitet. Ein iranisches Raketenboot hat in etwas mehr als tausend Meter Entfernung vom US-Flugzeugträger Truman einen Testabschuss mit ungelenkten Raketen durchgeführt. Die USS Porter, das Schiff, das im Mittelpunkt der aktuellen Kontroversen steht, liegt noch im Hafen von Dubai. US-Beamte lassen verlauten, dass es dort verbleiben wird, bis sämtliche Untersuchungen und Reparaturen abgeschlossen sind."

Chase hörte zu, seufzte und dachte an seinen Vater. Es war

eine verdammte Schande, dass er für diesen Schlamassel als Sündenbock herhalten sollte.

Nach dem opulenten Frühstück nahm Chase eine Dusche und bereitete sich auf den Tag vor. Pünktlich um zehn Uhr betrat er in Khakis und Oberhemd die Lobby. Waleeds Sicherheitskraft nahm ihn in Empfang und führte Chase zu einem schwarzen Mercedes S600, der direkt vor dem Hoteleingang stand. Der Fahrer öffnete für Chase eine der Hintertüren. Waleed saß bereits auf dem Rücksitz und las auf einem Tablet.

„Guten Morgen, Mr. Manning."

„Guten Morgen. Wo werden wir ihn treffen?"

„In der Nähe der Springbrunnen."

„Jetzt gleich?"

Waleed nickte.

Der Fahrer und der Personenschützer nahmen vorne Platz. Der V-12-Motor erwachte zum Leben. Sekunden später raste der elegante schwarze Wagen durch die Stadt in Richtung des alles überragenden Burj Khalifa.

Dort angekommen, folgte Chase seinem Begleiter. Im Schatten des Burj Khalifa befand sich ein fast dreihundert Meter langer künstlicher See. Riesige Fontänen stiegen daraus empor und schossen Hunderte von Metern in die Luft, bevor sie wieder in das aquamarinblaue Wasser stürzten. Unzählige Touristen betrachteten dieses Spektakel, hielten ihre Handys hoch und machten Videos.

„Das erinnert mich an das Bellagio in Las Vegas", stellte Chase fest.

„Das sollte es auch. Das hier wurde von derselben Firma erbaut. Wir haben ihnen mehrere Hundert Millionen US-Dollar dafür bezahlt. Es ist eines der wichtigsten Wahrzeichen der Stadt."

Auf Chases Stirn bildeten sich Schweißperlen. Es war, wie immer, unglaublich heiß. Daher war er erleichtert, als Waleed

die Wasserspiele links liegen ließ und ein beiges Gebäude mit
der Aufschrift *Souk Al Bahar* betrat.

Der Souk lag gleich neben der Dubai Mall. Im Gegensatz
zum modernen und luxuriösen Erscheinungsbild der Dubai
Mall war der Souk im traditionellen arabischen Stil opulent
dekoriert. Gewölbte Decken und Goldverzierungen verliehen
ihm das Aussehen eines arabischen Palastes oder Tempels. In
seinem Inneren befanden sich kleine Gold- und Diamantenlä-
den. Chase wusste, dass jeder Preis hier verhandelbar war.
Sowohl die Kunden als auch die Ladenbesitzer liebten das obli-
gatorische Feilschen um den besten Preis.

Waleed deutete auf einen dieser Läden. „Gehen Sie dort
hinein. Ich bleibe hier."

„Sie kommen nicht mit?"

„Nein. Er hat nicht nach mir gefragt. Er wünscht, mit *Ihnen*
zu sprechen. Ich werde hier warten und die Augen offenhalten,
damit es keine Schwierigkeiten gibt."

„In Ordnung. Ich bin in ein paar Minuten zurück."

Chase betrat das Juweliergeschäft und ging auf einen
gebrechlich wirkenden Mann in einem Anzug zu, der ihn beobachtete. Der Mann saß im hinteren Teil des Raumes und sah
nervös aus. Sonst war niemand zu sehen.

„Mr. Manning. Guten Tag." Der Mann hielt ihm seine Hand
entgegen, und Chase schüttelte sie. „Ich vertrete Mr. Ahmad
Gorji."

„Ja, das hat man mir gesagt."

„Ich wurde gebeten, Sie in einer sehr ernsten Angelegenheit
zu kontaktieren."

„Bitte entschuldigen Sie meine Vorsicht. Aber woher weiß
ich, dass Sie tatsächlich Mr. Gorji vertreten?"

„Ich nehme an, dass ihr Mr. Jackson bereits meinen Hintergrund durchleuchtet hat?"

Das hatte er. „Wir wissen, dass Sie für Mr. Gorji als sein

persönlicher Assistent arbeiten. Ich erkenne Sie von dem Foto, das mir gezeigt wurde. Also weiß ich, dass Sie derjenige sind, für den Sie sich ausgeben. Aber ich weiß nicht, ob Sie auch tatsächlich für Mr. Gorji sprechen können. Warum kommt er nicht selbst?", erkundigte sich Chase.

Der Mann dachte darüber nach. „Ich verstehe. Ich kann Ihnen versichern, dass ich Mr. Gorji gegenüber loyal bin. Mr. Gorji möchte auch persönlich mit Ihnen reden. Aber das stellt für ihn ein großes Risiko dar. Sie müssen verstehen, ein Mann in seiner Position – er braucht eine Zusicherung Ihrerseits, bevor er einem Gespräch unter vier Augen zustimmen kann."

„Und warum möchte er mit mir sprechen?"

Der Mann sah sich in dem leeren Geschäft um. Dann trat er einen Schritt näher an Chase heran. Seine Stimme war kaum mehr als ein Flüstern. „Ich soll Ihnen die folgende Nachricht überbringen."

„In Ordnung, ich höre zu."

„Sie wissen bereits, dass Sie einen Verräter in Ihrer Organisation haben. Wir haben Mr. Jackson den CIA-Codenamen Ihrer Quelle in der Börse von Dubai gegeben. Wir wissen nicht, wer Ihr Verräter ist, aber wir wissen, dass mehrere Parteien versuchen, seine Identität zu lüften."

„Wer versucht, ihn zu enttarnen?" Chase hoffte, etwas über Pakvar zu erfahren.

Der Mann hielt eine Hand hoch. „Ich muss Ihnen sagen, dass wir eine Liste mit weiteren Personen haben."

Chase erstarrte. „Eine Liste mit weiteren Personen? Was für Personen?"

„Weitere Verräter."

Er versuchte, ruhig zu wirken. „Bitte etwas detaillierter – erzählen Sie mir mehr."

„Es gibt eine Liste mit Namen. Amerikaner. Jeder von ihnen

ist ein Experte auf seinem Gebiet – Verteidigung, Aufklärung, Politik, Militärstrategie und Satelliten. Kommunikations- und Informationstechnologie. Viele Bereiche, die für einen Feind der Vereinigten Staaten sehr wertvoll wären."

Erneut blickte er sich um. Dann sah er Chase mit Furcht in seinen Augen an. Es war, als hätte er Angst, dass jemand herein-stürmen und ihn mitnehmen würde.

„Sprechen Sie weiter."

„Diese Leute stellen Informationen bereit, um bei der Planung eines Angriffs auf die Vereinigten Staaten zu helfen."

Chases Augen wurden größer. „Sie verraten Geheimnisse an den Iran?"

„Das ist nicht ganz richtig. Mr. Gorji möchte Frieden. Viele Iraner wollen das nicht. Es gibt mehrere Machtzirkel im Iran. Aber ich versichere Ihnen, dass diese Liste amerikanischer Namen nicht im Besitz der iranischen Regierung ist."

„Wer hat die Liste? Wer sind diese Leute?"

„Menschen auf einer Insel."

„Welche Insel?"

„Abu Musa."

„Dann ist es doch der Iran."

„Nein. Mr. Gorji ist auf diese Liste gestoßen. Aber die irani-sche Regierung distanziert sich von dieser Liste und ihrem Zweck. Unsere beiden Nationen haben schon genug Probleme miteinan-der. Mr. Gorji erkennt an, dass unsere Beziehungen zum Westen repariert werden müssen, wenn der Iran jemals gedeihen soll. Wir geben Ihnen diese Informationen als Zeichen unseres guten Willens. Und weil wir Ihre Hilfe benötigen. Einige der invol-vierten Personen *sind* Iraner. Aber bitte seien Sie versichert, dass die Menschen, die diese Liste erstellt haben, *keine* Iraner sind."

„Wer sind sie dann?"

„Diese Information habe ich nicht."

„Hat Gorji diese Information?"

Er antwortete nicht.

Chase schnaubte. „Sie sagten, dass diese Leute einen Angriff planen. Was ist das Ziel?"

„Diese Information habe ich leider auch nicht."

„Für wann ist dieser Angriff geplant?"

„Ich weiß es nicht."

„Warum sollte eine Gruppe von Amerikanern das tun? Warum sollten sie ihr Land verraten?"

„Auch das weiß ich nicht. Es wäre wohl am besten, wenn Sie mit Mr. Gorji sprechen."

„Wissen Sie, wer unsere Quelle an der Börse in Dubai dem Iran gegenüber enttarnt hat?"

„Ich habe Ihnen bereits gesagt, dass es nicht die iranische Regierung ist, die gegen Sie arbeitet. Aber ich weiß nicht, wer in Ihrer Organisation für das Leck verantwortlich ist."

Chase verschränkte die Arme vor der Brust. „Was können Sie mir anbieten?"

„Mr. Gorji möchte die Liste gegen etwas tauschen. Die Liste mit den zusätzlichen Namen ist das, was er anzubieten hat. Das ist die Hilfe, die wir Ihnen geben können."

Jetzt begann also das Feilschen.

„Haben Sie mir nicht gerade eben gesagt, Sie würden das als Ausdruck des guten Willens tun?"

„Das Zeichen unseres guten Willens war, dass wir Ihnen von der Existenz dieser Liste berichtet haben. Aber die Lieferung von Namen amerikanischer Verräter – das wird Sie etwas kosten."

„Was möchte Gorji im Gegenzug?"

„Die Leute, die diese Liste erstellt haben, also diese Menschen auf Abu Musa – sie sind für den Iran zum Problem geworden. Wir geben Ihnen die komplette Liste im Tausch gegen amerikanische Unterstützung bei der Lösung dieses Problems."

„Was soll das bedeuten? Unterstützung bei der Lösung dieses Problems?"

„Die Gruppe, die diese Liste mit amerikanischen Verrätern erstellt hat – wir möchten, dass sie verschwindet, ohne dass der Iran in dieser Sache tätig werden muss."

Chase versuchte, seinen Ausführungen zu folgen. „Ich verstehe leider nicht."

„Mr. Gorji kann das Weitere erklären. Wir müssen nur wissen, ob Sie in Erwägung ziehen, uns zu helfen. Wenn ja, kann ich ein Gespräch zwischen Ihnen und Mr. Gorji arrangieren."

„Warum möchte Gorji, dass die USA diese Gruppe auf Abu Musa entfernt? Diese Insel befindet sich doch, wenn ich mich nicht irre, unter iranischer Kontrolle. Warum sollte Gorji –"

„Es ist nicht nur Mr. Gorji, der darum bittet."

„Wer noch? Wer bittet noch um unsere Unterstützung?"

„Mr. Gorjis Vorgesetzter."

„Und wer genau ist das?"

Er räusperte sich. „Der Oberste Führer des Iran."

Chase hielt inne. „Sie wollen mir sagen, dass der Oberste Führer des Iran die Vereinigten Staaten von Amerika um Hilfe bittet? Haben Sie die Nachrichten gesehen? Der Iran behauptet, dass wir gerade eines seiner Patrouillenboote versenkt hätten. Die Marine der iranischen Revolutionsgarde hat soeben in tausend Meter Entfernung eines US-Flugzeugträgers in der Straße von Hormus Raketen getestet. Um es ganz offen zu sagen, der Iran hasst uns offiziell."

„Mr. Gorji wünscht nicht, dass die Beziehungen zwischen den USA und dem Iran noch mehr leiden, als sie es schon tun. Er hat das Ohr des Obersten Führers. Bitte glauben Sie mir, Mr. Manning, diese Anfrage kommt von höchster Ebene."

Chase starrte ihm direkt in die Augen. Er sah aus, als würde er die Wahrheit sagen. „Sie haben gesagt, dass jemand nach unserem Mann in der Börse von Dubai suchen würde. Ich muss mehr darüber wissen."

Der Mann sah auf seine Armbanduhr. „Ich muss gehen."

„Sagen Sie mir zuerst, ist diese Person ein Mann namens Pakvar? Kennen Sie diesen Namen?"

Jetzt sah er noch besorgter aus. „Ja, das tue ich."

„Ist er hinter unserer Quelle her?"

Er nickte. „Ich glaube, ja."

„Wissen Sie, wo er sich aufhält? Wo können wir ihn finden?"

„Ich denke, er ist nicht der Typ Mensch, den Sie finden wollen. Aber ich weiß, dass er sich in Dubai aufhält."

„Ich muss wissen, wo."

„Ich werde mit Mr. Gorji sprechen. Wenn Gott will, wird er Ihnen auch diese Information geben. Ich selbst kenne Pakvars Aufenthaltsort nicht. Daher kann ich Ihnen heute nicht weiterhelfen."

Er drehte sich um, um zu gehen, holte dann aber noch etwas aus der Innentasche seines Jacketts. „Ich nehme an, Sie möchten diese Unterhaltung mit Mr. Gorji fortführen?"

„Ja, das ist korrekt."

„Dann soll ich Ihnen noch etwas übergeben, Mr. Manning. Haben Sie sich gefragt, warum wir ausgerechnet mit *Ihnen* sprechen wollten?"

„Natürlich habe ich mich das gefragt."

„Und zu welcher Antwort sind Sie dabei gekommen?"

„Ich habe keine. Ich habe keine Ahnung, warum Sie ausgerechnet nach mir gefragt haben."

„Mir wurde gesagt, dass mehrere Mitglieder Ihrer Familie an geheimen Militärangelegenheiten arbeiten."

Chase errötete. Er hatte nicht erwartet, dass dieser magere

Bastard seine Familie ins Spiel bringen würde. Er versuchte, in ruhigem Ton zu sprechen: „Worauf wollen sie hinaus?"

„Mr. Chase Manning, ich bin befugt, Ihnen einen Namen von der Liste auszuhändigen. Als Warnung. Egal, welcher Name auch immer auf diesem Papier steht, nehmen Sie zu dieser Person keinen Kontakt auf. Sollten Sie das tun, werden wir Ihnen die restlichen Namen nicht übergeben."

Chase biss die Zähne zusammen. „Warum geben Sie uns dann diesen einen Namen? Sie können doch nicht erwarten, dass wir mit dieser Information nichts machen werden."

„Wir erwarten, dass Sie unsere Behauptung auf ihre Richtigkeit hin überprüfen. Wenn Sie also feststellen, dass diese Person tatsächlich geheime Informationen an eine Gruppe außerhalb der US-Regierung weitergibt, dann wissen Sie, dass wir die Wahrheit sagen. Wir haben weder die Mittel noch die Wege, das nachzuprüfen. Aber Sie vielleicht schon. Wie auch immer Sie das anstellen, bitte denken Sie daran: Sie können nicht mit der Person kommunizieren. Denn das birgt die Gefahr, dass die Gruppe auf Abu Musa alarmiert wird, was wiederum Mr. Gorji gefährden würde. Sollten wir herausfinden, dass Sie mit dieser Person in Kontakt getreten sind, ist der Deal gestorben."

Er übergab Chase einen Umschlag. „Öffnen Sie ihn erst, wenn ich weg bin. Danach verbrennen Sie die Notiz. Wir melden uns bei Ihnen." Mit diesen Worten hastete er aus dem Laden.

Chases Herz pochte heftig, als er den Umschlag öffnete und einen einzigen mit Tinte geschriebenen Namen vorfand.

David Manning. Sein Bruder.

5

Chase nahm sein Abendessen allein in seinem Zimmer ein und wartete. Eine Stunde nach seinem Gespräch mit Gorjis Assistenten hatte er Elliot eine SMS geschrieben. Der Tag war ohne Rückmeldung verstrichen.

Jetzt summte auf seinem Nachttisch das von Elliot Jackson erhaltene Handy.

Die Textnachricht lautete: *Schicke einen Wagen, um Sie abzuholen. 15 Min.*

Chase verließ das Four Seasons und betrat den Parkbereich vor dem Hotel. Selbst nachdem die Sonne bereits untergegangen war, kühlte es nicht wirklich ab – es war schwül und noch immer unglaublich warm. Er wartete auf der Eingangstreppe des Hotels. Hupkonzerte und andere typische Klänge eines geschäftigen Stadtverkehrs erfüllten die Luft. Im Osten ließen die weißen Lichter des Burj Khalifa den Wolkenkratzer wie eine metallische Rakete aussehen, die bereit war, in den diesigen Nachthimmel aufzusteigen.

Das Klackern hoher Absätze erklang hinter ihm auf dem gepflasterten Weg. Chase drehte sich um und sah zwei große Augen, die ihn unter einem Kopftuch hervor anblickten.

Wunderschöne Augen. Die Augen einer Frau, die schon seit vielen Jahren für die CIA arbeitete und kürzlich zur Nummer drei in Dubai befördert worden war.

„Hallo, Chase." Er konnte ihr bescheidenes Lächeln sehen, halb verdeckt durch das Kopftuch.

„Ich hatte mich schon gefragt, ob ich dich hier treffen würde."

Sie stand sehr nah bei ihm. Ihre Fingerspitzen berührten flüchtig seine rechte Hand. Für einen Moment sah sie ihm tief in die Augen, keiner sagte etwas. Das mussten sie auch nicht. Er fragte sich, ob sie irgendjemand beobachtete. Öffentliche Zuneigungsbekundungen waren hier verboten.

Sie neigte leicht den Kopf. „Sollen wir?"

„Nach dir, Miss Parker."

Chase nahm auf dem Beifahrersitz von Lisa Parkers Toyota Platz, und sie bog auf die Jumeirah Road ein.

Zum ersten Mal hatte er Lisa ein paar Monate nach seiner Ankunft in den VAE getroffen. Er war zu einer einwöchigen Trainingseinheit nach Dubai beordert worden. Der größte Teil davon fand im Unterrichtsraum statt. Briefings über die geopolitische Situation. Updates über die Gewohnheiten und Praktiken der regionalen Terrorzellen. Aber es gab auch ein paar praktische Kurse. Einer davon sollte die Techniken des unbewaffneten Nahkampfs wiederauffrischen. Lisa Parker war die Ausbilderin.

Sie hatte Nahkampftechniken vorgestellt. Angeleitet, wie man sich aus Griffen befreien und diesen ausweichen konnte. Es war ein ganztägiger Kurs, der zur Hälfte in einem angemieteten privaten Fitnesscenter stattfand.

Während dieser Stunden hatte Lisa viele Männer in Verlegenheit gebracht. Sie war die einzige Frau in einer Gruppe sehr machohafter Männer. Es waren fünf Schüler, wovon vier zur Sondereinsatzgruppe gehörten. Der letzte Teil des Kurses sah

vor, dass die Männer die Techniken demonstrieren sollten, die
Lisa ihnen beigebracht hatte. Dabei traten sie nacheinander
gegen ihre Lehrerin an. Chase beobachtete, wie sie einen nach
dem anderen plattmachte. Sie warf einen einhundert Kilo-
gramm schweren ehemaligen Delta Force-Mann auf den
Rücken, bevor er realisierte, was los war. Sie zerriss ihre Gegner
quasi in der Luft, die nach ihrer Niederlage gedemütigt abzo-
gen. Alles Männer, die gut ausgebildet waren und praktische
Nahkampferfahrungen gesammelt hatten.

Lisa war *sehr* gut. Chase fand sie zudem äußerst attraktiv.
Ihre eng sitzende Trainingskleidung lenkte ab, um es vorsichtig
auszudrücken.

Er war als letzter an der Reihe. Das bedeutete auch, dass er
und Lisa allein waren, als er versuchte, sie auf der Matte nieder-
zuringen.

Er grinste sie verlegen an. „Wissen Sie, ich habe eben
beobachtet, wie Sie diesen Jungs in den Hintern getreten
haben, und ich bin zu einhundert Prozent sicher, dass sie alle
widerstandsfähiger waren als ich. Könnten wir nicht einfach
annehmen, dass Sie mich ebenfalls problemlos fertigmachen
würden? Wenn Sie das genauso sehen, könnten wir es doch
dabei bewenden lassen und was trinken gehen, oder so
was ..."

Sie lächelte ihn mit diesen großen, wunderschönen Augen
an. „Oder so was?"

Chase wusste nicht, was er sagen sollte. Zeigte sie etwa
Interesse an ihm? Oder war sie beleidigt und wollte sehen, wie
weit er sich aus dem Fenster lehnen würde?

„Wissen Sie, wer ich bin?", fragte sie.

„Sie sind die zäheste Frau, die ich jemals getroffen habe." Er
machte einen Schritt auf sie zu, und in seinen Augen lag ein
herausfordernder Blick. Seine Sinne waren geschärft, seine
Muskeln angespannt. Er wollte versuchen, nahe genug an sie

heranzukommen, um sie in einen Haltegriff zu bekommen. Vielleicht ein halber Nelson ...

Sie stand entspannt da, die Füße schulterweit auseinander, die Hände auf der Hüfte aufgestützt. Vollkommen sorglos. „Es wäre unpassend, wenn ich mich in der Stadt mit Ihnen zusammen bei einem Drink sehen lassen würde."

„Warum das?" Er machte einen weiteren Schritt auf sie zu. Ob sie an einem Drink interessiert war oder nicht, vielleicht würde sie diese Sache lange genug ablenken, damit er den ersten Angriff starten konnte, bevor sie diesen Judo-Kram auspackte.

„Weil ich denke, dass ich älter bin als Sie."

Chase begann, beide seiner Ansätze zu hinterfragen. „Es tut mir leid, wenn ich –"

Sie ließ sich zu Boden fallen und drehte sich; bei dieser Bewegung trat sie ihm mit dem Bein die Füße unter dem Körper weg.

Er landete hart auf seinem Rücken, durch den Aufprall wich die Luft aus seinen Lungen. Sie war extrem schnell. Als er stöhnend auf dem Boden lag, sah er, wie sie wegging. Vermutlich war sie doch nicht interessiert. Vor Schmerz schloss er die Augen. Dann hörte er das metallische Klicken eines Bolzenschlosses.

Sie stand über ihm. Er lag noch immer wie betäubt auf dem Boden. „Ich interessiere mich nicht für Drinks", sagte sie. „Aber vielleicht komme ich auf das ,So was' zurück." Sie sah ihm direkt in die Augen, während sie sich auf ihn setzte.

Das war der Beginn ihrer sehr körperlichen und sehr geheimen Affäre. Chase hatte sich in den darauffolgenden Tagen über sie erkundigt. Sie war eine sehr talentierte Frau. Ein aufsteigender Stern in der politischen Aktionsgruppe der CIA. Sie war vor ihrem Kennenlernen bereits zwei Jahre in Dubai stationiert gewesen. Lisa war klug und sprach mehrere Sprachen fließend. Außerdem hatte sie ein Händchen dafür, Leute dazu zu bewegen, für die Vereinigten Staaten zu spionieren, absichtlich oder unabsichtlich. Und sie hatte sich viel Respekt unter den Mitgliedern der SOG verdient, indem sie sich in mehreren Feuergefechten bewiesen hatte.

Chase und Lisa hatten sich bisher vielleicht zwölfmal getroffen. Sie gab den Ton an und schickte ihm eine E-Mail mit dem Treffpunkt und der Uhrzeit. Lisa wusste, wann er frei hatte, ohne ihn überhaupt fragen zu müssen. Üblicherweise trafen sie sich in einem Hotel in Dubai. Sie aßen zusammen Abend und unterhielten sich etwas. Den Rest der Zeit verbrachten sie im Bett. Diese Beziehung erfüllte ihre gegenseitigen Bedürfnisse, aber sie hatten auch ungewöhnlich strikte Regeln für ihren Umgang damit aufgestellt.

Chase hatte niemandem erzählt, dass er sich mit ihr traf. Und er war sicher, dass sie es genauso handhabte. Sie sprachen nie über ihre Vergangenheit, mal abgesehen von oberflächlichen Dingen. Sie wollte es so, dessen war er sich ziemlich sicher. Und er passte sich ihrem Verhalten an. Wenn sie mehr als das hier wollte, würde sie es ihn bestimmt wissen lassen. Das Problem war, je öfter sie sich sahen, desto stärker wurde seine emotionale Bindung zu ihr. Chase wusste selbst nicht, wohin das führen sollte – falls es überhaupt irgendwohin führte. Aber er wollte es nicht vermasseln, indem er etwas sagte, was er besser nicht sagen sollte.

Jetzt, im Auto auf dem Weg zu Elliot, wollte er sie fragen, wie es ihr ergangen war. Er wollte sie eine Menge Dinge fragen. Aus seinem Augenwinkel warf er verstohlene Blicke auf sie, damit seine Absichten nicht zu offenkundig waren. Während seiner Zeit im Irak hatte er oft an sie gedacht. Sie hatten ein paar E-Mails ausgetauscht, aber alles war sehr oberflächlich gewesen. Er fühlte sich ein wenig benutzt, wollte aber trotzdem nicht, dass es aufhörte.

„Wohin fahren wir?"

Sie sah ihn kurz an und bog dann ab. „Wir treffen Elliot."

„Ich weiß. Aber wo?"

Sie antwortete nicht.

Das war so typisch für einen Agenten der PAG, der politischen Aktionsgruppe. Sie betrachteten sich selbst als die einzig wahren CIA-Agenten. Die Mantel-und-Degen-Typen, die mit ausländischen Würdenträgern Martinis tranken und Umschläge aus toten Briefkästen holten. Für sie gehörte Chase zu den anderen. Zu den Typen mit den Maschinenpistolen, die den Ruf hatten, nicht großartig nachzudenken, und daher nur das Nötigste wissen mussten, um im richtigen Moment abzudrücken.

Chase war in seinem zweiten Jahr bei der Sondereinsatzgruppe der CIA. Die PAG und die SOG waren die zwei Einheiten der Special Activities Division, kurz SAD. Während viele Jobs in der Militär- und Aufklärungsmaschinerie einfache Bürojobs waren, war bei der Abteilung für Spezialeinsätze immer etwas los – zumindest in der CIA. Die SOG wurde als ihr paramilitärischer Flügel betrachtet.

Die Mitglieder der SOG wurden aus den Eliteeinheiten des Militärs ausgewählt, weil sie klug, fähig und tödlich waren. Seiner Meinung nach mussten sie alles wissen, was die ‚regulären' Spione auch wussten. Trotzdem führten Leute aus Lisas Umfeld die CIA. Sie wurden schneller befördert und erhielten die höheren Posten. Aber so waren die Dinge nun einmal. Als Agentin der PAG war Lisa ein Mitglied der überlegenen ‚Herrenrasse' innerhalb der CIA.

Chase machte sich nicht allzu viele Sorgen um sein Beförderungspotenzial. Er war nicht darauf aus, GS-15 zu werden, und er wollte sich auch nicht mit dem Schwachsinn befassen, mit dem sich die Manager herumschlagen mussten. Man sah es daran, was seinem Vater gerade passierte. Er war der Sündenbock für die Politiker in Washington. Chase zog es vor, seinem Land gut zu dienen, und zwar ohne öffentliche Belohnung.

Aber er hatte noch einen Trumpf im Ärmel. Er war immer noch Reserveoffizier der US Navy. Er war jetzt in seinem zweiten Jahr bei der CIA, und er hatte nicht mehr viel mit der Reserve unternommen. Aber in einem Monat würde er aktiv an der Ausbildung des SEAL-Teams Achtzehn teilnehmen, der Reserveeinheit, der er sich angeschlossen hatte. Auch wenn das, gelinde gesagt, sicher kein Urlaub werden würde, so diente es doch als eine nette Abwechslung zur Kultur der CIA.

Lisa fuhr über die Brücke zum Palm Jumeirah Island.

Noch im Jahr 2001 war an dieser Stelle nichts als Wasser gewesen. Aber Bau- und Baggerarbeiten über acht Jahre hinweg hatten eine Insel in der Form einer gigantischen Palme mit fünfhundert Kilometern Küstenlinie, achtundzwanzig Hotels und Tausenden von Luxusresidenzen hervorgebracht. Auf jedem Blatt der Palme befanden sich reihenweise extravagante Villen, Restaurants, Resorts und Einkaufsmöglichkeiten.

Lisa raste die Hauptstraße entlang, die die Insel umgab. Chase beobachtete einen Zug der Magnetschwebebahn, der auf einer Betonkonstruktion über ihnen vorbeiglitt. Wohin er auch blickte, überall nur perfekt gewachsene Palmen, teure Autos und Luxusanwesen. Der Reichtum hier war unglaublich.

Lisa bog scharf rechts ab und fuhr eine Rampe hinunter in eine Doppelgarage unter einem Wohnhaus. Das Garagentor schloss sich hinter ihnen. Einen Moment lang waren sie allein in der stillen Dunkelheit.

Sie berührte seine Wange und lehnte sich in seine Richtung. „Es ist schön, dich wiederzusehen."

„Das finde ich auch", flüsterte er. Er sah ihr in die Augen, machte aber keine Anstalten, sich ihr zu nähern.

Der Duft ihres süßen Parfums stieg ihm in die Nase. Es erinnerte ihn an das letzte Mal, als sie zusammen waren. Als sie näherkam, beschleunigte sich sein Puls ein wenig. Ihre Lippen streiften sein Ohr, als sie ihm zuflüsterte: „Vielleicht können wir heute Abend nach der Arbeit etwas trinken gehen?"

Dann zog sie sich zurück, sah ihn fragend an und wartete auf eine Antwort.

„Das würde mir gefallen."

Sie schenke ihm einen Hauch von einem Lächeln, stieg aus und betrat das Haus. Er tat es ihr gleich. Chase erkannte sofort, dass die Wohnung als Horchposten ausgebaut war. Alle Fenster und Türen waren verdunkelt. Es gab Innenräume mit schalldichten Wänden, digitalen Sicherheitsschlössern und genügend Elektronik, um alle Überwachungsanforderungen der CIA und anderer Behörden, mit denen sie zusammenarbeitete, zu erfüllen.

Elliot saß auf einer abgewetzten Ledercouch und sah sich etwas an, das wie eine Live-Videoübertragung aus einem Hotelkonferenzraum aussah. Er erhob sich, als sich Lisa und Chase näherten.

Elliot schüttelte Chases Hand. „Danke, dass Sie gekommen sind." Chase sah sich im Raum um. Mehrere Leute mit Headsets tippten auf Laptops herum. Lisa stand mit einem neugierigen Gesichtsausdruck neben ihnen. Chase fragte sich, ob Elliot ihr bereits erzählt hatte, warum er hier war.

„Lisa, es wird nur wenige Minuten dauern."

Sie hatte ihr Kopftuch heruntergezogen und trug es nun als Halstuch. „Natürlich. Ich warte hier", antwortete sie mit hochgezogenen Augenbrauen. Sie sah nicht allzu begeistert darüber aus, dass sie von der Unterhaltung ausgeschlossen wurde.

Elliot ging durch den Raum und öffnete eine Tür. Das dahinterliegende Zimmer war gerade groß genug für einen Tisch und vier Stühle. Es hätte als abhörsicherer Konferenzraum dienen können. Oder als Verhörraum. Während Chase an dem Holztisch Platz nahm, schloss Elliot die Tür hinter sich.

„Sie haben Lisa Parker nicht erzählt, was ich hier mache?",
fragte Chase.

Elliot schüttelte den Kopf. „Noch nicht. Ich beabsichtige, es
ihr zu sagen, sobald sie von der Spionageabwehr sicherheitsüberprüft wurde. Es gibt ein Protokoll, das eingehalten werden
muss, und man kann nie zu vorsichtig sein." Er stützte sich mit
den Ellenbogen auf dem Tisch ab und faltete seine Hände. „In
Ordnung, dann erzählen Sie mal."

Chase fasste seine Unterhaltung mit Waleed zusammen und
berichtete Elliot von Pakvar. Als er fertig war, sah Elliot verärgert aus. Er zog sein Handy heraus und tippte etwas. Dann
zeigte er Chase das Foto eines Männergesichts.

„Das ist Pakvar?", fragte Chase.

Elliot nickte. „Mir liegt ein Bericht vor, dass er heute
Morgen in Dubai war. Das sind schlechte Nachrichten, Chase.
Ich will ihn nicht in der Nähe unseres Informanten haben. Wir
brauchen diese Daten. Wenn sie diese Bitcoin-gestützte
Währung einführen, ohne dass wir die Transaktionsinforma-
tionen nachverfolgen können – dann wird im Wesentlichen ein
wachsender Schwarzmarkt für Devisen entstehen, den wir
weder überwachen noch kontrollieren können."

Chase nickte. „Wir müssen auch mit Gorji sprechen. Ich
habe mich mit seinem Assistenten getroffen, der Sie zuvor im
Konsulat aufgesucht hat."

„Sie haben sich schon mit ihm getroffen? Wann?"

„Heute. Ich habe Ihnen eine Textnachricht geschickt."

Er blickte auf sein Handy. „Ah. Richtig. Tut mir leid, es geht
hier gerade drunter und drüber." Er schüttelte den Kopf. „Es ist
einfach so viel los. Haben Sie herausgefunden, warum er Sie
sprechen wollte?"

Chase hatte den ganzen Tag überlegt, wie er diese Frage
beantworten sollte. Er war hin- und hergerissen. Entweder
würde er seinem Bruder und dessen Ruf und Karriere schaden

– oder seine Pflichten vernachlässigen. Er wusste, dass David niemals freiwillig Informationen weitergeben würde, zu deren Geheimhaltung er sich verpflichtet hatte.

„Ich befinde mich diesbezüglich in einem Gewissenskonflikt. Elliot, ich schwöre bei Gott, dass hier irgendein Fehler vorliegen oder es Teil einer iranischen Desinformationskampagne sein muss. Ich weiß auch nicht ...“

Elliot runzelte die Stirn. „Nun spucken Sie es schon aus.“

„Der angebliche Grund, warum Gorji mit mir sprechen wollte, ist mein Bruder. Erinnern Sie sich an David?“

Elliot sah nachdenklich aus. Im Rahmen seiner langjährigen Freundschaft mit Admiral Manning hatte er auch David einmal getroffen, aber er kannte ihn nicht wirklich. „Ja, ich erinnere mich an Ihren Bruder.“

„Wir haben ein größeres Problem als nur ein Leck in Dubai. Sie behaupten, eine Liste von Amerikanern zu haben, die einer Gruppierung auf Abu Musa geheime Informationen zukommen lassen. Gorjis Assistent behauptet, dass Gorji sich mit mir persönlich treffen will. Er sagt, der Oberste Führer des Iran wolle einen Handel eingehen. Die Liste mit den Namen der Amerikaner im Tausch gegen unsere Unterstützung bei der Entfernung dieser Gruppe von der Insel. Der Beleg für die Echtheit der Liste sei der Name meines Bruders, der auch darauf stehen soll. Sie glauben, dass wir Beweise dafür finden können, dass er etwas Verbotenes tut. Womit die Liste verifiziert wäre.“

Elliot verzog sein Gesicht. „Wie bitte?“

Chase wiederholte alles, was er erfahren hatte, erpicht zu betonen, dass sein Bruder niemals ihr Land verraten würde.

Als er mit seinem Bericht fertig war, lehnte Elliot sich in seinem Stuhl zurück. Eine Weile lang sagte er nichts. Er betrachtete nur nachdenklich die Wand. Dann ließ er seinen Blick zurück zu Chase wandern. „Es muss schwer für Sie gewesen sein, mir davon zu erzählen, Chase. Aber Sie haben das Richtige getan."

„Ich weiß nicht, was ich tun soll. Sie sagten, dass wir nicht mit David in Kontakt treten dürften, sonst würde der Handel nicht zustande kommen."

„Und was ist der Grund dafür?"

„Sie sind der Meinung, das Risiko sei zu hoch. Es könnte diejenigen alarmieren, die unsere Station in Dubai infiltriert haben."

Elliot nickte. „Chase, ich weiß nicht, was Gorji vorhat. Ich weiß nicht, ob diese Liste wirklich echt ist und wie sie an den Namen unseres Mannes in Dubai gekommen sind. Aber –

nehmen Sie unter keinen Umständen Kontakt zu Ihrem Bruder David auf. Verstehen Sie? Nicht bis wir wissen, was hier gespielt wird."

„Ich verstehe", antwortete Chase widerwillig.

„Treffen Sie sich mit Gorji. Bald. Geben Sie mir Bescheid, wenn Sie zu ihm fahren. Ich muss die Befehlskette einhalten und gewisse Leute unterrichten. Das Ganze ist viel größer, als ich dachte."

„Und was ist mit Pakvar?"

„Wir werden versuchen, ihn ausfindig zu machen. Schauen Sie, ob Gorji uns dabei helfen kann, wenn Sie ihn treffen."

„Wird gemacht."

Sie standen auf und gingen zurück in den Wohnbereich, in dem die technische Ausrüstung aufgebaut war. Lisa stand auf der anderen Seite des Raumes und sprach mit einer Gruppe von CIA-Überwachungstechnikern. Ihr Blick fiel auf Chase. Einen Moment lang sahen sie sich in die Augen. Um sie herum waren rege Unterhaltungen im Gange. Auch wenn sich weder Chase noch Lisa äußerlich etwas anmerken ließen, spürte er doch ein Verlangen in sich aufsteigen. Er fragte sich, ob sie wohl denselben Gedanken nachhing ... In diesem Augenblick wurde der Bann durch ein laut klingelndes Festnetztelefon gebrochen, und sie machten mit ihrer Arbeit weiter.

Chase drehte sich zu Elliot um. „Darf ich fragen, für was das alles ist?" Er deutete auf die elektronischen Gerätschaften.

Elliot zeigte auf den großen Monitor, auf dem nach wie vor die Liveübertragung aus dem Konferenzraum zu sehen war. „Der Finanzgipfel findet ohne US-Vertretung statt. Es ist eine geschlossene Veranstaltung unter Großinvestoren. Aber der Direktor möchte wissen, was da vor sich geht." Mit dem Direktor meinte er den Direktor der CIA. Dieses Thema musste in Washington große Aufmerksamkeit erregt haben.

Lisa erschien neben ihnen und sagte zu Elliot: „Bislang haben drei verschiedene Geheimdienste den Raum nach Wanzen abgesucht."

„Ich denke, Sie hätten es mir gesagt, wenn jemand unsere kleinen Vorrichtungen entdeckt hätte?", fragte Elliot.

Sie lächelte zurückhaltend. „Oh, war das wichtig für Sie?"

Er lächelte zurück und sagte zu Chase: „Sehen Sie, womit ich es hier zu tun habe?"

Lisa zwinkerte. „Entspannen Sie sich. Ich halte Sie auf dem Laufenden."

Chase schaute auf den Monitor. Es war eine Übertragung in HD-Qualität aus zwei verschiedenen Blickwinkeln, und da der Ton sehr leise war, wurden Bildunterschriften eingeblendet.

„Wie habt ihr das bewerkstelligt?", fragte Chase.

Elliot sah Lisa an. Erst antwortete sie nicht, dann sagte sie: „Nun, die abendliche Show fängt bald an. Chase, wenn wir hier durch sind, fahre ich Sie zurück in die Stadt. Warum setzen Sie sich nicht?"

Elliot nahm Platz, und auch Lisa zog sich einen Stuhl heran. Chase blieb stehen und las den Text am unteren Bildschirmrand mit.

Der Konferenzraum füllte sich, und mehrere Gruppen

begannen, sich miteinander zu unterhalten. Chase bekam das Wesentliche mit. Ein großes chinesisches Investment in die neue Börse in Dubai wurde getätigt. Das würde weitere Gelegenheiten für globale Investments in diese Region schaffen. Bislang fiel ihm nichts auf, was verdächtig war.

Er beobachtete, wie ein arabischer Mann in einem wallenden weißen Gewand seine Rede beendete. Danach verließ er das Podium und nahm in der ersten Reihe Platz.

Ein kleiner Chinese trat an das Rednerpult.

„Wer ist das?", fragte Chase Lisa.

„*Das* ist der Mann, den wir alle sehen wollen."

Cheng Jinshan war bereit für diesen Moment. Das war der Höhepunkt jahrzehntelanger sorgfältiger Planung. Sein kometenhafter Aufstieg in der Geschäftswelt, und sein gleichzeitiger – wenngleich nicht öffentlicher – beeindruckender Aufstieg in die Riege der Machthaber der chinesischen Regierung hatten all dies möglich gemacht. Aber hier ging es nicht nur ums Geschäft. Es war nicht nur Politik. Es war Krieg.

Er trank einen Schluck Wasser aus seinem Glas und blickte in den Raum. Es waren lediglich fünfzehn oder zwanzig Männer anwesend. Keine Frauen. Die amerikanische Botschafterin war ohne Zweifel recht irritiert gewesen, dass sie nicht zu dieser Versammlung eingeladen worden war, aber das machte nichts.

„Meine Herren, vielen Dank, dass Sie mir – einem einfachen Investor – erlauben, mit solch großen Staatsmännern und Ökonomen wie Ihnen zu sprechen und zu speisen. Sie sind es, die Nationen aufbauen, die Denker und die Weltenlenker. Ich bin nur ein *bescheidener* Geschäftsmann."

Auf den Gesichtern seines Publikums lag ein Lächeln. Viele

von ihnen kannten Jinshan gut, einschließlich des chinesischen Botschafters. Diejenigen, die ihn kannten, wussten, dass er ein sehr versierter Unternehmer war. Das Wort *bescheiden* hätte keiner von ihnen verwendet, um ihn zu beschreiben.

Ein teuflisches Grinsen machte sich auf seinem Gesicht breit. „Was ist Geld?" Er legte seine Hände auf die Seiten des hölzernen Podiums und sah sich im Raum um. „Manche Leute würden sagen, dass Geld nur von Männern generiert wird, die etwas produzieren. Dass es der große Gleichmacher dieser Welt ist. Dieselben Menschen wollen Ihnen weismachen, dass Geld nur im fairen Handel gegen Waren getauscht werden kann, weil sich beide Parteien über den Preis einig sein müssen. Die Schriftstellerin Ayn Rand schrieb in einem ihrer Bücher sinngemäß: ‚Geld ist das Barometer der Moral einer Gesellschaft. Geld erlaubt nur Geschäfte, die zum gegenseitigen Nutzen freiwillig abgeschlossen werden.' Und ich denke, dass das richtig ist, mit einer Ausnahme. Wir verwenden nicht alle dieselbe *Art* von Geld. Und auf die Regulierung des US-Dollars, dem großen Währungskönig, hat keiner der hier Anwesenden irgendeinen Einfluss. Ich bin daher der Meinung, dass die Welt im Augenblick nicht auf einen für beide Seiten vorteilhaften Handel eingerichtet ist. Auch wenn ich nur ein einfacher Geschäftsmann bin, so bin ich doch ein Geschäftsmann, der eine große Chance erkennt, wenn sie sich ihm bietet."

Seine Zuhörer lächelten wieder, manche von ihnen mit ein paar Sekunden Verzögerung, denn Jinshan sprach in seiner Muttersprache Mandarin, die über kleine Kopfhörer übersetzt wurde.

„Was wir vorhaben, ist eine großartige Investition für Bankiers weltweit, aber wir hoffen, dass gleichzeitig auch eine Neuausrichtung für den Rest der Menschheit stattfinden wird. Jeder von Ihnen ist inzwischen zweifellos mit den Einzelheiten der Kryptowährung vertraut. Als der Bitcoin vor ein paar Jahren auftauchte, hielt ich ihn für eine Art vorübergehende Modeerscheinung. Wie einfältig diese Denkweise doch war. Die großen Veränderungen der Technologie erscheinen auf den ersten Blick immer absurd. Besonders für einfach gestrickte, alte Männer wie mich."

Er blickte kurz auf das hölzerne Podium, dann wieder zu seinem Publikum. Das immer noch höflich lächelte.

„Heute Abend sind Repräsentanten vieler Länder anwesend. Jede unserer Nationen beansprucht eine eigene Währung. In jeder dieser Währungen handeln wir mit Waren, Dienstleistungen, Aktien und Anleihen. Und dann handeln wir sogar mit den Währungen selbst. Wir tauschen unsere Yen in Dollar, und unsere Euro in Rubel. Hin und her und hin und her und wieder zurück."

Er erhob die Stimme. „Ein Hütchenspiel. Noch dazu ein launiges, mit wenigen wirklichen Vorteilen. Aber einen großen Vorteil hat es doch: Wenn Sie den König aller Währungen kontrollieren, können Sie die Welt beherrschen. Und dieser große Vorteil wird von einer Nation in Anspruch genommen, die heute Abend in diesem Raum nicht vertreten ist. Der US-Dollar ist tatsächlich der König der Währungen."

Er hielt inne, um seine Worte wirken zu lassen.

„Wir können dagegen protestieren, so viel wir wollen, aber in unseren Herzen wissen wir, dass es stimmt. Solange der Rest der Welt den Dollar als die Reservewährung akzeptiert, sind wir alle Sklaven Amerikas."

Er trank einen Schluck Wasser und konnte sehen, dass einige von ihnen plötzlich auf der Hut waren. Seine Vorredner hatten ihre Beiträge allesamt optimistisch und oberflächlich gestaltet. Jetzt erhöhte er den Einsatz. Sie hörten aufmerksamer zu. Die Amerika wohl gesonnenen Nationen wollten vermutlich nicht mit jemandem in Verbindung gebracht werden, der es nicht war. Nun, das würde sich bald ändern.

„Meine Herren, ich bin ein alter Mann. Ich habe dieses
Spiel satt. Denn solange wir den Dollar nicht kontrollieren, was
keiner von uns in diesem Raum kann, stehen wir alle auf der
Verliererseite."

Russen und Iraner nickten zustimmend. Zwischen Amerika
und diesen Ländern hatte es noch nie freundschaftliche Beziehungen gegeben. Die Emiratis sahen innerlich zerrissen aus.

„Aber ich bin nicht hier, um irgendein Land zu benachteili-
gen, nicht einmal Amerika. Was ich vorschlage – mit der Hilfe
aller hier Anwesenden – ist, das Gleichgewicht wieder herzustellen. In den vergangenen Monaten hat die Währung meines
Landes erheblich an Wert verloren. Unser Aktienmarkt hat
verheerende Verluste erlitten. Auf der ganzen Welt stehen wir
wahrscheinlich am Rande eines weiteren wirtschaftlichen
Abschwungs. Und in vielen Ländern beeinträchtigt die Inflation
den Wert unseres Geldes." Er deutete auf die iranische Delega-
tion. „Vor ein paar Jahren war ein Brot in Teheran noch viel
billiger, nicht wahr?"

Einer der Iraner nickte mehrmals mit düsterer Miene. Sein
Sitznachbar stupste ihn an und er hörte augenblicklich
damit auf.

„Aber ich sage Ihnen, das muss aufhören! Jetzt sind wir am
Drücker im Kampf um die Stabilität der Weltwirtschaft. Eine
digitale Währungsreserve. Eine, die nicht von einer Nation
kontrolliert wird. Deren Wert unbestreitbar auf mathematischer Fairness fußt, und nicht den Launen der Bürokraten. Der
Iran und die Vereinigten Arabischen Emirate werden dazu
übergehen, ihre Währungen mit Bitcoin-Reserven zu stützen.
Wie wir alle wissen, wird die Börse von Dubai, die auch mit
Bitcoin handeln wird, in den nächsten achtundvierzig Stunden
öffnen. Das hat bereits zu einer Wertsteigerung des Bitcoins
selbst geführt, und diese beiden mutigen Nationen werden
dadurch florieren."

Er nahm einen weiteren Schluck Wasser. Anschließend umklammerte er den Rand des Rednerpultes und lehnte sich nach vorne, bevor er weitersprach. „Ich habe Neuigkeiten. Ich freue mich sehr, heute an dieser Stelle bekannt geben zu dürfen, dass wir in Peking Verhandlungen aufgenommen haben, damit unser eigenes Land diesem Beispiel folgen kann. Ich wollte, dass Sie es als Erste erfahren. China wird ebenfalls damit beginnen, Bitcoin-Reserven zu halten. Im Laufe des nächsten Jahres werden wir den Übergang von der zentralen Regulierung des Renminbi zu einer Bitcoin-gedeckten Währung einleiten. Es ist unsere Hoffnung, dass der Rest der Welt nachziehen wird. Nicht länger wird eine Nation dem Rest der Welt ihre finanziellen Bedingungen aufoktroyieren. Bitcoin ist eine faire Währung, so wie Gold. Er ist knapp, sicher und wird vor allem von keiner Staatsmacht reguliert. Wir hoffen, dass die Verwendung von Bitcoin zur Stützung nationaler Währungen dazu führen wird, dass sich eine einheitliche, globale, dezentrale Währung entwickelt. Wenn dies geschieht, wird es zu einer ökonomischen Neuausrichtung kommen.“

―――――――――

„Heilige Scheiße!“, entfuhr es Elliot. Er zog sein Handy heraus und ging aus dem Zimmer.

Im ganzen Raum begannen Telefone zu klingeln. Alle sprachen jetzt lauter. Chase war klar, dass gerade etwas Großes passiert war, aber verstand nicht so ganz, worum es ging.

Elliot sah Chase an und winkte ihn zu sich in den Flur. Er legte die Hand auf das Mikrofon seines Handys und sagte: „Ich muss telefonieren. Rufen Sie mich an oder texten Sie mir, wenn Sie etwas Neues haben.“

Chase zeigte ihm den Daumen hoch.

Lisa trat neben Chase. „Nun, ich wusste, dass das unter-

haltsam werden würde. Aber ich hatte ja keine Ahnung, wie
unterhaltsam."

„Was bedeutet das alles?"

Sie hob ihre Augenbrauen. „Wenn es stimmt, was Jinshan
gerade gesagt hat, wären das bahnbrechende Neuigkeiten.
Wenn China auf eine Bitcoin-gestützte Währung umstellt,
würde das alles verändern."

„Wie das?"

„Wenn das öffentlich bekannt wird, was jede Minute
passieren dürfte, wird das schiere Volumen des Devisenhandels
den Wert des Bitcoins in ungeahnte Höhen treiben. Das schafft
dann quasi die erhoffte Stabilität für andere Länder, die nachziehen möchten."

„Ich verstehe immer noch nicht ganz. Was meinst du mit
"nachziehen"?"

„Lass es mich so erklären. Das könnte der erste Domino-
stein in einer Kette von Ereignissen sein, die letztendlich zur
Entthronung des amerikanischen Dollars führen würde. Wenn
jeder anfängt, zu einer Bitcoin-gestützten Währung überzu-
gehen – und dann schließlich zu einer einheitlichen, globalen
Währung –, könnte das die Vereinigten Staaten wirtschaftlich
schwer treffen."

„Ich verstehe." Chase beobachtete, wie die Leute nervös
durch den Raum tigerten und mit ernster Stimme telefonierten
oder miteinander sprachen.

„Ich kann dich jetzt zurückfahren", sagte Lisa. „Die werden
hier damit beschäftigt sein, Kopien dieser Rede an die Regierungsvertreter zu verteilen, die davon wissen sollten."

„Du gehst? Mitten in diesem Aufruhr?"

„Yep. Meine Arbeit hier ist getan."

„Und welche Arbeit war das?"

Sie lächelte. „Was denkst du, wer diese Videoübertragung
arrangiert hat?"

Auf dem Monitor war zu sehen, wie sich die Würdenträger erhoben. In Gruppen von zwei oder drei Personen verließen sie den Konferenzraum. Das Bild zeigte nun eine schick aussehende Bar mit Gold verzierten Marmorsäulen, Kronleuchtern und Reihen von Spirituosen an der Wand. So viel zum Alkoholverbot im Islam.

„Wo sind sie?"

„Atlantis – Die Palme."

Chase hatte das Gefühl, dass es falsch wäre, jetzt zu gehen. „Gibt es nichts, was wir tun können?"

„Lass die Leute hier nur machen. Das gehört nicht zu unseren Aufgaben. Komm schon. Verschwinden wir." Kaum merklich streifte ihre Hand seine. „Bist du bereit für unseren Drink?"

Drei Stunden später lag Lisa nackt auf ihm. Strähnen ihres langen schwarzen Haares verdeckten eines ihrer Augen. Ihre glatte Haut glänzte vor Schweiß. Sie hatten ihr ausgiebiges Liebesspiel vorerst beendet und dösten ein wenig.

Blaues Mondlicht erhellte die Konturen ihres Schlafzimmers. Durch das offene Fenster konnte er die nächtlichen Geräusche der Uferpromenade hören, die ein paar Stockwerke unter ihrem Apartment lag.

Ihre Fingerspitzen wanderten über seine Muskeln von der Schulter bis zum Bizeps. Eine sanfte und bewundernde Liebkosung. „Ich möchte den Moment nicht ruinieren, aber ich muss dir etwas sagen", sagte Lisa.

„Was?"

„Ich möchte nur sicherstellen, dass du verstehst, dass wir niemandem hiervon erzählen können. Besonders nicht Elliot. Das weißt du doch, oder?"

Er sah ihr in die Augen. „Ich habe niemandem davon erzählt. Und ich habe auch nicht die Absicht, es zu tun."

In ihren Augen lag ein Lächeln. „Ich weiß sehr wenig über dich."

„Ich denke, du weißt einiges."

„Ich meine, persönliche Dinge. Ich weiß wenig über dich als Person."

„Hast du meine Akte gelesen?"

„Ich informiere mich immer über meine Zielpersonen", antwortete sie.

„Das ist es also, was ich bin?"

Sie erhob sich plötzlich und hielt ihm ihre Hand entgegen. „Komm schon."

Stattdessen blieb er auf ihrer Bodenmatratze liegen und genoss den Anblick ihres herrlichen, formvollendeten Körpers.

Lisa schnappte sich das Bettlaken und eine Flasche Wasser aus dem Kühlschrank. Wenige Minuten später saßen sie gemeinsam auf ihrem Balkon.

Dieser war so konstruiert, dass man ihn nicht einsehen konnte. Die Umrisse der Wellen, die gegen das Ufer brandeten, waren von dort oben gerade noch so zu erkennen. Sie saßen schweigend da, tranken Wasser und betrachteten die Sterne.

„Warum hat er dich hierhergebracht?", fragte sie.

„Elliot?"

„Ja."

Chase sah sie an. „Ein besonderes Projekt."

„Ich weiß von der undichten Stelle."

Er sagte nichts.

„Hat er dir gesagt, dass du nicht mit mir darüber reden sollst?", wollte Lisa wissen.

Er fühlte sich unbehaglich. Noch ein Interessenskonflikt. Der andere, der schwerer wog, bezog sich auf seinen Bruder, um den er sich Sorgen machen musste.

„Ich darf nicht über meine Arbeit sprechen", antwortete Chase.

„Ich werde dich nicht in die schreckliche Situation bringen, der Frau, mit der du gerade geschlafen hast, die Vertrauensfrage beantworten zu müssen." Sie lächelte nicht.

„Das weiß ich zu schätzen."

„Elliot hat die Kameras im Verhörraum des Konsulats nicht ausgeschaltet. Einer meiner Mitarbeiter geht alle Interviews durch, die dort stattfinden. Er hat mich auf dasjenige mit Gorjis Assistenten hingewiesen."

„Warum hast du das Elliot nicht erzählt?"

„Er weiß wahrscheinlich bereits, dass ich es weiß. Aber wir müssen alle die Regeln befolgen, nicht wahr? Er hält sich an den vorgeschriebenen Ablauf. Und er darf mit niemandem vor Ort darüber reden, bis die Spionageabwehr seinen potenziellen Gesprächspartner für unbedenklich erklärt hat. Morgen oder übermorgen werden sie mir die Sicherheitsfreigabe erteilen, und er wird mich über alles in Kenntnis setzen. Und dann werde ich vielleicht auch an euren Besprechungen hinter verschlossenen Türen teilnehmen."

Sie zwinkerte. Ihre Füße lagen auf einem kleinen Glastisch. Das Laken, mit dem sich zugedeckt hatte, rutschte ein wenig herunter und gab den Blick auf eines ihrer langen, wohlgeformten Beine frei.

„Was denkst du denn, was ich hier mache?", fragte er.

„Ich bin mir nicht ganz sicher. Aber wenn ich er wäre, bräuchte ich sofortige Unterstützung bei allen Operationen, die mit dem Leck im Zusammenhang stehen. Oder mit dem Iran."

„Steht denn nicht alles damit in Verbindung?"

„Er kann nicht alle Operationen auf Eis legen. Das Prozedere besagt, dass er nur diejenigen isolieren muss, die durch das Leck direkt gefährdet werden. Mein Bauchgefühl sagt mir, dass Elliot dich mit diesem Iraner – Gorjis Assistenten – zusammenarbeiten lässt, um herauszufinden, welche Informationen er zu bieten hat und was er dafür haben will. Zwinker zweimal, wenn das in die richtige Richtung geht."

Chase lächelte. Sie war einfach zu klug. Ihm ging ein Gedanke durch den Kopf. „Hast du mich etwa deswegen hergebracht? Um mich danach zu fragen?"

Sie täuschte einen verletzten Blick vor. „Das kannst du doch nicht wirklich glauben."

„Nein."

Jetzt lächelte sie. „Oh, in Ordnung, mein Lieber. Dann werde ich damit aufhören, Informationen aus dir herauszuquetschen."

Als sie aufstand und zu seinem Stuhl kam, glitt das weiße Laken zu Boden. Ohne ein Wort zu sagen, setzte sie sich auf ihn. Sie legte die Arme um seinen Hals und streichelte seinen Nacken.

„Na ja – vielleicht noch ein kleines bisschen länger ..."

6

Chase öffnete die Augen, als er Lisa in der Nähe grunzen hörte. Sie trainierte gerade an einer schwarzen Klimmzugstange, die im Türrahmen ihres begehbaren Kleiderschrankes befestigt war. Es waren eine Menge Klimmzüge. Alle paar Sekunden wechselte sie den Griff, ließ sich kurz hängen, und fing dann wieder von vorne an. Ihre Rückenmuskulatur war sehr ausgeprägt. Bekleidet war sie lediglich mit einem schwarzen Sport-BH und engen Laufshorts. Ganz und gar nicht die Art von Outfit, um hier in Dubai auf die Straße zu gehen.

Er stand auf und sammelte seine auf dem Boden verstreuten Klamotten ein, bevor er ins Bad ging. Dort angelangt, stellte er die Dusche an und fand einen Einwegrasierer in einer Schublade am Waschbecken.

„Hast du Rasierschaum?"

„Unter dem Waschbecken", antwortete Lisa in sachlichem Ton. Sie war jetzt mit Liegestützen zugange und hielt den Blick auf den Boden gerichtet.

Chase wischte mit der Hand den inzwischen beschlagenen Spiegel frei. Er rasierte sich unter der Dusche und fragte sich, ob sie sich wohl zu ihm gesellen würde. Sie tat es nicht.

Als er wieder angezogen war, schaute er auf die Uhr. Die *Truman* sollte bereits eingelaufen sein. Die Ankunft am Pier war für den Tagesanbruch vorgesehen gewesen.

Chase betrat das Schlafzimmer und fand Lisa, die gerade eine schwierige Yogastellung auf dem Boden einnahm. Sie beobachtete ihn, als er sich ihr näherte. „Ich muss los", sagte er.

„Soll ich dich fahren? Ich bin fast fertig." In ihrer Stimme lag nicht die Andeutung einer Emotion. Sie war wirklich wie eine Maschine.

„Nein, ist schon in Ordnung. Ich nehme einfach ein Taxi. Ich wollte sowieso noch was erledigen, bevor ich zurück ins Hotel fahre."

„Okay. Dann bis später."

Kein Kuss. Keine Umarmung. Chase hatte keine Ahnung, wie er damit umgehen sollte. Er hatte noch nie eine Frau getroffen, die am Morgen danach so distanziert gewesen war. „Okay. Danke." Er verließ das Apartment und fuhr mit dem Aufzug ins Erdgeschoß.

Unten angekommen, durchquerte er die Lobby des Hochhauses und trat hinaus in die glühende Hitze der Stadt. Auf der anderen Straßenseite war ein Coffee Shop, wo er sich eine Tasse schwarzen Kaffee mit zwei Stück Zucker bestellte und eine englischsprachige Zeitung namens *Khaleej Times* mitnahm.

Dann hielt er ein Taxi an und stieg ein. Es war ein weiteres schwarze Lexus-Taxi. Sie schienen hier überall zu sein.

Der Fahrer sprach nur wenig Englisch, aber Chase konnte ihm klarmachen, dass er nach „Jebel Ali ... zu den Marineschiffen" wollte. Schließlich nickte der Fahrer und fuhr los. Chase überflog die Schlagzeilen der Zeitung, während er an seinem Kaffee nippte.

Die meisten Artikel handelten vom Finanzgipfel.

Weitreichende Abkommen zwischen Iran und VAE ebnen Weg für neue Börse, besagte eine der Überschriften.

Eine andere Story schwärmte von diesem neuen Politiker, den der Iran entsandt hatte, um das Geschäft zu vermitteln. Der Schlüsselabsatz lautete:

Mr. Gorjis fortschrittliche Politik würde unter normalen Umständen von den Mitgliedern des iranischen Regimes abgelehnt. Experten machen seine Heirat mit einer Lieblingsnichte des Obersten Führers des Iran dafür verantwortlich, dass seine politischen Ansichten dennoch Gehör finden. Einige Stimmen behaupten sogar, dass er bei den nächsten Wahlen ein Kandidat für das iranische Präsidentenamt sein könnte. Wie dem auch sei, er hat zweifellos die Raffinesse und den Charme bewiesen, die erforderlich sind, um die Führungsriege der Golfnationen zu diesem exorbitanten Finanzgipfel zusammenzubringen. Man kann nur hoffen, dass dies den Frieden und Handel zwischen zwei Nationen stärken wird, die sich traditionell skeptisch gegenüberstehen.

Nichts darüber, dass China den Yuan künftig mit Bitcoin-Reserven stützen wollte.

Das Taxi erreichte den Hafen Jebel Ali, in dem ein reges Treiben herrschte. Durch die Fenster konnte Chase stapelweise Container sehen, die mit Kränen auf große kommerzielle Frachter geladen wurden. Es lagen zahllose Schiffe im Hafen. Handelsschiffe, Öltanker, Autotransporter und Erdgastanker befanden sich in verschiedenen Phasen des Be- und Entladeprozesses. Jebel Ali war der größte von Menschenhand geschaffene und einer der verkehrsreichsten Tiefseehäfen der Welt.

Sie erreichten ein Schiff, das sich von allen anderen unterschied. Die USS *Harry S. Truman*, einer von zehn aktiven amerikanischen Atomflugzeugträgern. Die *Truman* war ein sogenannter Supercarrier, über dreihundert Meter lang,

beinahe so breit wie ein Fußballfeld und so hoch wie ein vier-
undzwanzigstöckiges Gebäude. Sie überragte den Pier und warf
einen dunklen Schatten auf die vielen Seeleute und Logistikar-
beiter, die im Hafen wuselten.

Chase bezahlte den Fahrer und gab ihm ein großzügiges
Trinkgeld. Dann marschierte er auf die Sicherheitskontrolle
zu.

Während er näherkam, konnte Chase viele der neunzig
Flugzeuge des Bordgeschwaders sehen. Einige waren wie
Sardinen auf dem Hangardeck zusammengepfercht, das durch
mehrere riesengroße Öffnungen im Rumpf zu erkennen war.
Der Rest war fein säuberlich auf dem Flugdeck aufgereiht:
Reihen von F/A-18 Hornets, E-2C Hawkeyes und MH-60
Seahawk Helikoptern. Auf vielen dieser Flugzeuge krochen
Mechaniker herum. Diese Männer und Frauen führten die
kritischen Wartungsarbeiten durch, die erforderlich waren,
damit die Maschinen auch in der rauen salzhaltigen Luft des
Persischen Golfs sicher fliegen konnten.

„Können wir Ihnen helfen, Sir?"

Ein paar Militärpolizisten der Navy bewachten den Zugang
zum Träger. Zwischen ihnen und Chase befand sich ein
eisernes Drehkreuz. Etwa fünfzehn Meter weiter standen ein
paar US-Marines, einer davon hinter einem M60 auf einer
Lafette.

Chase holte seine Brieftasche heraus und hielt einen
Ausweis des US-Außenministeriums hoch. Das CIA-Protokoll
erlaubte es ihm nicht, seinen von der US Navy ausgegebenen
Ausweis des Verteidigungsministeriums vorzuzeigen.

„Guten Morgen. Mein Name ist Chase Manning. Könnten
Sie bitte den diensthabenden Offizier der *Truman* kontaktieren
und ihm mitteilen, dass ich hier bin? Ich denke, ich werde
bereits erwartet." Es war einfacher, die Tatsache, dass er ein
Offizier war, wegzulassen, als zu erklären, warum ein Reservist

der Marine einen Ausweis des Außenministeriums hatte. *Nun, Jungs, ich bin eine Art Supergeheimagent ...*

Der Wachposten sah seinen Kameraden an, der ihm zunickte. Dann warteten sie zu dritt in der brütenden Hitze. Die Wachen mussten alle paar Minuten einen Schluck Wasser trinken.

Chase dachte darüber nach, was er am vergangenen Tag erfahren hatte. Konnte es sein, dass David wirklich Geheimnisse an die Iraner verriet? Oder an wen auch immer auf Abu Musa? Und was war das für eine Gruppierung auf Abu Musa, vor der die Iraner so viel Angst hatten, dass sie diese zwar loswerden, sich aber nicht selbst darum kümmern wollten?

Chase schämte sich etwas dafür, dass er seinen Bruder nicht angerufen hatte. Aber auch wenn ihn Schuldgefühle plagten, weil er David nicht gewarnt hatte – seine Pflicht kam an erster Stelle. Trotzdem ergab es für ihn keinen Sinn, dass David in eine solche Angelegenheit verwickelt sein sollte. Chase musste über seinen nächsten Schritt gut nachdenken, bevor er etwas unternahm, das er nicht rückgängig machen konnte. Er redete sich ein, dass sich alles aufklären würde.

Sein Bruder war ein Familienmensch. Er wohnte in einem Vorort im nördlichen Virginia. Er hatte einen Abschluss in Maschinenbau von der Naval Academy und arbeitete als Analyst für neue Informationstechnologien und -systeme. Für jemanden wie Chase klang das langweilig, aber die Themen von Davids Analysen waren oftmals das genaue Gegenteil. Er arbeitete für In-Q-Tel, ein Unternehmen, das in Technologien investierte, die das Verteidigungsministerium und die Geheimdienste verwenden und für ihre Zwecke weiterentwickeln wollten. Es war also im Wesentlichen eine Art Risikokapitalfirma der CIA.

Chase vermisste David und wünschte sich, mehr Zeit mit ihm verbringen zu können. Auch seine beiden Nichten musste er dringend öfter sehen. Ganz zu schweigen von seiner Schwester und seinem Vater. Aber das Leben schien ihm immer in die Quere zu kommen. Im Gegensatz zu David waren Chases Schwester und Vater mehr wie er. Sie legten großen Wert auf ihre Karriere im Dienst ihres Landes, was sie oft nach Übersee führte.

Ihre ältere Schwester Victoria war Hubschrauberpilotin bei der Navy und in Jacksonville, Florida, stationiert. Chase glaubte, sich zu erinnern, dass sie bald wieder unterwegs sein würde. Er war sich nicht mehr ganz sicher, aber es ging wohl um einen eher ruhig klingenden Einsatz im Ostpazifik, was nicht wirklich ihrem Geschmack entsprach. Sie bevorzugte Einsatzgebiete, wo etwas los war. So wie hier, im Nahen Osten. Die Luftunterstützung von Flugzeugträgern bei der Durchquerung der Straße von Hormus, das wäre genau ihr Ding. Er sollte sich per E-Mail bei ihr melden.

Mit seiner Familie in Kontakt zu bleiben war einfacher gewesen, als ihre Mutter noch lebte. Sie hatte alles zusammengehalten und war diejenige, die alle anderen auf dem Laufenden hielt und immer gute Laune hatte.

Ihr Tod hatte die Geschwister eine Zeit lang einander nähergebracht. Die E-Mails wurden häufiger, die seltenen Telefongespräche mit seinem Bruder und seiner Schwester offener. Aber das hatte bald wieder nachgelassen. Jetzt war es wieder schwieriger, in Kontakt zu bleiben. Besonders für Chase.

Er durfte ihnen nie wirklich erzählen, was er machte. Seine Geschwister wussten nicht einmal, dass er für die CIA arbeitete. Sie dachten, dass er als Personenschützer für das Außenministerium arbeitete und für die Sicherheit von VIPs sorgte. Sein Vater gab vor, nichts von seinem Job zu wissen, aber als alter Freund von Elliot Jackson wusste er wahrscheinlich doch Bescheid. Elliot war derjenige gewesen, der Chase von den

SEALs rekrutiert und ihn anschließend in der Region um Dubai stationiert hatte.

Das letzte Mal, dass Chase wirklich Zeit mit seiner Familie verbracht hatte, war in den Tagen nach der Beerdigung seiner Mutter gewesen. Sein Sonderurlaub fiel genau mit dem Ende seiner Ausbildung für die Special Operations Group der CIA zusammen. Chase hatte damals ein paar Wochen in der Nähe von D.C. verbracht – einen Großteil davon mit seinem Bruder David und dessen Familie.

Leichtathletik und Krafttraining waren für Chase und Victoria selbstverständlich. David hingegen war eher ein Bücherwurm gewesen. Der Verlust ihrer Mutter hatte David damals schwer zu schaffen gemacht. Da das Laufen für Chase schon immer ein Weg gewesen war, um zu meditieren und Stress abzubauen, hoffte er, dass es auch seinem Bruder helfen würde. Und so war es letztlich auch. Er hatte mit David zusammen für dessen ersten Wettkampf trainiert, und war stolz auf das zunehmende Interesse und den Erfolg seines Bruders beim Triathlon.

Chase hatte den Monat mit David und seiner Familie in guter Erinnerung. Er war ein guter Bruder und ein loyaler Patriot. Auch er war ein Absolvent der Naval Academy, der dann aber aus medizinischen Gründen ehrenhaft aus der Navy entlassen wurde. Für Chase war es unvorstellbar, dass David sein Land verraten würde. Hinter dieser Geschichte musste noch etwas anderes stecken.

Ein sich nähernder Kommandant der US-Marine riss Chase aus seinen Gedanken. Der Mann, der eine blaue Tarnuniform mit einem silbernen Eichenlaub an seinem Kragen trug, kam ans Tor. Er hatte eine Anstecknadel mit dem Abzeichen für Überwasserkriegsführung auf seiner Brust und sah nicht besonders glücklich aus. Das war nicht anders zu erwarten, wenn man an dem Tag Dienst schieben musste, an dem das Schiff gerade in einen Hafen nahe Dubai eingelaufen war.

„Sind Sie Chase Manning?"

„Der bin ich."

„Petty Officer, bitte tragen Sie ihn als meinen Gast ein und geben Sie ihm einen Ausweis. Ich werde ihn eskortieren."

„Jawohl, Sir."

Während er dem Commander folgte, betrachtete Chase den Stahlkoloss. Als SEAL war er öfters an Bord eines Flugzeugträgers gewesen. Es waren schwimmende Städte. Fünftausend Menschen waren hier jeweils für neun Monate auf engstem Raum untergebracht. In der Bordküche wurde fast rund um die Uhr gekocht. Ein ganzes Deck war nur für Kochen und Essen reserviert. Erwachsene Männer und Frauen schliefen in dreifachen Etagenbetten, die sehr dicht nebeneinanderstanden. Für persönliche Gegenstände hatte jeder einen kleinen Spind. So gut wie keine Privatsphäre. Schlange stehen, um eine Toilette oder ein Laufband zu benutzen. Der ohrenbetäubende Düsenlärm startender und landender Jets rund um die Uhr. Das war das Leben auf einem Flugzeugträger.

Er konnte die drei Lafetten des 20-mm-Phalanx-Nahbereichsverteidigungssystems sehen. Sie sahen aus wie R2-D2 aus Star Wars, nur, dass aus jedem ein riesiges Gatling-Geschütz herausragte. Sie waren das letzte Mittel zur Abwehr sich nähernder Seezielflugkörper. Tief im Rumpf des Schiffes befanden sich zwei Westinghouse A4W-Kernreaktoren. Der Träger konnte mehr als drei Millionen Seemeilen zurücklegen, bevor der Uran-Kern erneuert werden musste.

Sie gingen etwa zehn Meter die Stiegen der Gangway hinauf, nur um Höhe zu machen, damit sie an Bord gehen konnten. Der Commander warf Chase einen Blick über die Schulter zu. „Seit wann sind Sie schon in Dubai?"

„Noch nicht lange." Es bestand keine Notwendigkeit, näher

darauf einzugehen. Der Commander vermutete wahrscheinlich, dass er ein Zivilist war.

„Nun, es ist nett von Ihnen, dass Sie den Weg hierher gefunden haben", sagte er. „In Anbetracht der Umstände."

Chase antwortete nicht.

Sie waren immer noch auf der Aluminiumtreppe, um zur Gangway zu gelangen. Kurz bevor er diese zum Hangardeck überquerte, blieb der Commander stehen, drehte sich um und salutierte zur Flagge. Dann erwiderte er den Gruß der bewaffneten Wache, die bereits darauf wartete, ihre Ausweise zu überprüfen, bevor sie an Bord gehen durften. Der Petty Officer warf dem Kommandanten einen komischen Blick zu, als er Chases Ausweis sah, aber dieser erklärte ihm, dass das in Ordnung ginge.

Sie kamen an Scharen von Frauen und Männern vorbei, die in einer langen Schlange darauf warteten, endlich das Schiff zu verlassen und ihre wohlverdiente Freiheit auszukosten. Durch eine große graue Stahlluke, deren sechzig Zentimeter langen Stahlriegel sie zur Seite schoben, um sie zu öffnen, gelangten sie ins Innere des Riesenschiffs. Nachdem sie die Luke wieder verriegelt hatten, kletterten sie in einem vertikalen Schacht eine Leiter hoch. Dieser Schacht verband die verschiedenen Ebenen des Schiffes miteinander. Chase lag bereits einige Sprossen zurück. Flugzeugträger waren wie Labyrinthe, wenn man sich nicht auskannte. Man merkte, dass der Commander Übung bei dieser Art der Fortbewegung hatte.

„Sir, können Sie mir folgen?"

Er hielt zwischen zwei Leitern an.

„Bevor wir ihn sehen, möchte ich Ihnen eine Frage stellen. Vielleicht können wir das unter uns behalten, wenn es Ihnen nichts ausmacht?", bat Chase.

Der Commander sah sich um. Sie konnten die Echos von

Leuten hören, die sich einige Decks unter ihnen auf der Metall-
treppe befanden. „Natürlich."

„Können Sie mir erzählen, was passiert ist? Die wahre
Geschichte?"

Der Commander verlagerte sein Gewicht. Er stützte die
Hände auf die Hüften und sah Chase in die Augen. „Es ist eine
Untersuchung im Gange, mein Sohn. Also, nein. Ich kann
nichts dazu sagen. Aber ich weiß Folgendes. Ich habe fast drei
Jahre unter Ihrem alten Herrn gedient. Er ist ein verdammt
guter Kämpfer und ein großartiger Anführer."

„Aber?"

„Aber – die Navy von heute ist sanfter, und freundlicher.
Und Ihr Vater regiert mit eiserner Faust."

„Das ist mir klar", antwortete Chase.

Der Commander lächelte. „Natürlich ist Ihnen das klar."
Er sah auf seine Armbanduhr. „Hören Sie. Ihr alter Herr
übernimmt die volle Verantwortung. Aber hier gibt es keinen,
vom einfachen Seemann bis hin zum Kapitän, der nicht sein
linkes Ei geben würde, um Ihrem Vater den Arsch zu retten.
Er wird von seinen Männern geliebt, und das aus gutem
Grund. Er lässt uns hart arbeiten, aber es geht uns gut dabei.
Und er ist der Letzte seines Schlages. Solche wie ihn gibt es
nicht mehr."

Chase nickte. „Ja. Danke, Sir."

„Gerne. Tut mir leid, Junge. Ihr Vater ist ein guter Mann.
Jeder in dieser Kampfgruppe weiß das. Und wenn es nach uns
ginge, würde er bleiben." Der Commander drehte sich um, und
sie setzten ihren Aufstieg fort.

Mehrere Decks weiter oben öffneten sie eine weitere Luke,
und Chase blickte auf ein ausladendes Flugdeck. Es war, als
stünde man auf einem riesigen Parkplatz, der auf allen Seiten
von einem tiefen Abgrund umgeben war. Und es war unglaublich heiß hier oben. Die Sonne erhitzte die dunkle Oberfläche

des Flugdecks und briet die Männer und Frauen, die hier arbeiteten.

Er folgte dem Commander zu einem der Hubschrauber, einem MH-60R. Ein junger Matrose in einer blauen Weste und ein älterer Mann in Fliegerkombi lagen bäuchlings auf dem metallischen Fluggerät. Beide trugen einen Gehörschutz und befanden sich etwa vier Meter über dem Deck. Der Mann in dem Overall hatte einen einzelnen weißen Stern auf jeder Schulter.

Der Commander räusperte sich. „Sir, er ist hier."

Der Admiral schaute nach unten. Ein leichtes Lächeln breitete sich auf seinem schweißnassen Gesicht aus.

Chase wusste nicht, was er sagen sollte. „Hi, Dad."

„Das wäre dann alles, Commander", sagte Admiral Manning. „Einen Augenblick, Chase." Er sagte etwas zu dem Mechaniker und begann dann, vom Helikopter hinunterzuklettern.

Der Commander drehte sich zum Gehen um, und flüsterte Chase zu: „Auch das zeichnet Ihren alten Herrn aus. Ich habe noch nie einen anderen Flaggoffizier gemeinsam mit jungen Seeleuten an einem Helikopter schrauben sehen. Dabei hat er so viele andere Dinge zu tun. Es ist unglaublich, wie er sich um seine Männer kümmert und alles mit ihnen teilt. Ich hoffe, dass ich eines Tages ein halb so guter Offizier sein werde." Der Mann schüttelte beim Weggehen ungläubig den Kopf.

Admiral Manning zog seinen Gehörschutz und seine Handschuhe aus und umarmte seinen Sohn. Für einen kurzen Moment glaubte Chase, Traurigkeit in seinen Augen zu lesen. Dann kehrte der berüchtigte Stahlblick zurück.

„Es ist schön, dich zu sehen, mein Sohn. Danke, dass du gekommen bist. Elliot hat erwähnt, dass du vielleicht in der Stadt bist."

„Ja, er hat mich gebeten, dir Grüße auszurichten."

„Er ist ein guter Mann. Hast du Hunger?"

„Sicher", antwortete Chase.

„Komm mit."

Sie stiegen ein paar Decks hinunter. Chase folgte seinem Vater. Alles sah hier gleich aus. Das ganze Schiff schien ein einziger Irrgarten aus Röhren, Rohren, Durchgängen und Leitern zu sein. Wie sich jemand auf einem Flugzeugträger zurechtfinden konnte, war ihm ein Rätsel.

Dann öffnete der Admiral eine blaue Tür mit einer Goldplakette, welche die Aufschrift *CSG HST*. Commander, Strike Group, *Harry S. Truman* trug.

Sein Vater setzte sich hinter einen aufwendig verzierten Holzschreibtisch. Auf seinem Computer war ein großer roter Aufkleber mit dem Wort GEHEIM angebracht worden. Das Telefon klingelte, als die beiden Männer am Schreibtisch gegenüber voneinander Platz nahmen.

Der Admiral meldete sich: „Manning."

Es entstand eine Pause, in der ein junger Fähnrich – der sich gerade zweifellos einpinkelte, weil er mit dem großen Admiral reden musste – ihm Bericht erstattete.

„Okay. Vielen Dank."

Admiral Manning legte kurz auf, nahm den Hörer dann gleich wieder ab und wählte eine fünfstellige Nummer. „Hallo, CS1, hier spricht der Admiral. Wie geht es Ihnen heute Morgen? Wäre es Ihnen möglich, ein Frühstück für zwei Personen aufzutreiben? Ich danke Ihnen sehr. Einen schönen Tag noch, CS1."

Nachdem er erneut aufgelegt hatte, fragte Chase: „Hast du mal mit David gesprochen?"

„Ja, vor paar Wochen habe ich mit ihm und Lindsay telefoniert. Er sagte, dass sich das Baby gut entwickelt. Unglücklicherweise habe ich ihre Geburt ja knapp verpasst. Wir mussten in jener Woche aufbrechen. Ich schätze, das ist ein Aspekt dieses ganzen Unsinns, der sich zu meinen Gunsten auswirken wird. Ich werde endlich mehr Zeit für meine Enkelinnen haben."

Chase wand sich auf seinem Stuhl. „Dad, es tut mir leid, wegen –"

„Das muss es nicht." Der Admiral hielt seine Hand hoch. „Es gibt nichts, was man dagegen tun könnte." Er deutete auf den Stern auf seiner Schulter. „Diese ganze Sache war sowieso ein Schuss ins Blaue. Es gab bessere Männer als mich, die es nicht zum O-6 gebracht haben. Alles, was man tun kann, ist sich vorzubereiten und parat zu sein, wenn das Schicksal anklopft."

Einen Moment lang saßen sie schweigend da. „Was ist mit Victoria?", fragte Chase dann. „Hast du was von ihr gehört?"

„Sie bricht diese Woche zu einem Einsatz auf. Ich habe ihr eine E-Mail geschickt. Sie hat aber nicht geantwortet."

„Vermutlich hat sie einiges zu tun."

„Wahrscheinlich."

Niemand in der Familie konnte genau sagen, warum oder seit wann die Beziehung zwischen Admiral Manning und seiner Tochter angespannt war, aber sie war schwierig. Vielleicht, weil sie sich einfach zu ähnlich waren. Beide waren mutige Führungspersönlichkeiten, die stets die Kontrolle haben und ihren eigenen Weg gehen wollten. Victoria wies empört alle Behauptungen zurück, ihr Status in der Navy sei darauf zurückzuführen, dass ihr Vater Admiral oder sie eine Frau war.

Sie war genau wie ihr Vater, dachte Chase. Ihre Gefühle behielt sie stets für sich, und ihren Selbstwert leitete sie von ihrer Karriere ab. Sie prahlte nie mit ihren Erfolgen. Das war es nicht, was sie antrieb. Sie wollte das Kommando. So oft und so umfassend, wie ihre steile Laufbahn es ermöglichte. Und Victoria wollte es aus eigenen Stücken schaffen.

Über die Jahre war es zwischen Vater und Tochter oft zu Differenzen gekommen. Und sie waren beide zu stolz, um nachzugeben. Ironischerweise war Victoria wahrscheinlich der

Mensch in seinem Leben, der Admiral Manning mit dem größten Stolz erfüllte. Und jetzt beantwortete sie seine E-Mails nicht mehr. Chase musste mir ihr darüber reden.

Die Tür öffnete sich, und zwei Soldaten in schwarzer Küchenuniform, auf denen CSG HST MESS stand, schoben einen Essenswagen herein. Sie stellten eine silberne Kanne mit Kaffee auf einen kleinen Tisch neben dem Schreibtisch. Dann legten sie zwei Gedecke auf und verteilten Teller mit Eiern, Wurst, Toast und Marmelade auf dem Tisch. Der Toast sah aus wie billiges Weißbrot aus einem Supermarkt, und die Wurst eher wie ein Stein. Es war nicht gerade das Four Seasons. Aber die Männer in der Bordküche machten das Beste aus dem, was ihnen zur Verfügung stand.

„Danke, Leute", sagte Chase.

Auch der Admiral bedankte sich bei ihnen, bevor sie die Kabine verließen. Chase und sein Vater frühstückten.

Ihr Smalltalk drehte sich weiterhin um seine Geschwister. Der Admiral freute sich zu hören, dass David sich in seinem zivilen Job in D.C. gut machte. Es war kein Geheimnis, dass er nicht gerade begeistert war, dass sein Sohn den Militärdienst quittiert hatte. Es wäre durchaus denkbar gewesen, dass er als Marineoffizier weitermachte – nur eben nicht als Pilot. Er hätte sich dem Versorgungskorps oder dem Pionierbataillon – den Bautruppen der Marine – anschließen können; Letztere wurden oftmals als die ,Seebienen' bezeichnet. Aber daran hatte David kein Interesse gezeigt.

Ihre Mutter hatte seine Entscheidung unterstützt. Und sie war ganz aus dem Häuschen gewesen, als David sich in der Gegend von D.C. niederließ, weniger als eine Stunde von seinem Elternhaus entfernt. Der Admiral schaffte es nur selten dorthin zurück.

Admiral Arthur Louis Manning IV machte Karriere in der Navy, und er war verdammt gut in seinem Job. Im Herzen ein

Kämpfer, machte er nie ein Geheimnis daraus, wo seine Priori-
täten lagen. Sein Land zu beschützen und ihm zu dienen, das
war seine Aufgabe. Die Aufgabe ihrer Mutter bestand darin,
drei begabte Kinder aufzuziehen. Zeit für seine Familie würde
er haben, wenn er in den Ruhestand ging. Das dachten sie
jedenfalls alle. Mrs. Manning hatte sich die letzten Jahre ihres
Lebens um ihre einzige Enkelin gekümmert, Davids ältere
Tochter. Dann war Chases Mutter vor weniger als einem Jahr
unerwartet verstorben. An einem Herzleiden.

„Also, ich weiß ja, dass du nicht darüber reden darfst, aber
wie gefällt dir dein neuer Job?", fragte der Admiral.

Chase lächelte. „Beim Außenministerium?"

Sein Vater legte seinen Kopf schief. „Komm schon. Ich
werde nicht nach den Details fragen. Aber ich kenne Elliot, seit
er die Navy verlassen und bei der CIA angeheuert hat. Und ich
kenne meinen Sohn."

Chase nickte. „Es ist eine Umstellung. Es ist anders, als im
Team zu arbeiten. Aber es gefällt mir. Es ist, als ob ich jetzt eine
andere Sportart ausübte. Man benötigt bestimmte Fähigkeiten,
die ich nun entwickeln muss. Und sie unterscheiden sich von
denen, die ich bei den SEALs gebraucht habe."

„Das ist eine gute Analogie. Jedes Mal, wenn die Navy mir
ein neues Kommando übertragen hat, habe ich auch immer ein
paar Monate gebraucht, um mich an diese neue Rolle zu
gewöhnen." Er war gerade dabei gewesen, seine Gabel mit
einem Stück Wurst zum Mund zu führen; jetzt pausierte er und
sah in an: „Ich bin stolz auf dich, Chase."

Jetzt machte Chase sich wirklich Sorgen. Das sah seinem
Vater gar nicht ähnlich. „Dad, kannst du mir wenigstens grob
erzählen, was passiert ist?"

Sein Vater sah aus, als würde er es in Erwägung ziehen.
Dann verharrte sein Blick gedankenverloren an der Wand.

„Ich darf es eigentlich nicht, aber ich schätze, deine Freigabestufe ist mindestens so hoch wie meine. Ich erhielt einen Bericht über ein U-Boot und ein iranisches Patrouillenboot, die nebeneinander vor Abu Musa lagen. Während des gesamten Vorgangs saß ich neben dem Kapitän der Gefechtswache. Es macht mich sprachlos, dass ein so großer Teil unserer Befehls- und Kontrollbefugnisse mittels getippter Sofortnachrichten zwischen unseren Einheiten ausgeübt wird. Aber trotzdem ist das heute eben so, wenn die Kacke am Dampfen ist. Ich schwöre, im Kalten Krieg war alles einfacher. Damals haben die Leute noch Funkgeräte benutzt. Und das sollten sie auch heute noch, aber der Funkverkehr ist überflüssig und langsamer. Heute sehen wir einfach zu, wie sich die Dinge in Echtzeit in kleinen Textnachrichten abspielen. Wenn wir Glück haben, gibt es eine Videoübertragung, aber das kommt selten vor. Ein aufgetauchtes U-Boot. Das war der ursprüngliche Bericht."

„Ich habe davon gehört. Aber ich dachte, unsere fernmelde-elektronische Aufklärung hätte bestätigt, dass sich alle iranischen U-Boote in den Häfen befanden."

Der Admiral nickte. „Das taten sie auch. Aber es gibt noch weitere Beweise außer der SIGINT. Uns liegen tatsächlich Satellitenbilder von jedem iranischen U-Boot vor. Also ist das Pentagon zu dem Schluss gekommen, dass vor Abu Musa kein U-Boot gelegen hat. Das Zentralkommando glaubt, dass der Ausguck auf der *Porter* sich das eingebildet hat. Aber der gute General hat niemals an Bord eines Schiffes gedient."

„Also stimmst du dem nicht zu."

„Ich habe meine Argumente bei der Fünften Flotte und dem Zentralkommando vorgebracht. Aber ich hatte keine Videobeweise und keine Fotos, um die Aussage des Matrosen zu untermauern. Der Iran behauptet, wir hätten zuerst das Feuer auf eines ihrer unschuldigen Patrouillenboote eröffnet und es grundlos zerstört. Die Männer und Frauen auf dem Zerstörer werden dir eine andere Geschichte erzählen. Aber sie wurden angewiesen, den Mund zu halten, solange die Untersuchung läuft."

„Das ist doch verrückt. Warum?"

„Wenn du das Spiel auf diesem Niveau spielst, geht es um mehr als nur die einfache Wahrheit. Es geht um die endlosen politischen Verflechtungen. Die Politiker sind der Ansicht, dass es in unserem Interesse ist, die Verantwortung zu übernehmen. Es wird viel Druck ausgeübt, um die Beziehungen zwischen den USA und dem Iran zu verbessern. Sehr viel Druck."

Chase schüttelte den Kopf. „Das kann ich nicht glauben. Ich meine, ich kann nicht glauben, dass unsere eigene Führung lieber der Geschichte der Iraner zustimmen würde als dem, was unsere eigenen Seeleute gesehen haben."

„Vielleicht, wenn es überzeugendere Videobeweise gäbe. Aber die gibt es nicht ... Also wird dieser kleine Vorfall unter den Teppich gekehrt, und wir lassen uns vom iranischen Militär im Persischen Golf ein bisschen mehr schikanieren. Mutige Zurückhaltung. So wird es heute genannt. Das ist Teil unserer Doktrin. Schwachsinn. Ich unterstütze die Entscheidung dieser Männer, die den Abzug gedrückt haben. Sie wussten, was sie sahen. Ob da ein U-Boot war oder nicht, spielt keine Rolle. Wenn sie beschossen wurden, hatten sie jedes Recht, zurückzufeuern. Man kann die Entscheidung dieser Männer nicht infrage stellen, vor allem dann nicht, wenn man nicht dabei war."

„Ich verstehe dich."

Der Admiral sah seinen Sohn an. „Manchmal denke ich, dass ich in eine andere Ära gehöre. Kein Offizier, der seinen Sold wert ist, möchte jemals einen Krieg erleben. Aber manchmal denke ich, dass ich besser in die Zeit der wahren Seekriege gepasst hätte. Ohne diesen institutionellen Quatsch, mit dem ich mich heute herumschlagen muss. Ich bin nicht für die diplomatische Seite der Navy gemacht. Aber nur diese Typen bekommen heutzutage ihre vier Sterne."

„Es tut mir leid, Dad." Chase wusste nicht, was er sonst hätte sagen sollen.

„Ist schon in Ordnung. Ich weiß es zu schätzen, dass du gekommen bist. Morgen fliege ich mit eingezogenem Schwanz zurück in die Staaten. Ich werde vom Befehl entbunden. Mit sofortiger Wirkung. Natürlich bezeichnen sie es nicht so. Nicht mir gegenüber. Sie lassen mich mein Gesicht wahren. Ich werde durch einen Zwei-Sterne-Admiral ersetzt, der Erfahrung mit Flugzeugträgern der Fünften Flotte hat. Ein guter Mann. Er wird seine Sache ordentlich machen."

„Wohin schicken sie dich?"

„Nach Norfolk. Sie wollen, dass ich bis zu meiner Pensionierung das Kommando über die *Ford* übernehme."

„Über die *Ford*? Ist die überhaupt schon im aktiven Dienst?"

„Nicht wirklich. Sie macht noch Probefahrten. Ich werde eine Galionsfigur sein. Ich werde wie die Königin von England für Amerikas neuesten hochmodernen Superträger sein. Ohne, dass ein Feind in Sicht ist. Sie stellen mich quasi ruhig. Ich weiß nicht, warum sie ihn mir geben, aber ich nehme ihn."

Chase vermutete, dass sein Vater immer noch gute Freunde in hohen Positionen hatte, und dass die *Ford* ihre Art war, ihm einen Knochen zuzuwerfen. Sein Vater war seit dem Tod seiner Mutter nie mehr derselbe gewesen. Ein Teil von ihm war mit ihr gestorben. Die anderen Admirale wussten das. Und ob sein Vater es zugab oder nicht, er war immer noch Teil dieser alten Seilschaften. Wenn auch nur unfreiwillig.

Sie beendeten ihr Frühstück, tranken Kaffee und plauderten weiter.

„Dad, darf ich dich etwas fragen?"

„Natürlich. Schieß los."

„Warst du jemals in einer Situation, in der einer deiner

guten Freunde bezichtigt wurde, etwas Falsches getan zu haben, aber du warst von seiner Unschuld überzeugt? Und du hattest die Macht, das Ergebnis zu beeinflussen?"

Sein Vater sah ihn seltsam an. „Sicher. Aber du kennst meine Einstellung. Es macht keinen Unterschied, ob er ein Freund ist. Wer einen Fehler macht, muss sich der Verantwortung stellen."

„Was, wenn du dir nicht sicher wärst, dass er tatsächlich etwas falsch gemacht hat, aber seine Karriere ruiniert wäre, wenn es zur Anzeige käme?"

„Über was reden wir hier?"

„Nur eine Hypothese. Ich muss etwas durchspielen."

„Ich kann dir nichts dazu sagen, was du nicht schon selbst weißt. Rede mit deinem Freund und finde die Wahrheit heraus."

Chase zögerte. „Was, wenn es ein sehr enger Freund wäre? Eventuell ein Familienmitglied?"

Sein Vater sah beunruhigt aus. „Chase – was redest du da?" Der Admiral verschränkte seine Arme vor der Brust und beobachtete ihn aus dem Augenwinkel. „Du kennst auch meine Ansichten zum Thema Familie. Die Familie geht immer vor. Alles andere ist nur ein Spiel. Wirst du mir nun erklären, was hier vor sich geht? Über wen reden wir?"

„Es ist nur ein Problem, das ein Freund hat. Ich möchte nur den Rat eines klugen alten Mannes einholen."

Der Admiral lachte, aber man sah ihm an, dass er seinem Sohn diese Erklärung nicht abkaufte. Er ging aber nicht weiter darauf ein, wofür Chase dankbar war. Er sah auf seine Uhr und fragte seinen Vater, ob er vor seiner Abreise noch etwas Freizeit in Dubai habe. Vielleicht könnten sie sich in der Stadt treffen? Sein Vater lehnte höflich ab. Schließlich gingen sie hinaus auf den Pier und verabschiedeten sich voneinander.

Auf dem Weg vom Pier zu dem weißen Minibus, der ihn wieder nach Dubai bringen würde, vibrierte Chases Handy.

„Manning."

„Chase. Hier ist Waleed. Wo sind Sie?" Er klang angespannt. Verärgert.

„Guten Morgen, Waleed. Ich bin –"

„Ich schicke Ihnen per SMS eine Adresse. Kommen Sie so schnell wie möglich dorthin."

„Warum, was ist geschehen?"

„Es sieht aus, als wären wir zu spät. Pakvar hat unseren Mann erwischt."

7

24 Stunden früher

Cheng Jinshan saß dem besten Onkologen Dubais an dessen Schreibtisch gegenüber. Er war auch einer der besten der Welt, aber das war nicht der Grund, warum Jinshan sich von ihm untersuchen ließ. Der Grund war seine Diskretion. Jinshan wusste, dass es in China Leute gab, die liebend gerne davon erfahren hätten, dass er an einer tödlichen Krebsart erkrankt war. In seiner Zeit als Präsident der Zentralen Disziplinarkommission der Kommunistischen Partei – der Institution, die Korruption innerhalb der chinesischen Regierung aufdecken sollte – hatte er sich viele Feinde gemacht. Diese würden seinen Gesundheitszustand gegen ihn verwenden, was er nicht zulassen konnte.

„Sind Sie also sicher? Es gibt keinen weiteren Test, den Sie durchführen müssen, um diese neue Information zu bestätigen?"

Der Doktor schüttelte den Kopf. „Es tut mir leid. Aber ich habe das schon oft gesehen."

„Aber – was Sie über die Überlebensrate gesagt haben. Gibt

es weitere Untersuchungen, die mir zeigen könnten, wo genau
ich mich auf diesem Spektrum befinde?"

„Ausgehend vom aktuellen Zeitpunkt beträgt die Ein-
Jahres-Überlebensrate bei dieser Art von Bauchspeicheldrüsen-
krebs etwa zwanzig bis fünfundzwanzig Prozent."

„Und wenn ich zu diesen fünfundzwanzig Prozent gehöre?
Wie viel Zeit bleibt mir dann noch?"

„Die Fünf-Jahres-Überlebensrate beträgt circa fünf bis sechs
Prozent."

„Und wenn man operiert?"

„Unglücklicherweise ist die Krankheit bereits so weit fortge-
schritten, dass eine chirurgische Entfernung ausgeschlossen ist.
Wir werden Sie weiterhin beobachten, um zu sehen, wie schnell
der Tumor wächst. Die Behandlung, die ich empfehlen würde,
ist eine Kombination aus Bestrahlung und Chemotherapie. Das
Ziel dieser Behandlung ist es, schmerzhafte Krebsgeschwulste
zu schrumpfen und das Tumorwachstum zu verlangsamen."

Jinshan sah am Arzt vorbei und aus dem Fenster. Um sie
herum reckten sich die Hochhäuser Dubais gen Himmel. „Ich
dachte, ich hätte noch mehr Zeit."

„Mit einer geeigneten Behandlungsform können Sie die
Ihnen verbleibende Zeit maximieren, Mr. Jinshan. Das wäre
meine Empfehlung."

Jinshan stand auf und streckte ihm seine Hand entgegen.
„Danke, Herr Doktor. Ich werde mich bei Ihnen melden."

Der Onkologe schüttelte ihm die Hand. „Wie lange werden
Sie in der Stadt sein? Wir müssen einen Behandlungsplan
aufstellen, wenn Sie sich für diese Vorgehensweise
entscheiden."

Jinshan nickte düster. „Ich verstehe. Ich werde noch ein
paar Tage hierbleiben. Und ich werde mich wieder melden." Er
verließ das Sprechzimmer und wurde sofort von zwei Sicher-
heitskräften und seinem persönlichen Assistenten flankiert.

Auch wenn sein Assistent ihm zweifellos viele wichtige Dinge zu berichten hatte, hielt er sich nach diesem Termin erst einmal taktvoll zurück.

Als sie schließlich im Auto saßen, meldete er sich zu Wort: „Lena Chou möchte mit Ihnen sprechen, Sir."

Er starrte aus dem Fenster. „Möchte sie das?" Er drehte den Kopf, und in seinen Augen lag etwas Kämpferisches. „Wann hat sie Zeit?"

„Ich hoffe, es macht Ihnen nichts aus, dass ich genau jetzt ein Telefonat mit ihr vereinbart habe. Sie sagte mir, es sei sehr wichtig."

„Ich möchte sie persönlich treffen", antwortete Jinshan.

Sein Assistent sah ihn überrascht an. „Von Angesicht zu Angesicht? In Dubai, Sir? Ist das klug?"

Jinshan warf seinem Assistenten einen kalten Blick zu.

„Ich werde das sofort arrangieren, Sir." Er sah auf seine Uhr. „Sie müsste sich im Norden der Stadt aufhalten, um sich mit Mr. Pakvar zu treffen. Wir sollten dorthin fahren." Er sagte etwas zum Fahrer, der daraufhin den Wagen wendete.

Jinshan drehte sich zurück zum Fenster und betrachtete die vorbeihuschenden Gebäude.

Cheng Jinshan war ein sehr beschäftigter Mann. Als erfolgreicher Geschäftsmann und Investor hatte er die noch junge AIIB dazu gebracht, die Börse in Dubai zu finanzieren. Er beaufsichtigte die Operationen einer sehr geheimen chinesischen Cyberkriegsorganisation. Nach einigem Armdrücken hinter den Kulissen war er zum Präsidenten der Zentralen Disziplinarkommission ernannt worden. Auf diese Weise konnte er die Politiker und Regierungsvertreter aussortieren, von denen er annahm, dass sie China im Rahmen der bevorstehenden Kriegszeiten nicht gut dienen würden. Darüber hinaus hatte Jinshan Lena bei der Gründung einer amerikanischen Red Cell-Einheit auf einer chinesischen Militärbasis im Südchi-

nesischen Meer geführt. Er war in der Tat ein viel beschäftigter
Mann.

Das wertvollste Gut eines viel beschäftigten Mannes war
seine Zeit. Und ausgerechnet die lief ihm nach Meinung des
Arztes nun davon.

Jinshans Wagen stoppte im Parkhaus eines der weniger überfüllten Gebäude in der Nähe des Dubai World Trade Centre.

Lena stand allein in der dunklen Garage, die Arme vor der
Brust verschränkt. Die Türen von Jinshans Wagen öffneten sich,
und sein Assistent sowie die Sicherheitsleute stiegen aus, damit
Lena einsteigen konnte. Das Schallschutzglas zwischen Fahrer
und Rücksitz war hochgefahren.

„Es ist gut, dich zu sehen, meine liebe Lena."

Sie lächelte. „Und schön, Sie zu sehen, Sir."

„Über was wolltest du mit mir sprechen?"

„Ich brauche Ihre Führung und Unterstützung. Mr. Pakvar
und ich haben einen Mann im Gewahrsam, von dem wir glauben, dass er für die CIA arbeitet. Eine Quelle, kein Agent."

„Du glaubst? Warum bist du dir nicht sicher?"

„Die Informationen, die wir aufgedeckt haben, deuten auf
eine kleine Operation zwischen Elliot Jackson, dem Dubai
Station Chief, und einem gewissen Waleed Hajjar, einem
Geheimdienstoffizier der VAE, hin. Soweit ich weiß, sind sie die
einzigen Personen, die von dieser Quelle Kenntnis hatten."

„Warum ist das so wichtig, dass du es mit mir besprechen
willst?"

„Diese Quelle hat einen von der NSA programmierten
Wurm in den Systemen der Börse platziert. Er würde es den
Amerikanern erlauben, Informationen über die Transaktionen

des Bitcoins und aller Bitcoin-gestützten Währungen abzu-
greifen."

Cheng Jinshan wurde nachdenklich. „Ich verstehe", antwortete er. „Ich muss sagen, es enttäuscht mich, dass sie so gehandelt haben. Es lässt mich vermuten, dass sie wissen, womit
unser Team auf Abu Musa beschäftigt ist. Aber es freut mich,
dass du diese Quelle festgesetzt hast. Sag mir, Lena, welchen
Rat benötigst du? Und erklär es einem einfachen alten Mann
bitte ohne Umschweife."

„Ich habe vor, die erforderlichen Informationen aus ihm
herauszuholen, um sicherzustellen, dass wir mit der Operation
auf Abu Musa wie geplant fortfahren können. Ich werde dafür
sorgen, dass er uns alles gibt, was er über dieses von der NSA
geschaffene Programm weiß. Diese Erkenntnisse werde ich an
Sie weiterleiten, damit Ihr Cyberkriegsteam das Programm
rückentwickeln kann. Mit etwas Glück können wir die Situation
drehen und in einen Vorteil verwandeln."

Er überlegte einen Moment und sagte dann: „Genehmigt.
Noch etwas?"

„Nein, Sir." Jinshan konnte ihr ansehen, dass sie wusste,
dass etwas im Busch war. Ansonsten hätte er sie wohl kaum
persönlich treffen wollen. Aber sie war geduldig und diszipliniert. Sie blieb ruhig.

„Lena, du warst in all den Jahren einer meiner größten
Erfolge."

„Sie sind zu freundlich, Sir."

„Mir wurde berichtet, dass ein wichtiges Stück Hardware
von dem iranischen Patrouillenboot nicht in das U-Boot
verladen wurde, das an den Glasfaserseekabeln gearbeitet hat."

Lena kniff ihre Augen zusammen. „Wie wirkt sich das auf
unseren Zeitplan aus?"

„Möglicherweise sind wir nicht mehr in der Lage, unser

Netzwerk auf Abu Musa physisch mit den Kabeln zu verbinden."

„Das ist besorgniserregend."

„Ja. Wir müssen nun nach anderen Gelegenheiten Ausschau halten, um uns die Bitcoin-Börse von Dubai zu erschließen."

„Ich werde alle Möglichkeiten untersuchen und Sie auf dem Laufenden halten."

„Danke, Lena." Er seufzte. „Wie läuft es mit der Red Cell-Einheit? Läuft da noch alles nach Plan?"

„Ja, Sir. Die Operationen beginnen noch diesen Monat."

„Gut."

„Ist alles in Ordnung, Sir?"

Er schaute sie an und merkte, wie ein Gefühl der Traurigkeit in ihm aufstieg. „Ja, alles ist gut. Wir müssen nur sicherstellen, dass wir rechtzeitig fertig werden."

Eine Stunde später saß Lena im Schneidersitz auf einem Klappstuhl und starrte auf ihre Beute hinunter.

Sie liebte es, ihnen in die Augen zu schauen, wenn sie realisierten, dass sie hoffnungslos verloren waren. Natürlich konnte sie das niemandem erzählen. Andere würden den Quell ihres Vergnügens nicht verstehen, obwohl sie sicher war, dass sie damit nicht allein war. Pakvar hier zum Beispiel tötete zum Vergnügen. Dessen war sie sich sicher. Aber die anderen, mit denen sie normalerweise zu tun hatte, waren – nun ja, anständiger. Daher musste sie diese Momente innerer Freude für sich behalten.

Die beiden Männer, die Pakvar mitgebracht hatte, kamen sehr gut ohne ihre Hilfe zurecht, also konnte sie einfach zusehen. Ihr Gefangener war nackt an einem Seil aufgehängt, was wiederum an den Dachsparren des halb fertigen Gebäudes befestigt war. Seine Handgelenke waren gefesselt, sein Körper in das leere 200 Liter-Polyethylenfass getaucht. Sein Mund war zugeklebt.

Sie alle trugen Schutzkleidung und Schutzbrillen. Gasmasken lagen bereit.

Bei den vielen Baustellen in Dubai war es einfach, einen geeigneten Ort zu finden. Ein Mann war im Eingangsbereich postiert, um die Aufzüge und Treppenaufgänge zu überwachen. Aber hier in den oberen Stockwerken würden ungebetene Besucher sicher kein Problem sein. Kurz vor ihrer Ankunft hatten sie die Sicherheitskameras ausgeschaltet. Dieses Stockwerk befand sich noch im Rohbau. Die bodentiefen Fenster, die einmal die Fassade dieses Wolkenkratzers bilden würden, fehlten noch. Man hatte das Gefühl, sich in den Wolken zu befinden. Die Grundfläche war groß und der Betonboden erstreckte sich gleich einem Infinity Pool scheinbar ins Nichts. Der Wind würde für ausreichende Belüftung sorgen.

Pakvars Männer verteilten die Gasmasken. Sie entfernten das Klebeband vom Mund des Gefangenen und legten auch ihm eine an.

Lena stand auf und betrachtete den Mann. Sie legte einen Finger auf ihre Lippen, um ihm anzudeuten, still zu sein.

Pakvars Schergen hatten vier Kochplatten erhitzt. Sie verwendeten für Großküchen gedachte normale Kochtöpfe. Deshalb konnten sie die Lauge nur bis knapp über den Siedepunkt hinaus erhitzen. Das war okay, aber der Prozess würde länger dauern als mit Dampfkochtöpfen. Auf den Flaschen waren große, rot-gelbe Warnaufkleber angebracht. Die Männer schütteten die Flüssigkeit in die großen Töpfe und erhitzten sie, bis sie zu kochen begann.

Lena sprach mit dem Gefangenen. „Ich möchte, dass du mir einige Fragen beantwortest. Wenn du das tust, wirst du leben. Wenn du mir keine Antworten gibst oder ich der Meinung bin, dass du uns anlügst, werden wird die Lauge in das Fass schütten. Das wird sehr ungemütlich werden." Pakvar hatte sein Handy weggesteckt und stand nun mit verschränkten Armen hinter ihr.

Der nackte Gefangene nickte.

„Arbeitest du für die Amerikaner?"

Keine Regung.

Sie zog sich einen Handschuh an, ging hinüber zu den Töpfen mit der kochenden Flüssigkeit und trug einen davon vorsichtig zurück zu dem großen Fass. Pakvar half ihr, den dampfenden Inhalt in das Fass zu schütten. Sie schwappte auf dem Boden hin und her und bedeckte schließlich die Füße des Gefangenen.

Der Mann schrie unter seiner Maske.

„Das ist eine stark basische Flüssigkeit", erklärte Lena. „Weißt du, was das bedeutet? Wenn du dich etwas mit Chemie auskennst, wirst du wissen, dass eine solche Base Fleisch zersetzen kann."

Tränen strömten aus den Augen des Gefangenen. „Bitte lasst mich gehen", flehte er durch die Maske.

Lena legte den Kopf schief und lächelte. „Der Prozess ist viel effektiver, wenn man die Lauge auf mindestens 150 Grad erhitzt. Wir kochen gerade mehrere Liter davon auf. Wir wollen schließlich nicht, dass das hier den ganzen Tag dauert."

Sie deutete auf die Töpfe mit der siedenden Flüssigkeit. Die iranischen Männer starrten sie mit teilnahmslosen Augen an. Pakvar sah auf seine Armbanduhr.

Lenas Herz schlug schneller. Sie liebte die Jagd, aber es schien, als würde dies ein schneller Sieg werden. Der Mann war bereits gebrochen. „Arbeitest du für die Amerikaner?"

Er nickte und wimmerte. „Ja."

„Welche Informationen wolltest du ihnen geben?"

„Eine externe Festplatte. Mit Daten von der Börse, wo ich

arbeite. Sie würden ihnen Zugang zu Transaktionsdaten geben, damit sie nachvollziehen können, wohin die Gelder fließen."

„Wem wolltest du diese Informationen geben?"

„Ich kenne seinen Namen nicht. Ich kenne nur den Treffpunk und die Uhrzeit."

„Wo befindet sich diese Festplatte jetzt?"

„Sie ist in meinem Apartment. Unter meinem Bett in einer Kiste."

„Ist sie verschlossen?"

Er nickte. „Ja. Der Schlüssel befindet sich an meinem Schlüsselbund."

Lena warf den iranischen Männern einen Blick zu. Einer von ihnen schnappte sich einen von mehreren Seesäcken, die neben den Kochplatten lagen. Darin befanden sich sämtliche Gegenstände aus dem Apartment des Mannes, den sie früh an diesem Morgen abgeholt hatten. Die Iraner brachten ihr die Kiste und einen Schlüssel.

„Ist das die Kiste?", fragte Lena.

Der Gefangene nickte und schrie: „Es verbrennt meine Füße! Bitte machen Sie etwas, damit es aufhört!"

Sie warf einen Blick auf das Fass und betrachtete seine roten, schleimigen Füße. Die Lauge fraß sich bereits durch seine Haut. Seine Zehen waren eine blutige Masse.

„Bitte hör mir zu. Ist das alles an Informationen? Es gibt keine Kopien davon?"

„Ja, das ist alles. Die Amerikaner wollten nicht, dass ich Kopien mache."

Lena sah Pakvar an. Er öffnete die Holzkiste. Sie sah aus wie ein kleines Schmuckkästchen. Pakvar nahm die externe Festplatte heraus und entfernte sich etwa fünfzehn Meter, wo er in der Nähe einer der Fensteröffnungen seine Maske abnahm. Anschließend nahm er einen Laptop aus seinem Rucksack, schaltete ihn ein und schloss die Festplatte daran an.

Pakvar hielt sich sein Handy ans Ohr. „Ich bin es. Ich logge mich jetzt ein. Du musst es überprüfen. Lass mich wissen, ob das alles ist, was wir brauchen, oder ob du der Meinung bist, dass es noch mehr gibt."

Lena wandte sich wieder dem Gefangenen zu. Es war alles. Sie konnte es an der Angst in seinen Augen erkennen. Er hatte ihnen alles gegeben, was er wusste. In diesem Augenblick würde er seine eigene Mutter verkaufen.

Sie warteten schweigend. Pakvar hatte immer noch das Handy am Ohr. Die beiden anderen Iraner kochten weiter die Lauge. Der Gefangene weinte, seine fette, haarige Brust hob und senkte sich. Seine blutigen Zehen verwandelten die Lauge langsam in einen roten Schlamm.

„Okay", sagte Pakvar endlich. „Wir rufen an, wenn wir noch was anderes brauchen."

Er legte auf und schob das Handy wieder in seine Tasche. Dann sah er Lena an. „Natesh denkt, das war es. Das sollte alles sein."

„Das ging aber schnell." Sie lächelte und betrachtete wieder ihre Beute. „So gerne ich auch bleiben würde, ich muss leider aufbrechen." Dann wandte sie sich an Pakvar. „Bitte verbrennen Sie seine Sachen. Aber nicht hier. Führen Sie die Befragung zu Ende und vernichten Sie alle Beweise."

Pakvar sah den Mann an und grinste. „Zeit, unsere Arbeit hier zu beenden. Die nette Lady wird uns nun verlassen." Das Einzige, was zu hören war, war das Blubbern der kochenden Lauge und das Schluchzen des Mannes.

Der Gefangene sah Lena an. „Bitte, lassen Sie mich jetzt gehen? Sie sagten, Sie würden mich gehen lassen, wenn ich kooperiere."

Sie lächelte und sah ihn an. „Ja, das habe ich gesagt. Aber wissen Sie, in meiner Position muss ich manchmal lügen, um an die Wahrheit zu kommen. Es tut mir schrecklich leid."

Er schluchzte lauter. „Warum tun Sie das?"

Lena holte tief Luft und wirkte nachdenklich. „Um eine bessere Welt zu erschaffen."

Dann zwinkerte sie dem bald toten Mann zu und ging.

Ein Teil von ihr wollte bleiben und zusehen. Der Teil von ihr, den niemand verstehen konnte. Der Inhalt des nächsten Topfes würde den Pegel der kochenden Lauge bis zur Mitte seiner Waden anheben, was unbeschreibliche Schmerzen hervorrief. Aber ziemlich bald danach würde das Blut aus seinen oberen Extremitäten abfließen und er würde das Bewusstsein verlieren. Spätestens dann wäre der ganze Spaß vorbei. Aber dafür hatte sie keine Zeit.

8

„Bist du in Ordnung?"

„Ja, das wird schon."

Chase nahm einen weiteren Schluck aus seinem Glas. Lisa war vor fünfzehn Minuten in seinem Hotel angekommen. Sie waren mit der Arbeit für den Tag fertig, und er musste sich dringend von dem ablenken, was er erlebt hatte.

Er stand bis zur Brust im Pool, seine Arme auf die weiß-goldenen Mosaikfliesen am Rand aufgestützt. Er hielt sein Glas mit beiden Händen. Sie setzte sich neben ihn auf den Rand, trug einen schwarzen Neckholder-Badeanzug und sah umwerfend darin aus.

Eine Weile sagten sie nichts. Geistesabwesend blickte Chase auf den Ozean hinaus. Die Ruhe war wohltuend. Er war verstört wegen dem, was er heute gesehen hatte, und brauchte Gesellschaft. Aber er wollte den Alkohol und das kühle Poolwasser noch eine Weile auf sich wirken lassen, bevor sie darüber sprachen.

Sie sah, dass er seinen Drink ausgetrunken hatte. „Wie lautet deine Zimmernummer, und was trinkst du?"

Chase verriet ihr die Zimmernummer und antwortete: „Ich

nehme einen Old Fashioned. Bestell dir auch einen, wenn du möchtest. In Gesellschaft trinkt es sich besser", fügte er mit einem schwachen Lächeln hinzu.

Zwei Minuten später kehrte sie von der Poolbar zurück und stellte die Gläser auf einer der Fliesen ab. Dann ließ sie sich anmutig neben ihm ins Wasser fallen. Sie tauchte kurz unter, befeuchtete ihr langes schwarzes Haar und warf es über ihre Schultern. Er beobachtete sie dabei. Sie hatte eine fantastische Figur und mehr als nur sexy. Sie sah aus wie eine geborene Athletin. Das war es wahrscheinlich auch, was ihn zu ihr hingezogen hatte.

Sie bemerkte, wie er sie ansah und lächelte. Dann änderte sich ihr Gesichtsausdruck und sie nahm einen Schluck von ihrem Drink. „Du kannst jetzt über alles mit mir reden. Die Spionageabwehr hat mir heute offiziell die Sicherheitsfreigabe erteilt. Du kannst Elliot fragen, wenn du willst."

Der Blick in ihren Augen sagte, dass sie hoffte, er würde ihr vertrauen.

Er war ausgelaugt und ein wenig betrunken. Chase beschloss, ihr zu vertrauen, und schilderte das Wesentliche. Den Großteil seines Tages hatte er an diesem schrecklichen Tatort verbracht. Waleed hatte früher am Tag einen Anruf von einem Polizeibeamten erhalten, der den Auftrag hatte, ihn über alle Gewaltverbrechen zu informieren. Sie waren zu diesem Hochhaus gefahren, das sich noch im Bau befand.

„Pakvar und seine Schläger hatten ihn an den Dachsparren aufgehängt."

„Wer ist Pakvar?"

„Ein Iraner, hinter dem wir her sind. Er hat mit dieser Abu Musa-Sache zu tun."

„Die Navy-Angelegenheit?"

„Nein, nicht das. Etwas anderes. Wir hatten eine Quelle, die uns Informationen zukommen lassen sollte. Ein Mann, den

Elliot an der Börse von Dubai platziert hatte. Als wir ankamen, hing er über diesem Fass und – es war krank." Sein Blick ging in die Ferne.

„Es ist in Ordnung, wenn du nicht darüber sprechen willst", sagte sie sanft.

„Ich glaube, sie haben irgendeine Art von Säure verwendet. Die untere Hälfte seines Körpers war bereits aufgelöst. Man konnte stellenweise bereits sein Skelett erkennen."

Lisa bedeckte ihren Mund mit ihrer Hand. „Oh, mein Gott."

„Er hatte etwas, das er uns geben sollte. Etwas, mit dem wir die Transaktionen an der neuen Börse hätten nachverfolgen können. Wir hatten ihm eine Software gegeben, die er ins System hochladen sollte. Sie sollte uns erlauben, alle Bitcoin-gestützten Währungen zu überwachen. Sie haben auch etwas in seine Brust geritzt. Es sah aus wie eine amerikanische Flagge. Sie wollten uns damit eine Botschaft schicken. Es war eine einzige blutige Sauerei. Ich weiß nicht, was für Leute so etwas tun würden."

„Das ist ja furchtbar. Habt ihr die Informationen von dem Mann bekommen, bevor sie ihn umgebracht haben?"

„Nein." Chase merkte, dass er zu redselig war. „Wir sollten wahrscheinlich besser nicht weiter darüber reden."

„Okay." Sie massierte seinen Rücken und seinen Nacken. Dann nahm sie sein Glas und stellte es am Rand des Pools ab. Sie nahm seine Hände und legte seine Arme um sich. Während sie sich küssten, vergaßen sie die Welt um sich herum.

„Lenkt dich das etwas ab?", fragte sie.

„Es hilft auf jeden Fall." Er griff nach seinem Drink und trank aus, wobei er einen der Eiswürfel zerkaute. „Lass uns einfach den ganzen Abend hier draußen bleiben."

Sie lachte. „Von mir aus gerne."

Ein Kellner kam vorbei, und sie bestellten zwei weitere Getränke und die Speisekarte. Eine Stunde später ging die

Sonne unter, und sie hatten zwei weitere Runden Getränke sowie einen Teller mit Vorspeisen zu sich genommen. Sie sprachen nicht mehr über die Arbeit. Zumindest nicht mehr über ihre aktuellen Projekte. Stattdessen tauschten sie Geschichten aus ihrer Vergangenheit aus. Über alte Aufträge und Orte, an denen sie stationiert gewesen waren. Lustige Anekdoten und interessante Ereignisse aus früheren Missionen. Chase erkannte, dass ihre Arbeit und ihre Meinungen seinen eigenen sehr ähnlich waren. Sie war eine Kämpferin, getrieben von Pflichtbewusstsein und Ehrgefühl. Er bewunderte sie sehr.

Ein Angestellter des Hotels zündete Tiki-Fackeln am Rand des Pools an, als die Nacht näher rückte.

„Möchtest du am Strand spazieren gehen?", fragte er.

„Gerne."

Sie stießen sich öfter gegenseitig an und kicherten angetrunken, während sie über den Sand schlenderten. Nach etwa 800 Meter setzte sich Lisa in die leichte Brandung, und Chase tat es ihr nach. Eine Handvoll Leute schwamm noch im Meer.

„Erzähl mit was über deine Familie", schlug Lisa vor.

Und das tat er. Chase erzählte ihr über die Navy-Tradition in seiner Familie und dass sein Vater der Admiral war, der gerade von seinem Kommando entbunden worden war. Er vermutete, dass sie das bereits wusste, aber sie schien trotzdem überrascht und beeindruckt zu sein. Dann erzählte er ihr auch vom Tod seiner Mutter und davon, dass Victoria bald einen Einsatz haben würde, und von David –

„Was meinst du damit, er stand auf der Liste?"

Ach du Scheiße. Das hätte ihm nicht herausrutschen dürfen.

„Es war ..." Er versuchte, die richtigen Worte zu finden, aber er hatte zu viel getrunken. Außerdem war es so viel einfacher, die Wahrheit zu sagen. „Ich habe mich mit Gorjis Mann getroffen. Er sagte, er wäre im Besitz einer Liste mit Namen von Perso-

nen, die den Leuten auf dieser Insel Informationen geben
würden."

„Auf welcher Insel?"

„Abu Musa. Gibt es hier noch eine andere Insel?"

Sie zuckte mit den Schultern.

„Egal. Also offensichtlich enthält diese Liste die Namen
amerikanischer Informanten. Verräter oder so was. Bevor er
geht, gibt er mir also einen Umschlag. Er sagt, der Grund dafür,
dass er mit mir sprechen wollte, sei, dass ich einen der Namen
kenne. Dass ich die Echtheit dieser Liste überprüfen kann,
denn die Person, die ich kenne, könne das beweisen. Oder so
ähnlich."

Lisa schien viel nüchterner zu sein als er, was sowohl außer-
gewöhnlich als auch besorgniserregend war. „Und du sagst,
dein Bruder David steht auf dieser Liste?"

„Der Mann gab mir einen Umschlag, und auf dem Zettel
stand der Name *David Manning*. Ja."

„Hm." Einen Moment lang blickte sie auf den Sand zu ihren
Füßen. „Und was hat Elliot gesagt, als du mit ihm darüber
gesprochen hast?"

„Er sagte, ich solle nicht mit David sprechen. Dass er seine
Befehlskette unterrichten müsse oder so einen Quatsch. Ich
fühle mich wie ein Verräter. Er ist doch mein Bruder. Und er
würde so etwas niemals tun. Ich habe keine Ahnung, ob es
wirklich eine Liste gibt und warum sein Name darauf stehen
sollte. Auch Elliot weiß, dass das eine gezielte Fehlinformation
sein könnte. Aber ich muss mich zunächst ruhig verhalten.
Entweder verrate ich David oder mein Land. Ich bin wohl zu
gut ausgebildet worden."

Sie zog ihre Augenbrauen hoch. „Ich verstehe."

„Was sollte ich deiner Meinung nach tun?"

„Nun, rechtlich betrachtet würde ich vorschlagen, dass du
auf Elliot hörst."

Chase seufzte, denn er wusste, dass sie recht hatte.

„Aber ich persönlich", fügte sie hinzu, „würde es wohl nicht auf sich beruhen lassen."

„Was würdest du denn tun?"

„Mach deine Hausaufgaben und sammle weitere Informationen. Aber zu David würde ich nichts sagen. Ob er nun etwas tut, was er nicht tun sollte, oder nicht – es wäre nicht angebracht, dass du direkt mit ihm redest. Was sagtest du noch, wo er arbeitet?"

„Für eine Firma namens In-Q-Tel."

„Stimmt. Okay, ich sage dir etwas. In ein paar Tagen muss ich geschäftlich nach D.C. Ich werde für ein paar Wochen dort sein."

„Wirklich?"

Er war überrascht. Das hatte sie ihm bislang noch nicht erzählt. Nicht, dass sie das musste. Schließlich waren sie ja nicht zusammen oder so.

„Ich kenne jemanden in Langley, der mit In-Q-Tel zu tun hat. Ich könnte ihn dazu bringen, David ganz diskret für dich zu überprüfen. Wenn etwas dabei herauskommt, gebe ich dir Bescheid und wir können über die nächsten Schritte nachdenken. Wenn mein Kontakt nichts findet, dann gibt es wahrscheinlich auch nichts zu finden. So oder so bin ich mit Elliots Vorschlag, alles ihm zu überlassen, nicht einverstanden. Wenn es um meine Familie gehen würde, könnte ich das nicht."

Chase nickte. „Ich denke, wenn Elliot seine Vorgesetzten darüber informiert hat, werden vermutlich sowieso Untersuchungen eingeleitet, oder nicht? Schon allein, um unserer Sorgfaltspflicht nachzukommen, werden die Namen auf der Liste überprüft."

„Stimmt. Betrachte das als einen persönlichen Gefallen. Wenn Elliot es herausfindet, sagen wir einfach, dass wir ihn nicht damit belästigen wollten, weil er so viel zu tun hat."

Eine Welle der Erleichterung überkam ihn. „Danke, Lisa."

Sie beugte sich vor und küsste ihn. „Kein Problem."

Sie stand auf und zog ihn hoch. Dann gingen sie ins Wasser. Chase hoffte, dass Lisa ihm gute Nachrichten bringen würde, die David entlasteten. Als sie sich im salzhaltigen Wasser des Golfs treiben ließen, versuchte er, nicht mehr an den Horror zu denken, der ihm an diesem Tag begegnet war.

9

Chase nahm eine weitere Schmerztablette und trank noch
etwas Wasser, bevor er aus Waleeds Wagen ausstieg. Er hatte
seinen Kater von der Trinkerei mit Lisa am Abend zuvor gerade
so überwunden, und brauchte jetzt unbedingt einen klaren
Kopf.

Als Chase Waleed in die Mall of Dubai folgte, konnte er den
islamischen Gebetsruf über die Außenlautsprecher einer
Moschee ein paar Blocks weiter hören.

Er war zum ersten Mal hier, und das Einkaufszentrum war
genauso beeindruckend, wie er gehört hatte. Auf ihrem Weg
hinein kamen sie an einer Eishalle vorbei, einem dreißig Meter
hohen überdachten Wasserfall, mehreren Luxushotels, einem
Bahnhof, Kinos und einem Veranstalter für Touren zum
höchsten Gebäude der Welt, dem Burj Khalifa.

Überall waren Touristen. Die Mall war dichtgedrängt. Die
Warteschlangen waren lang, aber die meisten Leute hatten ein
Lächeln auf den Lippen.

„Wo ist der Treffpunkt?"

Waleed zeigte nach vorne. „Dort. Kommen Sie."

Chase blickte in einen langen, blauen Tunnel. Er gehörte

zu einem Aquarium, das auf der anderen Seite lag. Der Tunnel war komplett aus Glas und führte mitten durch ein mit blauem Wasser gefülltes Riesenbecken. Kleine Haie und Schwärme tropischer Fische schwammen über und neben ihnen.

Chase und Waleed gingen bis zur Mitte des zehn Meter langen Ganges. Gorjis Assistent wartete auf der anderen Seite. Er bedeutete ihnen, ihm zu folgen.

Die drei Männer verließen den Tunnel und gingen an der riesigen gläsernen Aquarienwand entlang. Zu ihrer Linken befand sich eine zweistöckige metallgraue Aussichtsplattform, die um das riesige Aquarium herumlief. Die Scharen von Schaulustigen darauf wurden von blauem Licht angestrahlt. Diese Beobachtungsdecks waren aber nur ein Teil des daran angeschlossenen Einkaufszentrums. Zu ihrer Rechten erhob sich die Glaswand des Aquariums mindestens fünfzehn Meter hoch. Sie leuchtete in wechselnden Blautönen. Exotische Fische, Rochen und gelegentlich auch Haie schwammen an großen hellen Korallen vorbei. Es war laut. Kinder brüllten, Touristen unterhielten sich und fotografierten mit ihren Smartphones.

Gorjis Mann betrat eines der Geschäfte auf der unteren Ebene. Es war ein kleiner Zigarrenladen. Ein Angestellter wartete an der Tür, schloss diese hinter ihnen und drehte ein Schild um, auf dem *Geschlossen* stand.

Er führte Chase in den Humidor, wo ein dünner Mann mit lockigem schwarzem Haar und einem teuren Anzug die exquisitesten Zigarren betrachtete. Gorji.

„Ich dachte, Sie wären allein", sagte Gorji, der weder Chase noch Waleed ansah.

Er sprach sehr gutes Englisch. Sein Assistent hatte die Tür hinter ihnen geschlossen. Waleed, Chase und Mr. Ahmad Gorji von der Islamischen Republik Iran waren allein im Humidor.

Zigarrenschachteln waren in vier Reihen übereinandergestapelt.

„Mr. Waleed Hajjar arbeitet mit mir in dieser Angelegenheit zusammen", sagte Chase.

Gorji drehte sich zu ihnen um. „Er ist vom Geheimdienst der Vereinigten Arabischen Emirate. Und absolut vertrauenswürdig." Er wählte eine lange, dicke Zigarre aus, hielt sie an die Nase und atmete tief ein.

Waleed lächelte breit. Gorji ebenso.

„Was geht hier vor?", fragte Chase.

Waleed und Gorji umarmten sich und begannen auf Arabisch zu sprechen. Es war zu schnell für Chase, er konnte dem Gespräch nicht folgen.

Dann wandte sich Waleed an Chase. „Nun wissen Sie es. Und Sie sind einer der ganz wenigen, die davon wissen. Ahmad ist ein guter Freund. Wir sind zusammen aufgewachsen."

„Sie sind zusammen aufgewachsen? Wo?"

„Im Iran", antwortete Waleed. „Ich bin dort geboren. Mein Vater starb, als ich noch jung war. Meine Mutter zog daraufhin nach Dubai. Sie hatte hier Verwandte. Dann hat sie wieder geheiratet. Ahmad und ich sind über viele Jahre in Kontakt geblieben. Aber in letzter Zeit waren wir gezwungen, mit unserer Freundschaft diskreter umzugehen."

„Weiß Elliot davon?"

Waleed schüttelte den Kopf. „Ich möchte nicht riskieren, dass jemand davon erfährt."

„Und deswegen musste er an Ihrer statt auf die CIA zugehen?"

„Durch ihn habe ich herausgefunden, wo ich mich an die CIA wenden musste", antwortete Ahmad Gorji. „Ich entschied, dass dies die beste Vorgehensweise war. Ich habe in meinem Land Zugang zu Geheimdienstdokumenten. Ich wusste, dass Sie in den VAE stationiert sind, und dass ihr jüngerer Bruder

auf der Liste steht. Nur so konnte ich den Amerikanern beweisen, dass meine Informationen legitim waren. Ich gehe davon
aus, dass Sie die Kommunikation Ihres Bruders überprüft
haben?"

Chase runzelte die Stirn. „Ich gehe der Sache nach. Aber
wir nehmen Ihre Behauptung über das Leck, dass Sie in Dubai
gefunden haben, ernst."

„Also haben Sie die Aktivitäten Ihres Bruders noch nicht
überprüft?", fragte Gorji.

„Nicht persönlich."

„Darf ich fragen, warum?"

„Nein, das dürfen Sie nicht."

Gorji sah zu Waleed, und dann zurück zu Chase. „Ich kann
Ihnen mit Sicherheit sagen, dass er auf der Liste stand, die ich
gesehen habe. Ich kenne Ihren Bruder nicht, aber ich verstehe
Ihre Loyalität ihm gegenüber. Aufgrund meiner Kenntnis der
Situation bin ich jedoch fest davon überzeugt, dass er den
Männern auf der Insel Informationen geben wird. Dies hat mir
meine Quelle auf Abu Musa mitgeteilt."

„Lassen Sie uns darüber sprechen", schlug Chase vor. „Was
macht Ihr Mann dort? Auf Abu Musa?"

Gorji deutete auf eine Sitzgruppe aus dicken Ledersesseln in
der Mitte des Raums. „Kommen Sie, setzen wir uns für einen
Moment. Ich bin müde vom Stehen, und die Erklärung wird
etwas Zeit an Anspruch nehmen." Die drei Männer setzten sich.

„Sagt Ihnen der Name Satoshi Nakamoto etwas?", fragte
Gorji.

„Ich kenne den Namen. Man sagt, er sei der Erfinder von
Bitcoin, nicht wahr?"

Gorji nickte. „Im Jahr 2008 hat eine Person oder eine
Gruppe von Personen ein Weißbuch veröffentlicht, in dem die
digitale Währung Bitcoin beschrieben wird. Das Dokument
wurde unter dem Namen Satoshi Nakamoto veröffentlicht."

„Ich habe gehört, dass der Name Satoshi ein Pseudonym sein soll", erklärte Waleed.

„Niemand weiß, ob Nakamoto wirklich nur eine Person oder eine Gruppe ist", meinte Gorji. „Die moderne Legende, die sich herausgebildet hat, will uns glauben machen, dass ein einzelner mysteriöser Mann in den darauffolgenden zwei Jahren mit Softwareentwicklern zusammengearbeitet hat. Danach übergab er die Kontrolle über den Quellcode und andere wichtige Informationen an mehrere prominente Mitglieder einer loyalen Bitcoin-Community. Dieser Satoshi Nakamoto schuf die erste weit verbreitete digitale Währung der Welt. Der Bitcoin ist nicht nachverfolgbar und wird daher nicht besteuert. Jede Transaktion wird in das Bitcoin-Netzwerk der Benutzer hochgeladen. Im Gegensatz zu Papiergeld, das von Regierungen beliebig gedruckt werden kann, sind Bitcoins nur begrenzt verfügbar, was einer ihrer beiden Werttreiber ist."

„Was hat das mit Abu Musa zu tun?", fragte Chase.

Mr. Gorji erhob eine Hand. „Dazu kommen wir noch. Der andere Treiber für den Wert des Bitcoins ist die Nachfrage. Das sind die Grundlagen der Wirtschaft. Angebot und Nachfrage treffen sich an einem bestimmten Punkt und daraus ergibt sich dann ein bestimmter Wert. Es ist wichtig, dass Sie verstehen, inwiefern sich der Bitcoin von Papiergeld unterscheidet. Lassen Sie mich Ihnen eine Frage stellen: Wissen Sie, wie viel Geld das US-Finanzministerium jeden Tag druckt?"

Chase schüttelte den Kopf.

„Ich schon. Ich musste diese Dinge studieren, um mich auf die Umstellung des Iran auf die Bitcoin-gestützte Währung vorzubereiten. Die amerikanische Bundesdruckerei stellt jeden Tag achtunddreißig Millionen Banknoten her. Das sind über fünfhundert Millionen US-Dollar, die die amerikanische Regierung jeden Tag generiert. Nun, die überwiegende Mehrheit davon wird verwendet, um das Geld zu ersetzen, was bereits im

Umlauf ist. Sie ersetzen die alten Dollarnoten durch neue. Der Punkt ist jedoch, dass die amerikanischen Regulierungsbehörden und andere nationale Regulierungsbehörden auf der ganzen Welt die Rate kontrollieren, mit der sie Geld in ihre Währungsvorräte pumpen. Und was passiert, wenn sie mehr Geld in Umlauf bringen?"

„Es gibt eine Inflation", antwortete Chase.

„Korrekt." Gorji lächelte. „Solange Politiker und staatliche Regulierungsbehörden weiterhin Geld schneller drucken, als es verschwindet, sinkt der Wert dieses Geldes. Ein Dollar wird morgen also schon weniger wert sein als heute. Man könnte es auch so ausdrücken, dass ein Laib Brot, ein Auto oder ein Haus Sie morgen mehr kosten wird."

„Wollen Sie mir sagen, dass der Bitcoin anders funktioniert?"

„Genauso ist es. Bitcoins sind ähnlich wie Gold oder Diamanten eine knappe Ressource. Und jetzt, da genügend Leute damit begonnen haben, dem Bitcoin einen Wert beizumessen, besteht eine ausreichende Nachfrage, sodass er tatsächlich als Währung verwendet werden kann."

„Ich verstehe immer noch nicht, wie etwas Digitales eine knappe Ressource sein kann."

„Chase, wie kommt man an Gold?"

„Für gewöhnlich fängt es damit an, dass man eine attraktive Frau kennenlernt. Ich schätze, das würden Sie als die Erzeugung von Nachfrage bezeichnen. Die meisten Frauen, die ich treffe, sind in dieser Hinsicht sehr anspruchsvoll. Dann gehe ich zum Juwelier."

Die beiden Männer lachten. „Aber wie erhält man das Gold", fragte Gorji. „Nicht aus dem Geschäft. Wie kommen die Juweliere an Gold?"

„Goldminen?"

Gorji zeigte mit dem Finger auf ihn. „Präzise. Minen. Sie

sehen, Bitcoins basieren auf einer Reihe mathematischer Gleichungen, von denen viele ungelöst bleiben. Und diese ungelösten Gleichungen sind wie ungemünztes Gold. Sie sind selten, begehrt und können – in diesem Fall mit leistungsstarken Computern – entschlüsselt werden. Der Bitcoin-Code wurde so geschrieben, dass durch das Lösen dieser Gleichungen insgesamt nur einundzwanzig Millionen Bitcoin freigesetzt werden können. Bis zum heutigen Tag haben wir ungefähr vierzehn Millionen davon ‚geschürft‘. Wenn eine Gleichung gelöst ist, wird eine andere Gleichung freigeschaltet. Eigentlich sind es sogar immer mehrere Gleichungen. Und jede Gleichung ist exponentiell schwerer zu lösen als die Vorhergehende. Sie sind so schwer zu lösen, dass man immer weiter fortgeschrittene Computer benötigt, um das zu schaffen. Das hat eine ganze Branche von Bitcoin-Minen geschaffen. Ganze Fabriken von Computern, die nur zu einem Zweck miteinander verbunden sind: die Bitcoin-Gleichungen zu lösen, um mehr Bitcoin in Umlauf zu bringen.“

„Und wer erhält die Bitcoins, wenn sie freigesetzt werden?“

„Wer auch immer sie abbaut, indem er die Gleichungen löst.“

„Wie viel sind sie wert?“

„Wie ich gesagt habe, ändern sich Angebot und Nachfrage ständig“, antwortete Gorji. „Letzte Woche war ein Bitcoin etwa vierhundert Dollar wert. Mit der Ankündigung, dass die Börse von Dubai den Handel aufnimmt, ist der Wert dann auf sechshundert Dollar pro Stück gestiegen. Als sich dann auch noch die Nachricht verbreitete, dass China den RMB mit Bitcoin-Reserven stützen will, schnellte der Preis auf fünfzehnhundert Dollar. Und wenn das Bitcoin-Angebot zur Neige geht und die Nachfrage zunimmt, sollte der Wert noch weiter steigen.“

„Können Sie mir sagen, warum das für meinen Arbeitgeber

wichtig ist? Weil er nicht nachverfolgt werden kann?", fragte
Chase.

„Ja, genau", antwortete Waleed. „Personen, die den Bitcoin
verwenden, müssen nie eine Bank einbeziehen, da alle Transaktionen im Bitcoin-Peer-to-Peer-Netzwerk gespeichert werden.
Als Satoshi Nakamoto sein Weißbuch im Jahr 2008 veröffent-
lichte, war der Bitcoin lediglich eine Sammlung von Software
und Ideen. Er war praktisch nichts wert. Dann begannen ein
paar frühe Anwender, sie gegen Waren und Dienstleistungen
einzutauschen. Schließlich bezahlte ein Mann sogar eine Pizza
mit dem Bitcoin. Er benötigte die Hilfe eines anderen Mannes
auf der anderen Seite der Erdkugel, um die Transaktion abzu-
schließen und eine andere Währung gegen die Pizza einzutauschen, aber es funktionierte trotzdem. Fast über Nacht erhielten
Bitcoins einen tatsächlichen Wert. Zuerst waren sie nur ein paar
Cent wert. Aber wie Gold und Silber und holländische Tulpen –
sobald die Leute anfingen, mit der Kryptowährung zu handeln,
tauchten auch Börsen dafür auf. Es gab Abstürze, Softwarepan-
nen, Verhaftungen und Skandale. Aber der Wert ist rasant
gestiegen."

„Eine Pizza, hm?"

„Ja. Aber das war eine wichtige Lektion. Bei der Einführung
neuer Währungen muss ein Austausch stattfinden, um Liqui-
dität bereitzustellen. Viele Menschen vertrauen dem Bitcoin-
Netzwerk nicht. Sie haben Angst, ihr Geld in Bitcoin anzulegen,
weil sie befürchten, dass es einfach verschwinden könnte. Weil
es digital ist." Er schüttelte seinen Kopf und lachte.

„Warum lachen Sie?"

„Weil das Geld aller Menschen heute digital gehalten wird,
die meisten denken nur nicht darüber nach. Die Banken sind
doch alle online. Und Ihr Geld könnte dort genauso leicht
verschwinden. Aber die Leute trauen dem, was sie kennen. Sie
vertrauen dem aktuellen System. Aber die Börse in Dubai und

die Bitcoin-gestützte Währung werden all das ändern. Davon bin ich überzeugt."

„Sie glauben also, dass dies der Beginn einer wirklich breiten Akzeptanz von Bitcoin sein wird."

„Ich glaube, es wird die weltweite Einführung einer dezentralen digitalen Währung ankurbeln, ja. Ob es nun Bitcoin ist oder nicht, das kann sich noch ändern. Aktuell ist Bitcoin jedoch die wertvollste und liquideste Option. Er ist die Spitze des Eisbergs, wie man so schön sagt. Mr. Jinshan nennt es *die große Neuausrichtung*. Das alles wird die Weltwirtschaft verändern. Die Vereinigten Staaten werden nicht länger die Vormachtstellung haben wie früher."

„Mr. Gorji, danke für die Erläuterungen, aber noch einmal: Was hat das alles mit Abu Musa zu tun?", fragte Chase.

„Ich werde es Ihnen erklären. Im Jahr 2013 hätte die Anzahl der Bitcoins, die Satoshi Nakamoto angeblich besaß, ihn vermutlich zum US-Dollar-Milliardär gemacht. Aber niemand hatte ihn jemals zu Gesicht bekommen. In dem Forum, über das er einst mit seinen Bitcoin-Anhängern in Kontakt getreten war, war es still geworden. Warum sollte ein Genie, das eine so innovative Technologie entwickelt hatte, im Verborgenen bleiben? Wie ist es in der heutigen Zeit mit sozialen Netzwerken, der Omnipräsenz von Videos und 24-Stunden-Nachrichtensendern möglich, dass die wahre Identität eines so reichen und berühmten Mannes verborgen bleibt?"

Chase legte die Stirn in Falten. „Niemand hat diesen Kerl jemals gesehen?"

Gorji ignorierte die Frage. „Über die Jahre wurden Dutzende von potenziellen Satoshi Nakamotos durch die Presse ‚geoutet'. Einer war ein Rechtswissenschaftler und Kryptograf aus den USA. Ein anderer ein japanisch-amerikanischer Physiker und Systemingenieur. Eine Nachrichtenquelle behauptete sogar, Satoshi sei in Realität eine Gruppe außergewöhnlicher Computerprogrammierer aus unterschiedlichen Nationen."

„Das ist unglaublich."

„Dem stimme ich zu. Vor ein paar Jahren trat Mr. Jinshan an mein Land mit der Idee heran, auf eine Bitcoin-gestützte Währung umzusteigen. Der Iran wollte nicht zu einer volatilen Währung übergehen, ohne deren Ursprünge vollständig zu verstehen, ganz gleich, wie schlimm unsere Inflation auch war. Also wurde ich damit beauftragt, die wahre Identität und den Aufenthaltsort von Satoshi Nakamoto aufzuklären."

„Was haben Sie erfahren?"

Gorji überging seine Frage erneut. „Heute, da Millionen von Menschen auf der ganzen Welt beginnen, diese neue digitale Währung zu benutzen, kratzen sich Regulierungsbehörden und Banken am Kopf und versuchen immer noch herauszufinden, wer sie geschaffen hat. Sogar große amerikanische Investment-banken investieren jetzt in Bitcoin. Bitcoin-Geldautomaten tauchen rund um den Globus auf. Sie sind in Ländern mit rück-läufiger Währung besonders gefragt. Auf beliebten Websites können Verbraucher bereits mit Bitcoin bezahlen. Und währenddessen bleibt der wahre Ursprung dieser Währung geheimnisumwittert."

Waleed sah fasziniert aus. Es schien das erste Mal zu sein, dass er von Satoshis Aufenthaltsort hörte. „Komm schon, Ahmad. Spann uns nicht so auf die Folter", sagte er. „Was hast du entdeckt?"

„Also wandte sich Jinshan mit einem Vorschlag an die irani-sche Regierung", fuhr Gorji fort. „Bitcoin wurde immer größer und er hatte eine Lösung für die inflationären und wirtschaftli-chen Probleme des Iran. Wir kamen überein, dass eines von Jinshans Unternehmen ein paar Gebäude auf Abu Musa bauen durfte. Ein sehr geheimes Projekt, das dem Iran einen Vorteil verschaffen würde, falls und wenn das von Bitcoin-gestützte Währungsprojekt anlief."

Waleed und Chase sahen sich beunruhigt an.

Gorji fuhr fort. „Jinshan hat das alles finanziert. Er hat nur um Unterstützung durch unsere Revolutionsgarde gebeten. Wir fanden es seltsam, aber sein Antrag wurde bewilligt. Er kann sehr gut mit Worten umgehen. Sie haben Bitcoin-Minen auf Abu Musa errichtet. Gigantische."

„Also darum geht es?", fragte Chase. „Auf Abu Musa befinden sich Bitcoin-Minen?"

„Ja, auf Abu Musa gibt es tatsächlich Bitcoin-Minen. Gigantische Gebäude voller Computer, die nur einem einzigen Zweck dienen: mathematische Gleichungen zu lösen und neue Bitcoin-Blockchains freizuschalten. Jinshan teilte den Profit mit dem Iran. Nachdem die iranische Führung das Potenzial der Investition erkannt hatte, gaben wir Jinshan auf dessen Bitte hin mehr Kontrolle über die Operation. Dort passierten viele Dinge, in die die iranische Führung nicht eingeweiht war. Lassen Sie mich Ihnen eine weitere Frage stellen: Wissen Sie, wo sich die meisten Bitcoin-Minen der Welt befinden?"

„Nein."

„In *China*. Fast zwei Drittel aller Bitcoins werden in China abgebaut. Und ungefähr achtzig Prozent aller Bitcoins werden in chinesischen Yuan gehandelt."

„Warum sollte Jinshan neue Bitcoin-Minen auf Abu Musa erschaffen wollen, wenn all das in China bereits läuft?", fragte Chase.

„Ja, warum? Das ist der Gedanke, der mich vor einigen Jahren auch schon gestört hat, als ich Satoshis wahre Identität untersuchte. Also begann ich, gelegentlich Inspektionen der Einrichtungen auf Abu Musa durchzuführen."

„Und was hast du dort vorgefunden?", fragte Waleed.

„Die Bitcoin-Minen auf Abu Musa sind nicht nur irgendwelche Minen. Diese Minen wurden eingerichtet, um eine Verbindung zu den Unterseekabeln herzustellen, die Informationen zwischen der neuen Börse in Dubai und dem Rest der Welt übertragen. Die Bitcoin-Minen auf Abu Musa sind also etwas Besonderes."

„In welcher Hinsicht?"

„Glauben Sie mir, ich habe versucht, es herauszufinden, aber selbst ich weiß es nicht genau. Aber meine Theorie ist, dass Jinshan die Währung mithilfe dieser Einrichtung künstlich manipulieren kann. Jedenfalls ist Jinshans geheime Operation zu einem Problem für ihn geworden. Einige Mitglieder der Revolutionsgarde, die dort arbeiten, scheinen vergessen zu haben, wo ihre Loyalität liegt. Ich glaube, Sie kennen einen von ihnen. Ein gewisser Oberstleutnant Pakvar."

Chase und Waleed warfen sich erneut einen Blick zu und konzentrierten sich dann wieder auf Gorji.

Dieser verschränkte seine Arme vor der Brust. „Der Iran will, dass Jinshans Operation auf Abu Musa eingestellt wird. Wir möchten jedoch, dass die Einführung der Bitcoin-gestützten Währung fortgesetzt wird – aber ohne illegale Wert-manipulation. Was uns in eine prekäre Lage bringt. Wie können wir die Kontrolle über das Treiben auf Abu Musa wiedererlangen, ohne Jinshan zu verärgern, der so viel Einfluss auf die Entscheidungen des Finanzgipfels von Dubai hat?"

„Sie möchten, dass wir die Vorgänge auf Abu Musa stoppen?", fragte Chase.

„Den ungesetzlichen Teil davon, ja."

„Und wie sollen wir das Ihrer Meinung nach machen?"

„Ich glaube, dass es jemanden gibt, der uns dabei helfen kann. Im Rahmen meiner Inspektionen der Einrichtungen in Abu Musa traf ich auf einen Ausländer, der dort arbeitete. Er ist Jinshans Bitcoin-Experte, wurde mir gesagt. Nach allem, was ich während meiner flüchtigen Zusammentreffen mit ihm erfahren konnte, hält Jinshan diesen Mann auf Abu Musa fest. Ich habe ihn vor Jahren kennengelernt, bevor Pakvar sich einmischte und die Sicherheitsvorkehrungen verschärft wurden. Ich glaube, dieser Mann wäre offen dafür, nach Amerika überzulaufen. Wenn uns das gelänge, könnte er uns helfen, sicherzustellen, dass die Bitcoin-gestützte Währung frei von Schadcode ist. Aber das müsste eine amerikanische Operation sein. Andernfalls könnte der Iran den Zorn Jinshans auf sich ziehen. Können Sie uns dabei helfen?"

„Ich muss das an meine Befehlskette weitergeben", antwortete Chase. „Aber ich denke, das wäre für beide Seiten von Vorteil. Könnten Sie mir Zugang zu diesem Mann verschaffen? Zu diesem Experten?"

„Ich denke schon. Ich habe Kontakte auf Abu Musa, die immer noch loyal mir gegenüber sind. Ich glaube, sie könnten mir helfen, ihn lange genug zu verstecken, damit Sie ihn herausholen können."

„Wer ist dieser Experte?", fragte Waleed.

Gorji lächelte. „Ist das nicht offensichtlich? Es ist der Mann, nach dem ich die ganze Zeit über gesucht habe. Der Experte auf Abu Musa ist Satoshi Nakamoto."

Sie unterhielten sich noch ein paar Minuten, um die Details ihrer weiteren Kommunikation auszuarbeiten. Waleed würde über ihre normalen Kanäle mit Gorji in Kontakt bleiben. Schließlich würde Waleed eine Nachricht erhalten, wann und wo Satoshi verfügbar sein würde. Der Rest lag dann an Chase und seinem Team.

„Was ist mit dieser Liste amerikanischer Namen?", fragte Chase. „Wann können wir sie sehen, und wie passt die zu dieser Geschichte?"

„Ich bin bei meiner letzten Inspektion auf der Insel vor ein
paar Monaten darauf gestoßen", erklärte Gorji. „Ein junger
Mann, der zu Pakvar gehört, verwechselte mich mit jemandem,
der regelmäßig auf Abu Musa arbeitet. Ein indischer Junge in
seinen Zwanzigern. Er ist eigentlich amerikanischer Staatsbürger. Natesh ist sein Name, glaube ich. Den Nachnamen weiß ich
nicht. Ich glaube nicht, dass er mit mir über die Liste sprechen
durfte. Ich habe ein Foto gemacht, als er nicht aufgepasst hat."

Chase schüttelte den Kopf. „So passieren diese Dinge eben.
Es sind oftmals winzige Ausrutscher."

„Ich werde Ihnen die Liste der amerikanischen Namen
zukommen lassen, sobald Sie Satoshi da herausgeholt haben",
sagte Gorji. „Das ist der Deal, den ich befugt bin abzuschlie-
ßen." Er sah beide Männer an. „Es tut mir leid, dass ich sie
Ihnen jetzt noch nicht geben kann. Sie müssen verstehen, dass
ich vielen Herrn diene."

„Das verstehen wir", antwortete Waleed. „Wir werden das
schon in Ordnung bringen. Inschallah."

Sie gaben sich die Hand und bewegten sich zur Vorderseite
des Ladens. Chase konnte das blaue Licht des Aquariums durch
das Schaufenster des Zigarrenladens schimmern sehen.

Kurz bevor sie das Einkaufszentrum betraten, wurde plötzlich alles anders. Die Geschehnisse schienen sich in Zeitlupe
abzuspielen.

Chase war während seiner Zeit bei den SEALs im Irak und
in Afghanistan in viele Gefechte verwickelt gewesen. Die
beiden Kampfschauplätze hatten sich deutlich voneinander
unterschieden. In den Bergregionen Afghanistans zogen sich
die Kampfeinsätze hin und verliefen eher planmäßig. Feuerge-
fechte konnten dort Tage oder gar Wochen andauern. In den
Straßen des Irak lief alles sehr viel schneller ab. Innerhalb von
Sekunden konnte alles vorbei sein. In beiden Fällen war es
jedoch entscheidend, die gegenwärtige Situation gut einzu-

schätzen, das Gelände zu verstehen und die Fähigkeiten des Gegners zu kennen. Chase war darin geschult worden, die Menschen und Dinge in seiner Umgebung intensiv zu beobachten, bis ihm schließlich sein Instinkt sagte, wann ein Feuergefecht ausbrechen würde. Und in diesem Moment sträubten sich ihm instinktiv die Nackenhaare.

Als das blaue Licht des Aquariums bereits auf Chase und seine Begleiter fiel, bemerkte er mehrere Männer, die sich von den typischen Touristen abhoben. Der erste war ein plumper Mann mit dunklem Teint, der alle um ihn herum überragte. Pakvar.

Er stand inmitten der Menschenmenge und fixierte Chase und seine Gruppe. Und er hielt etwas unter seiner Jacke verborgen. Ein blitzschneller Scan der Umgebung ergab mindestens zwei weitere Männer, die wie er gekleidet waren und in Richtung des Zigarrenladens starrten. Auch sie hielten die Hände unter ihren Jacken versteckt.

„Stopp", rief Chase Waleed und Gorji zu.

Sie standen im Eingangsbereich des Ladens, wo sich Menschen um sie herum drängten. Chase ertastete unter seinem Sakko die Stelle, an der seine Sig in ihrem Schulterholster steckte. Er öffnete die Schnalle, entsicherte sie und hielt seine Hand am Griff, seine Augen stets auf Pakvar gerichtet.

Dieser rief etwas auf Persisch. Seine Stimme war laut und der Speichel spritzte nur so, als er sprach.

„Ich soll gehen", sagte Gorji. „Er sagte, ich müsse jetzt los."

„Was? Waleed, was hat er gesagt?", fragte Chase.

„Er wies Gorji an, zu gehen, damit ihm nichts passiert."

Chase war sich nicht sicher, was er wegen Gorji unternehmen sollte. *Verdammt.* „Gehen Sie. Los, verschwinden Sie von hier."

Nachdem Pakvar seine Anweisung gebellt hatte, wichen die Leute vor ihm zurück – sie realisierten, dass hier etwas nicht

stimmte. Einer von Pakvars Männern packte Gorjis Assistenten
am Kragen und schleuderte ihn gegen die Glaswand des Aquariums. Pakvar schrie Gorji wieder etwas zu, dann sah er seinen
Mann an.

Chase packte seine Waffe fester. Es gab zu viele Unbekannte
in diesem Spiel. Es stand nun drei gegen eins. Aber sie feuerten
noch nicht, was bedeutete, dass sie irgendetwas zurückhielt. Die
CIA-Ausbildung hatte ihn gelehrt, stets alle Varianten gedank-
lich durchzuspielen und die Wahrscheinlichkeit ziviler Opfer
zu minimieren. Er konnte seine Waffe hier nur im äußersten
Notfall einsetzen.

Gorji hielt an und drehte sich um, als Pakvar erneut seinen
Namen rief. Dann zog Letzterer seine Waffe. Eine dicke, klobige
Waffe mit einem langen, geraden Magazin – sie ähnelte einer
MAC-10. Er feuerte einen Kugelhagel auf Gorjis Assistenten ab.
Eine sechzig Zentimeter lange Flamme schoss aus der Waffe,
und auf dem weißen Hemd von Gorjis Assistenten breiteten
sich dunkelrote Flecken aus.

Die Aquarienwand hinter ihm begann zu knacken und
winzige Wasserfontänen sprudelten heraus. Gorji brüllte etwas
und ging auf Pakvar zu, überlegte es sich dann aber anders und
blieb stehen. Er verfluchte Pakvar, machte eine Kehrtwende und
stürmte aus dem Einkaufszentrum.

Dann wurden Schreie in der Menschenmenge laut. Hysterie
brach aus. Touristen rannten wild durcheinander. Mütter
beschützten ihre Kinder, während sie Pakvar angsterfüllt im
Auge behielten. Sogar die Sicherheitskräfte der Mall flohen.

Einen Augenblick später standen nur noch Waleed und
Chase im riesigen Foyer des Einkaufszentrums. Das Geräusch
des Wassers, das aus winzigen Löchern und Rissen im Glas
hervorschoss und auf den Fliesenboden plätscherte, hallte
durch den Raum. Die Angreifer waren ausgeschwärmt und
ungefähr noch zehn Meter entfernt. Pakvar befand sich von

Chase aus gesehen auf elf Uhr, ein anderer seiner Männer auf zwei Uhr. Der Dritte war irgendwo hinter ihnen.

Sein Ausbilder würde das als eine ‚suboptimale Gefechtssituation' bezeichnen.

Vom Ausgang der Mall her, durch den die Menschenmengen geflüchtet waren, erklangen Schritte. Eine einsame Frau, von Kopf bis Fuß in ein fließendes schwarzes Gewand und eine Burka gekleidet. Sie schien die Gewalttat, die gerade stattgefunden hatte, gar nicht zu bemerken. Aber das stimmte nicht. Ein Sehschlitz offenbarte Augen, die Chase erkannte, und diese Augen nahmen alles um sie herum wahr.

Alle fünf Männer hatten nun ihre Waffen gezogen und taktierten. Pakvar und seine Männer bewegten sich langsam, um sich in eine bessere Schussposition zu bringen. Die Frau im schwarzen Gewand verwirrte sie und ließ sie innehalten.

Derjenige von Pakvars Männern, der ihr am nächsten stand, rief ihr etwas zu, was locker übersetzt so viel bedeutete wie: „Verschwinde, du dumme Schlampe."

Aber sie ging einfach weiter. Alle beobachteten sie gespannt, als sie auf den ahnungslosen Iraner zuging. Als sie ungefähr drei Meter von ihm entfernt war, zog sie eine Beretta und jagte Pakvars erstem Mann ganz beiläufig eine Kugel in den Kopf.

Chase ließ sich zu Boden fallen, drehte sich dabei, und schoss auf Pakvars zweiten Mann hinter ihm. Zwei Schüsse in die Körpermitte. Der Mann schlug hart auf dem Boden auf. Kein Blut. Wahrscheinlich trug er eine schusssichere Weste. Chase feuerte noch einmal und traf seine Schläfe.

Pakvar stand erstaunt und mit offenem Mund da – er konnte nicht fassen, was sich vor seinen Augen gerade abspielte. Trotzdem reagierte er schnell und ging hinter einer der großen weißen Säulen in Deckung, die der Struktur des Einkaufszentrums Stabilität verliehen. Die Frau rannte auf Chase zu und ergriff seine Hand. Waleed, Chase und die Frau sprinteten durch das Foyer in die entgegengesetzte Richtung.

Chase schaute sich um und sah, dass Pakvar die Verfolgung aufnahm. Er feuerte ein paar Schüsse in Pakvars Richtung und ging dann wieder in Deckung. Dann wandte er sich an die Frau. „Lisa, ziele dahin, wo ich hinziele."

Er hob seine Waffe und feuerte auf die Stelle im Glas, an der sich zuvor durch die Geschosse der MAC-10 Risse und Löcher gebildet hatten. Er leerte sein gesamtes Magazin und konnte sehen, wie sich die Risse in der gewaltigen Glaswand ausbreiteten. Lisas Geschosse besorgten den Rest. Der Wasserdruck ließ das Glas endgültig zerbersten und mehr als siebeneinhalb Millionen Liter Salzwasser ergossen sich in die Mall.

Eine riesige Woge schwappte von rechts nach links und Chase beobachtete, wie Pakvar davon fortgerissen wurde. Dann folgte er seinen beiden Begleitern, als sie sich durch den Tunnel des Aquariums in Sicherheit brachten.

10

Luftwaffenstützpunkt Al Dhafra, Vereinigte Arabische Emirate
Drei Wochen später

„Ich habe gute und schlechte Neuigkeiten", verkündete Elliot. „Welche möchten Sie zuerst hören?"

Sie saßen in einem kleinen Raum neben der taktischen Einsatzzentrale. „Ich will immer zuerst die schlechten Nachrichten hören", antwortete Chase.

„Ich konnte Ihnen leider nicht die Luftunterstützung organisieren, die ich Ihnen zur Verfügung stellen wollte."

„Von welcher Luftunterstützung sprechen Sie?"

„Ich habe versucht, Sie mit einem Helikopter ins Zielgebiet bringen zu lassen. Ich dachte, ich könnte Sie irgendwie mit den Jungs vom 160. und deren Stealth-Helikoptern hineinbringen. Dieselben, die die DEVGRU-Einheit für den Abbottabad-Einsatz genutzt hat."

„Ist dabei nicht einer abgestürzt?"

Elliot runzelte die Stirn. „Ja. Hm, da Sie es erwähnen, das ist der gleiche Einwand, den sie vorgebracht haben, als ich danach fragte."

„Also dann scheint mir das eher eine gute Neuigkeit zu sein als eine schlechte."

Elliot deutete auf ihn und sagte: „Ich schätze Ihre positive Sichtweise sehr. Nun, wann war ihr letzter HALO-Sprung?"

HALO stand für High Altitude Low Opening, eine besondere Methode des Fallschirmspringens aus sehr großer Höhe mit langer Freifallphase und spätem Öffnen des Schirms. Chase hatte als Mitglied der SEAL-Teams viele dieser Sprünge absolviert, aber das lag bereits einige Zeit zurück. Aktuell war er definitiv auch nicht fit genug für einen Nachtsprung. Nachtsprünge musste man ständig üben, um sie gut und sicher ausführen zu können.

„Ist schon eine Weile her."

„Haben Sie jemals einen Wingsuit benutzt?"

„Einmal. Es war eine Trainingseinheit, die wir zusammen mit der Armee absolviert haben. Da erreicht man eine ziemlich hohe Geschwindigkeit." Elliot warf ihm einen seltsamen Blick zu. „Sie möchten, dass ich einen Wingsuit trage?"

„Es ist der beste Weg, um weit genug von Abu Musa entfernt auszusteigen. Damit würden wir keinen Verdacht erregen."

„Wie weit könnte ich in so einem Anzug fliegen?"

„Der Weltrekord liegt bei fünfzehn Seemeilen."

„Gehen Sie davon aus, dass ich nicht der Weltrekordhalter bin."

„Ich denke, Sie sollten in der Lage sein, mindestens zehn Meilen weit zu kommen. Aber Sie sollten wahrscheinlich besser mit den Piloten über die Winde und all das sprechen. Hören Sie, *Sie* sind doch der Typ für die Sondereinsätze."

„Wie man es nimmt ..."

„Ich habe Ihnen eine Cessna Caravan besorgt. Ein Flugzeug der Air Force. Die Jungs werden sie dort hinbringen. Aber der Flügelanzug ist nicht das, worüber ich mich freue. Die gute Nachricht ist eigentlich mein genialer Plan, Sie dort wieder herauszuholen. Sie müssen wissen, dass es sehr schwierig war, jemanden zu finden, der Sie und unseren mysteriösen Passagier zuverlässig von Abu Musa abtransportieren kann."

„Das glaube ich Ihnen."

„Es war wirklich eine Herausforderung. Keine externen Auftragnehmer, keine Regierungs- oder Militärangehörigen kamen dafür infrage. Das Risiko, erwischt zu werden, ist zu hoch. Und meiner Meinung nach ist eine verdeckte Operation wie der Besuch einer überfüllten Kirche an Heiligabend. Man braucht immer eine gute Ausstiegsstrategie."

Elliot gestikulierte mit den Händen, während er sprach. Er wollte seinen Plan wirklich verkaufen. Was auch immer die Pointe war, Chase glaubte nicht, dass sie ihm gefallen würde.

„Nun, ich bin sicher, Ihnen ist etwas eingefallen."

„Oh, das ist es. Ein Spitzenteam – na ja, eher ein Einmann-Team – aber er ist bekannt dafür, stets Top-Leistungen zu bringen, wenn wir jemanden in den oder aus dem Iran heraus schmuggeln müssen."

„Nett. So weit, so gut."

Elliot sah aus, als hätte er noch mehr zu sagen. Etwas, das Chase vielleicht nicht gefallen würde. „Was verschweigen Sie mir?", fragte Chase.

„Nun ... wegen dieses Kerls ... er ist etwas ... wie soll ich sagen ... er ist etwas unerfahren –"

„Was zum Teufel soll das bedeuten?"

„Sie wissen schon, etwas unerfahrener als die interne CIA-Unterstützung, die sie vielleicht gewohnt sind."

„Wie unerfahren?"

„Nun, sehen wir uns zuerst einmal das Positive an. Er war bei allem, womit wir ihn betraut haben, hundertprozentig zuverlässig. Alle drei Mal. Und –"

„Sie haben erst drei Mal mit ihm zusammengearbeitet?"

„Und er hat uns einen guten Rabatt angeboten im Vergleich zu den anderen Leuten aus dem Privatsektor."

„Also war er der Billigste? Ist dies wirklich die Mission, bei der Sie Geld sparen möchten?"

„Dazu kommt, dass er keinerlei Verbindungen zu uns hat. Wenn ihr also von den Iranern gestellt werdet, ist es einfacher, jegliches Wissen über diese Mission zu leugnen. Natürlich werdet ihr Jungs dann ziemlich am Arsch sein. Aber ich werde blitzsauber aus dieser Sache herauskommen. Brillant, soweit es mich betrifft."

Chase schmunzelte. „Das klingt nach einem erstklassigen Plan. Wo ist der Haken?"

„Er ist sechzehn."

„Sechzehn?"

„Na ja, er wird nächsten Monat sechzehn. Er hat mir erzählt, dass er bald Geburtstag hat."

„Fünfzehn? Ich soll von einem Fünfzehnjährigen von einem militärischen Außenposten auf einer iranischen Insel abgeholt werden?"

„Nein. Nein, Chase. So ist es nicht. Na ja- irgendwie schon. Ja. Aber ich fange langsam an, Ihre positive Einstellung anzuzweifeln." Elliot lächelte. „Ein Boot der SOCOM Mark V wird euch aufnehmen, sobald ihr die Zwölf-Meilen-Zone verlassen habt."

Chase verdrehte die Augen. Er stand auf und betrachtete die Seekarte an der Wand, die den Persischen Golf zeigte. Abu Musa lag nur achtzig Kilometer nördlich von Dubai.

„Sehen Sie, Chase, Sie sind derjenige, der mich von der Aufrichtigkeit von Waleeds Mann Gorji überzeugt hat. Ich habe mich weit aus dem Fenster gelehnt, um das hier möglich zu machen. Wenn diese iranische Bitcoin-Mining-Operation tatsächlich auch anrüchige Ziele verfolgt, dann brauchen wir dafür Beweise. Genau wie Sie sagten. Und wenn dieser Satoshi uns die Beweise liefern kann, müssen wir ihn da herausholen. Wenn Sie den Job nicht übernehmen wollen, könnte ich ein paar der SOF-Jungs fragen, die gerade von ihren IS-Missionen im Irak abgezogen worden sind und –"

„Sie wissen, dass das nicht funktioniert. Das wäre eine zu große Operation. Es würde zu lange dauern, sie zu planen und genehmigen zu lassen. Da müssten wir schon über den Präsidenten selbst gehen. Schon wieder. Und Sie sagten, dass Langley ihn dieses Mal gerade noch so überzeugen konnte. Außerdem wird es unschön, wenn wir ein Team von SOF-Leuten schicken, und die dann anfangen, zu schießen. Es ist besser, das Ganze mit einer oder maximal zwei Personen durchzuführen."

„Exakt. Ich wusste, dass Sie es verstehen würden."

Chase schnaubte und verdrehte die Augen. Elliot gab sich wirklich größte Mühe, seinen Humor gewinnbringend einzusetzen.

„Fünfzehn. Herrgott noch mal. In Ordnung, geben Sie mir die Einzelheiten ..."

Elliot lächelte und öffnete seinen Laptop. „Guter Mann."

Chase saß in der Kabine des dunkelgrauen Turboprop-Flugzeugs. Die Cessna Caravan hielt kurz vor der Startbahn der Minhad Air Base, circa dreißig Kilometer südöstlich von Dubai.

Draußen war es stockdunkel. Es gab angeblich einen Viertelmond, aber der Staub und der Dunst hatten ihn vollständig verdeckt. Chase sah auf seine Uhr: 1:30 Uhr. Er konnte das blaue Pistenfeuer sehen und den starken Motor hören, als die Piloten die Drehzahl erhöhten und ihre letzten Checks vor dem Start durchführten.

Der Copilot rief nach hinten: „Sind Sie bereit? Wir fliegen

ungefähr fünfundzwanzig Minuten. Wir haben Startfreigabe.
Alles okay?"

Chase zeigte ihm den Daumen hoch. Der Copilot sagte
etwas in sein Lippenmikrofon und der Pilot antwortete. Es
wurde wieder laut und Sekunden später waren sie in der Luft.

Chase hatte seine Ausrüstung dreimal überprüft. Den Helm
mit dem klaren Visier. Keine Flecken darauf. Er musste alles
klar sehen können, wenn er über dem am wenigsten
bewohnten Teil der Insel absprang. Sein Helm war ordentlich
festgeschnallt. Er hatte ein Messer in einer Scheide, die an
seinem Stiefel befestigt war. Sein Höhenmesser war an die
barometrische Einstellung des Flugzeugs angepasst. Der Fallschirm. Viermal gecheckt. Das AAD – der Öffnungsautomat –
für den Notfall. Check. Und ein großer, gummiartiger Wingsuit.

Chase und die Piloten atmeten bereits durch Sauerstoffmas-
ken. Aus Sicherheitsgründen hatten sie vor dem Flug eine
Stunde lang Sauerstoff vorgeatmet, um eine Sauerstoffunterver-
sorgung zu verhindern.

Sein Rucksack war mit weiteren zwanzig Pfund Ausrüstung
gefüllt. Eine Pistole mit Schalldämpfer. Ein kleiner Vorrat
Nahrungsmittel und Wasser. Etwas medizinische Ausrüstung.
Ein voll aufgeladenes Satellitentelefon und ein zusätzlicher
Akku. Er hatte die zu wählende Nummer auswendig gelernt.

Telefonate.

Chases gelöste Stimmung kippte, als er an eine Voicemail
dachte, die er gerade von seiner Schwester Victoria gehört hatte.
Sie hatte angerufen, um ihm mitzuteilen, dass ihr Bruder David
sich seit Wochen nicht mehr bei Lindsay gemeldet hatte. David
war angeblich geschäftlich für die Regierung unterwegs. Unter
Druck hatte Lindsay offenbart, dass diese Geschäftsreise mit
einer Art geheimem Regierungsprojekt zusammenhing. Konnte
dies mit der mysteriösen Liste amerikanischer Verräter zusammenhängen, die der Iraner erwähnt hatte? Seit Chase von der

Liste erfahren hatte, hatte er sich strikt an Elliots Anweisungen gehalten und David immer noch nicht kontaktiert. Aber jetzt, da er gehört hatte, dass David verschwunden war, trat er sich selbst für seinen Gehorsam in den Hintern.

Zwei Tage nach der Schießerei in der Mall of Dubai war Lisa nach Langley abgereist. Sie sollte ihre Quelle bei der In-Q-Tel nutzen, um etwas über David in Erfahrung zu bringen. Aber Chase hatte seit ihrem Abflug nichts mehr von ihr gehört. Sie hatten beide eine Reihe von Einsatznachbesprechungen durchlaufen und schriftliche Erklärungen zu den Vorkommnissen abgegeben. Waleed und Elliot hatten erreicht, dass ihre Namen und Gesichter aus der Presse herausgehalten wurden. Offiziell war die Schießerei im Einkaufszentrum als Terroranschlag gemeldet worden. Der Iran wurde in diesem Zusammenhang nicht erwähnt.

Chase versuchte, nicht an seinen Bruder zu denken. Er musste seine Ängste davor, was ihm zugestoßen sein könnte, verdrängen. Was auch immer diese Liste war, es war Chases Schuld, dass er ihn nicht gewarnt hatte. Aber vor einer solchen Mission konnte er sich keine Ablenkungen leisten. Er musste diese Gedanken ausblenden und für die Zeit nach seiner Rückkehr aufheben.

Das Flugzeug gewann schnell an Höhe. Die Piloten schalteten die Außenbeleuchtung sowie ihren Transponder aus, sobald sie über dem Golf waren. Eine Viertelstunde später erhob sich der Copilot von seinem Sitz und zeigte Chase den Daumen hoch.

Anschließend öffnete er eine Plastikklappe neben der Flugzeugtür und enthüllte ein Dutzend Schalter und Stromkreisunterbrecher. Er legte einen Schalter um und ein sanftes rotes Licht ging über ihnen an. Der Mann musterte Chase von oben bis unten, tastete bestimmte Bereiche von dessen Ausrüstung ab, um sich zu vergewissern, dass alles in

Ordnung war, und überprüfte noch einmal den Fallschirm. Dann klinkte er sich selbst in einen Gürtel ein, der mit einem Stahlhaken an der Decke befestigt war und packte den Türgriff.

Als der Copilot einen weiteren Schalter umlegte, leuchtete das Wort BEREIT in Gelb auf. Der Pilot sah diese Anzeige auch im Cockpit und begann, die Geschwindigkeit auf 140 Knoten zu drosseln und die in den Wind zu drehen. Chase konnte sehen, wie der Copilot den nächsten Schalter betätigte, woraufhin er ein Zischen hörte und spürte, wie die Temperatur schnell abfiel. In dieser Höhe würde sie weit unter null liegen, unabhängig davon, wie heiß es unten auf der Wüstenoberfläche war.

Er überprüfte den Höhenmesser, der an seiner Brust befestigt war. Die Nadel zeigte sechstausendsiebenhundert Meter über dem Meeresspiegel an.

Chase hoffte, dass die Piloten ihn an der richtigen Stelle absetzten. Er hatte die Windberechnungen persönlich überwacht, als sie noch am Boden waren. Mithilfe des Wingsuits und der Aerodynamik konnte er ziemlich weit gleiten, aber vieles hing davon ab, wie hoch sie waren und was der Wind machte.

Das Wort BEREIT wechselte die Farbe zu Grün.

Der Copilot legte seine Hand auf den langen Griff der Metalltür und zog ihn dann rasch nach unten und innen. Vor ihm eröffnete sich ein schwarzes Nichts, der Wind fauchte und zischte. Chase klopfte dem Copiloten auf die Schulter, drehte sich nach vorne, verschränkte die Arme vor der Brust und sprang.

Als er in den Wind hinaustrat, fühlte er sich, als hätte ihn ein Linebacker beim Football getroffen, so heftig wurde er in die entgegengesetzte Richtung gerissen. Aber dieses Gefühl war nur von kurzer Dauer, bis der Luftwiderstand ihn abbremste und die Schwerkraft übernahm. Der Beschleunigungsvektor verschob sich nach unten, und sein Magen flatterte nervös, als er zu fallen begann.

Dann endlich, als er seine Arme und Beine spreizte und der Luftstrom das Segel des Wingsuits füllte, hatte er das Gefühl zu fliegen. Chase drückte seine Gliedmaßen nach außen und spannte seinen Körper so an, dass er auf die Insel zuschwebte. Fallschirmspringer im freien Fall waren normalerweise mit über 190 Stundenkilometer unterwegs. Doch mit dem Flügelanzug fiel er mit einer Geschwindigkeit von nur 65 Stundenkilometer und bewegte sich mit über 225 Stundenkilometer vorwärts.

Abu Musa bestand aus ein paar Dörfern, deren Lichter an der Außenseite der Insel zu erkennen waren. Dazu gab es eine unbeleuchtete Landebahn in ihrer Mitte. Geheimdienstberichten zufolge wurde hier fast nie nachts geflogen. *Fast* nie. Chase hoffte, dass das auch heute so sein würde, damit er dort sicher landen konnte.

In der ersten Minute seines Sprungs blieb er über dem Dunst und konnte den Mond und die Sterne sehen. Er fühlte sich, als würde er durch den Weltraum schweben. Unter ihm befanden sich mehrere Lichtformationen. Vermutlich von Handelsschiffen. Höchstwahrscheinlich Öltanker, die durch die Straße von Hormus fuhren.

Nach drei Minuten entschied er, dass die Piloten gute Arbeit geleistet und ihn an den richtigen Ort gebracht hatten. Er war schon beinahe über der Insel. Jetzt musste er seine Gliedmaßen etwas anlegen, um seinen Auftrieb zu verringern und sicherzustellen, dass er nicht über sein Ziel hinausschoss. Als er das tat, verlor er schneller an Höhe.

Chase sah auf seinen Höhenmesser. Noch knapp eintausend Meter. Gleich würde sein AAD den Schirm öffnen, der auf 300 Meter eingestellt war. Wenn er nicht auslöste, musste er den Schirm manuell ziehen.

Er spürte ein kurzes Flattern, als sich der Schirm öffnete, dann ein ruckartiges Zerren, als sein Fall abrupt abgebremst wurde. Chase klappte seine Nachtsichtbrille herunter und betrachtete die Landebahn. Keine Lichter, keine Bewegungen. Alle paar Sekunden warf er einen Blick auf den Höhenmesser.

Das Schwierige an der Landung mit einer Nachtsichtbrille war die Diskrepanz zwischen dem, was seine Augen ihm sagten, und der Realität. Es war, als würde man sich ein Video von dem ansehen, was vor einem lag, und dabei versuchen, eine Treppe hinaufzugehen. Ja, man konnte sehen, was da war, aber es war knifflig, den genauen Abstand zwischen den eigenen Füßen und dem Boden abzuschätzen. Der Trick bestand darin, auf den Horizont zu schauen.

Chase zog an den Lenkseilen des Fallschirms, um sich an der Mittellinie der Landebahn auszurichten. Etwa dreißig Meter über dem Boden versuchte er, unter seiner Brille hindurchzusehen und anhand der Lichter auf der Insel und des Horizonts abzuschätzen, wie nahe er der Oberfläche bereits war.

Die in seinem Nachtsichtgerät grün erscheinende Landebahn wurde immer größer, während er seinen Körper auf den Bodenkontakt vorbereitete. Genau im richtigen Moment zog er sich leicht nach oben, um die Landung abzufedern. Er spürte, wie seine Stiefel den Asphalt berührten und begann zu rennen und den Fallschirm aufzunehmen, als dieser in sich zusammenfiel.

Wenige Augenblicke später hatte er den Schirm bereits wieder in seinem Behälter verstaut und sich zu einer Stelle etwa zwanzig Meter nördlich der Landebahn begeben. Ein Blick auf seine Uhr verriet ihm, dass seit dem Start der Maschine dreißig Minuten vergangen waren. Er hatte ungefähr vier Stunden Zeit, bis die Sonne aufgehen würde. Also drei Stunden bis zu seiner Evakuierung.

Er nahm eine GPS-Handkarte heraus und überprüfte seinen Standort. Chase war genau da, wo er sein sollte. Zu Fuß etwa dreißig Minuten südlich der Stelle, wo sich die großen Gebäude mit den Computern für das Bitcoin-Mining befanden. Er entledigte sich des Wingsuits und seiner Ausrüstung aus und stopfte alles einen Seesack. Darunter trug er eine weiße Baumwolltunika und eine beige Hose. Die Art von Outfit, die ein einheimischer Fischer tragen würde. Seinem Rucksack entnahm er eine dünne graue Wollmütze, die eng auf seinem Kopf saß.

Dann warf er sich den Rucksack über die Schulter und ging los. Im Gehen verstaute er eine schallgedämpfte Beretta und vier zusätzliche Magazine in einem Gürtel unter seiner Tunika. Ein zwanzig Zentimeter langes WK II-Messer befand sich in seiner Kydexscheide an seinem Stiefel.

Chase ließ sich Zeit für seinen Marsch über das sandige und felsige Gelände. Wenn er diesen Kurs beibehielt, würde er es vermeiden, die Zivilbevölkerung der Insel zu alarmieren, die vielleicht nicht schlafen konnte.

Zu seiner Rechten, am anderen Ende der Landebahn, konnte er Belege für die Anwesenheit des iranischen Militärs sehen. Ein paar Jeeps und ein Tankwagen standen neben einem alten Jet aus der Sowjetzeit. Sollte dieses Ding jemals im Kampf eingesetzt werden, so fragte er sich, was wohl die größere Gefahr für den Piloten darstellen würde – der Feind oder das eigene Flugzeug.

Vor ihm tauchten zwei große Betongebäude auf. Neben dem ersten Gebäude befanden sich eine Reihe großer Generatoren und Belüftungssysteme. Sie machten eine Menge Lärm, was ihm helfen sollte, unentdeckt zu bleiben.

Chase ging in die Hocke und holte eine schwere Wärmebildkamera aus seinem Rucksack. Damit stellt er fest, dass die Infrarotstrahlung des ersten Gebäudes sehr stark war. Sie mussten dort Hunderte von Servern installiert haben, aber Chase konnte keine Anzeichen von Menschen in dem großen Gebäude erkennen.

Jeder dieser Computer führte mathematische Berechnungen aus, mit deren Hilfe der Blockchain weitere Blöcke hinzugefügt wurden. Je größer die Rechenleistung, desto mehr Bitcoins konnten freigesetzt werden.

Aber warum machten sie das ausgerechnet hier? Wenn es stimmte, was Gorji gesagt hatte, und diese Operation von Jinshan finanziert wurde, warum musste die Mine dann hier sein? Das war Gegenstand vieler Diskussionen zwischen ihm und Elliot gewesen. Gorji vermutete, dass es eine mysteriöse Verbindung zu den durch den Golf verlaufenden Unterseekabeln gab. Aber ihnen fehlten die notwendigen Informationen.

Chase sah auf das GPS und dann erneut auf seine Uhr. Er hatte Zeit.

Er nahm seinen Rucksack ab und stellte ihn auf den staubigen Boden. Dann schaute er wieder durch die Wärmebildkamera. Nichts. Er lag fast eine Stunde in Lauerstellung, bevor er endlich sah, weswegen er gekommen war.

Eine Gestalt verließ das erste Gebäude und kam auf ihn zu. Sonst war niemand in Sicht. Chase wartete fünfzehn Minuten, während sich der Mann näherte, der von den Wachleuten ganz einfach zu entdecken gewesen wäre, sollten sie in diese Richtung blicken. Chase hoffte nur, dass das alles gut ging.

Als der Mann endlich nahe genug am vereinbarten Treffpunkt war, rief Chase leise: „Hallo?"

„Hallo?", hörte er eine Stimme. Es war dunkel. Das Gesicht seines Gegenübers war kaum auszumachen.

Chase stand auf und hielt seine Waffe im Anschlag. „Sind Sie hier, um jemanden zu treffen?"

Der Mann kam näher.

„Ja. Und man sagte mir, dass Sie mir helfen könnten. Ich soll Ihnen sagen, dass mein Name Satoshi ist."

An einem abgelegenen, felsigen Küstenabschnitt von Abu Musa lauschten Chase und Satoshi einem Außenbordmotor, der immer lauter wurde. Chase sah, wie das schmale, etwa sechs Meter lange Fischerboot zum Dock fuhr. Ein dünner, dunkelhäutiger Junge winkte ihm zu.

„Wie heißt du?", rief Chase.

„Timmy."

„Timmy, ja?"

„Mr. Elliot sagte, ich kriege zuerst mein Geld."

Chase griff in seinen Rucksack, zog einen Umschlag heraus und warf ihn dem Jungen zu. Timmy zählte nach. Fünfhundert US-Dollar. „Okay, Mister. Steigen Sie mit Ihrem Freund ins Boot."

Sie saßen auf wackeligen Plastiksitzen, sodass sie nach hinten zum Fahrer des Bootes blickten. Timmy gab Gas, und der Bug hob sich kurz an, bevor er sich wieder senkte. Chase blieb wachsam und betrachtete Satoshi, der ängstlich aussah. Er konnte ihm keinen Vorwurf daraus machen.

Hinter ihnen wurde die Insel Abu Musa immer kleiner.

„Danke, dass Sie gekommen sind. Bitte, setzen Sie sich."

Chase empfand Elliots Ton als ziemlich förmlich verglichen mit ihrem letzten Gespräch. Ihre Beziehung war zwar stets professionell gewesen, hatte aber zunehmend auch eine persönliche Note erhalten, jetzt, da Chase seine Fähigkeiten unter Beweis gestellt hatte. Momentan sah Elliot aus wie ein Vater, der seinem Sohn eine Standpauke halten wollte.

„Stimmt etwas nicht?", fragte Chase, als er auf dem Stuhl vor Elliots Schreibtisch Platz nahm. Sie saßen in einem kleinen Büro auf dem Luftwaffenstützpunkt Al Dhafra, das im selben Gebäude wie die taktische Einsatzzentrale lag. Chase hatte die letzten paar Wochen an der ex-post Analyse der Abu Musa-Operation gearbeitet.

„Ich muss Ihnen etwas sagen. Es geht um Satoshi."

„Was gibt es?"

„Er ist nicht wirklich Satoshi."

„Ich dachte, das wäre im Vorfeld bereits klar gewesen. Somit ist das keine Überraschung. Es ist nicht sein richtiger Name, oder."

„Sie verstehen mich falsch. Ich habe Grund zu der

Annahme, dass der Mann, den Sie von Abu Musa geholt haben, nicht der Aufgabe nachkommt, der er zuvor zugestimmt hat."

Chases kniff die Augen zusammen.

Elliot und sein Team hatten mit Satoshi daran gearbeitet, den illegalen Code zu entfernen, der durch die Abu Musa-Operation in das System der Börse in Dubai eingeschleust worden war. Interviews mit Satoshi hatten bestätigt, dass Jinshan tatsächlich eine aufwendige Operation in die Wege geleitet hatte, um den Wert der Bitcoin-gestützten Währungen künstlich kontrollieren zu können. Er beabsichtigte, dies über einen Schadcode und eine einzigartige Hardwareverbindung zu den Unterseekabeln zu erreichen.

Waleed und Elliot hatten die Operation fast unmittelbar nach Satoshis Ankunft in Dubai angestoßen. Nachdem dieser zugestimmt hatte, die Schadsoftware aus den Systemen der Devisenbörse zu entfernen, hatten Waleed und Elliot gemeinsam daran gearbeitet, Satoshi täglich Zugriff auf deren Computer zu verschaffen. Es war viel Aufwand, aber letztendlich hatte es funktioniert.

Jeden Tag wurden Satoshis Software-Updates auf Laptops der NSA geladen und in ein Gebäude direkt neben der Börse gebracht. Elliots NSA-Kontakte hatten geholfen, dort eine weitreichende WLAN-Verbindung zu den Computern mehrerer Angestellter aufzubauen. Diese Computer hatten sie mit einem Wurm infiziert, der es Satoshi ermöglichte, die Handelsprogramme anonym zu bearbeiten. Ihre Computer waren zwar nicht direkt mit einem der Server verbunden, die den von Bitcoin-gestützten Währungsumtausch abwickelten, aber das war auch nicht erforderlich.

Jeden Abend, wenn die Mitarbeiter, die die infizierten Computer benutzten, nach Hause gegangen waren, startete der NSA-Wurm ihre Computer neu und sendete elektronische Signale über alle verfügbaren Funkschnittstellen: Bluetooth,

WLAN, NFC. Der Wurm konnte sich so auf andere Computer in Reichweite ausbreiten und ein größeres Netzwerk infizierter Computer bilden. Schließlich stellten einige dieser Computer eine Verbindung zu externen Laufwerken und externer Hardware her. Die Ausbreitung des Virus ging immer weiter, bis sie drei Wochen nach Beginn der Operation endlich auf Gold stießen: Einer der von der NSA infizierten Computer verband sich mit der Handelsserver-Software. Dies veranlasste das Computernetzwerk, die von Satoshi benötigten Informationen zu scannen und zu übertragen.

Es bedurfte mehrerer dieser Verbindungen zwischen dem Server und externer Hardware, bevor Satoshi mit seiner eigentlichen Arbeit beginnen konnte. Diese Woche hatte er Elliot gesagt, er sei zuversichtlich, dass seine Updates sich nun auf das System auswirken würden. Er hatte auf Elliots Bitte hin zwei Änderungen vorgenommen. Zuerst hatte Satoshi sämtlichen Code von Abu Musa zerstört, der es Jinshan erlauben würde, den Wert der Bitcoin-gestützten Währung anonym zu manipulieren. Danach hatte er eine Software implantiert, mit der die CIA die Transaktionen überwachen konnte.

Waleed und Elliot hatten im Hotel Burj Al Arab einen sicheren Arbeitsplatz für Satoshi eingerichtet. Auch dieser Umstand sollte Satoshi bei der Stange halten. Die NSA- und CIA-Teams kamen nur in seinem Hotelzimmer mit ihm zusammen. Alle Softwarekorrekturen, die Satoshi an der Börse vornahm, wurden zuerst von den amerikanischen Teams analysiert, bevor sie auf das System hochgeladen wurden. Satoshi hatte argumentiert, dass dies die Operation stark verlangsamen würde, aber Elliot hatte auf diese Sicherheitsmaßnahme bestanden.

Satoshi war im Grunde genommen ein Gefangener. Auch wenn ein Zimmer in einem der luxuriösesten Hotels der Welt wohl die beste Gefängniszelle war, die man sich vorstellen konnte. Zu seiner eigenen Sicherheit und zum Schutz der Operation durfte Satoshi sein Zimmer nicht verlassen. Elliot ließ ihn von mehreren Mitgliedern des CIA-Sicherheitsteams bewachen. Der Japaner durfte ohne Elliots Genehmigung mit niemandem kommunizieren.

Jinshan war zurück nach China geflogen. Über sein Bitcoin-Komplott war nichts bekannt geworden, aber es gab einen inoffiziellen Kommunikationskanal zwischen den USA, den Vereinigten Arabischen Emiraten und den Chinesen, über den deutlich gemacht wurde, dass Jinshan in keinem dieser Länder länger willkommen war. Seltsamerweise hatte es seitens der chinesischen Regierung keine Reaktion darauf gegeben. Nicht einmal ein Dementi.

Waleed hatte nichts mehr von Gorji gehört, seit Satoshi von Abu Musa abgezogen worden war. Auch er war unnatürlich still. Sämtliche Versuche Waleeds, mit Gorji Kontakt aufzunehmen und an den Rest der Liste zu kommen, waren gescheitert.

„Welcher Aufgabe genau kommt Satoshi nicht nach?", fragte Chase nun.

„Nun, das ist eine lustige Sache. Es scheint, als ob unser Satoshi nicht wirklich versucht, den Code zu entfernen. Er versucht vielmehr, ihn zu *aktivieren*. Er beschwert sich immer wieder darüber, dass er Live-Zugriff auf die Server benötigt, und dass das von uns eingerichtete sichere Set-up mit eingeschränktem Zugriff alles erschwerte. Nun, es ist wohl an der Zeit, dass ich meine Karten auf den Tisch lege, Chase."

„Sir?"

„Ich habe mich nie wirklich auf Satoshi eingelassen."

„Wie meinen Sie das?"

„Wenn etwas zu gut zu sein scheint, um wahr zu sein, dann ist es das wahrscheinlich auch."

„Sie halten Satoshi für eine Art Trojanisches Pferd?"

„Gorji kommt mit Teilwahrheiten zu uns – der Name Ihres
Bruders auf dieser Liste, ein Leck in unserer Außenstelle in
Dubai –, er etabliert Glaubwürdigkeit und bringt daraufhin ein
Problem an, das wir lösen können", sagte Elliot. „Es ist ein klas-
sischer Deal. Aber das hier ist nicht mein erstes Rodeo. Also
habe ich Sicherheitsvorkehrungen getroffen."

„Sicherheitsvorkehrungen?"

„Ich hätte Satoshi vollen Zugriff auf die Devisenbörse
gewähren können. Tatsächlich wollte Waleed, dass ich das tue.
Aber das wäre genau das gewesen, was die Iraner verlangt
haben."

„Aber Gorji? Ich meine, er ist doch einer von den guten
Jungs, oder nicht?"

„Vielleicht. Die Wahrheit ist, dass ich es nicht wirklich weiß.
Aber ich weiß, dass er mit einem Problem zu uns gekommen ist
und uns gebeten hat, eine bestimmte Maßnahme zu ergreifen,
um es aus der Welt zu schaffen. Er hat uns gesagt, dass die
Börse ein Teil der Abu Musa-Operation sei. Die einzige
Möglichkeit, das Problem zu beheben, bestand darin, Satoshi
aus Abu Musa herauszuholen, damit er sich in den geschützten
Code auf den Börse-Servern hacken konnte. Chase, was denken
Sie, wie *zum Teufel* Gorji es geschafft hat, dass Satoshi einfach
aus diesen gesicherten Gebäuden auf Abu Musa herausspa-
zieren konnte?"

„Er meinte, er hätte eine Kontaktperson in den Gebäuden."

„Aber er sagte auch, dass die Abu Musa-Operation von Jinshans Unternehmen durchgeführt wird, richtig? Und dass
Pakvars Loyalität gegenüber Jinshan stetig größer wurde."

„Etwas in der Art."

„Also wurde Satoshi von Pakvar und Jinshan über Jahre auf
Abu Musa festgehalten, nicht wahr? Aber wie zur Hölle hat
Gorji dann dafür gesorgt, dass er so einfach dort abhauen
konnte?"

„Ich weiß es nicht." Chase erkannte, dass diese Sache ziemlich merkwürdig aussah.

„Eine Möglichkeit wäre, dass Jinshan oder wer auch immer die Fäden zieht, wollte, dass wir Satoshi hierherbringen", erklärte Elliot. „In diesem Szenario ist Gorji entweder einer von ihnen, oder er wird von ihnen gesteuert. In jedem Fall ist Satoshi – oder wen auch immer Sie von Abu Musa mitgenommen haben – nicht wirklich hier, um uns dabei zu helfen, die Börse von Dubai zu säubern."

Chase verdrehte die Augen. „In Ordnung, aber warum sollten sie überhaupt jemanden hierherschicken wollen?"

„Das weiß ich auch nicht. Möglicherweise funktioniert ihre Unterseekabelverbindung nicht. Vielleicht haben sie andere Pläne mit dieser Bitcoin-Währung, von denen wir noch nichts wissen. Aber unter dem Strich steht, dass dieser Kerl, den wir Satoshi nennen, nicht der echte Satoshi ist."

„Und wir haben ihm Zugriff auf –"

„Nein. Haben wir nicht. Ich habe veranlasst, dass die NSA jeglichen Schadcode aus dem Bitcoin-Bereich der Börsen-Server entfernt. Waleed hat mir bei den Gesprächen mit den Emiratis geholfen und uns Zugang verschafft. Natürlich wollten sie im Gegenzug wissen, wie wir im Verborgenen die Transaktionen nachverfolgen können."

„Warum haben sie dem zugestimmt?"

„Weil es ziemlich schlecht aussehen würde, wenn die eben eröffnete Börse infolge eines Skandals zusammenbrechen würde. Wir erlauben ihnen, ihr Gesicht zu wahren, wir stellen sicher, dass es keine seltsamen Geschäfte mit manipulierten Werten gibt, und wir können Transaktionsdaten verfolgen. Da wir die Umstellung auf eine Bitcoin-gestützte Währung nicht verhindern können, ist das wohl das beste Ergebnis, was wir uns erhoffen konnten. Ich habe die NSA auch jeden von Satoshis Uploads auswerten lassen."

Chase nickte. „Also haben Sie ihn einen ganzen Monat ausgetrickst?"

„Genau."

„Und mich auch."

„Ich musste sichergehen. Sie wissen doch, wie es läuft, mein Sohn."

„Ich verstehe. Haben Sie etwas herausgefunden?"

„Er versucht nicht, uns zu helfen, das steht fest."

„Warum lassen Sie ihn dann ‹immer noch daran arbeiten?"

„Trick siebzehn. Folgen Sie dem Hasen zu seinem Bau. Ich wollte sehen, wohin das alles führt. So wird dieses Spiel eben gespielt. Ich möchte, dass Jinshan und Satoshi denken, dass alles in bester Ordnung ist. Sie sollen wie beim Poker weiter Geld in den Topf einzahlen bis zur letzten Karte. Bis ich die bessere Hand habe."

„Warum erzählen Sie mir das ausgerechnet jetzt?"

„Vor ein paar Tagen haben wir Satoshi einmalig Zugang zum externen Internet eingeräumt. Er hat einen E-Mail-Entwurf gespeichert. Er wollte sich nur mal bei jemandem aus seiner Familie melden. Aber er hat die Mail nie abgeschickt. Gestern haben wir sein E-Mail-Konto überprüft. Dieser Entwurf war von ihm gelesen worden."

„Ich kann Ihnen nicht ganz folgen."

„Wir haben ihm gestern keinen Zugang zum Internet ermöglicht. Das bedeutet, dass jemand anderer auf seine E-Mail zugegriffen und diesen Entwurf gelesen hat. Er muss vom Fach sein, denn wir konnten keine weiteren Spuren finden."

„Was wollte Satoshi übermitteln?"

„Ich bin mir nicht sicher, aber ich habe eine Vermutung."

„Was?"

„Ich denke, er wollte etwas sagen wie: ‚Ich habe das Programm verändert, es sollte nun funktionieren.'"

„Wie geht es jetzt weiter?"

„Wir hoffen, dass Jinshan etwas ausprobiert und seine Beteiligung dadurch offenbart. Ich weiß nicht –"

Das Telefon klingelte. Elliot meldete sich. „Jackson." Er hörte dem Anrufer zu. „Scheiße. Ich bin gleich da." Dann legte er auf.

„Kommen Sie. Wir werden in der Einsatzzentrale gebraucht. Das ist der zweite Grund, warum ich heute mit Ihnen sprechen wollte."

„Was ist passiert?"

„Das erkläre ich Ihnen auf dem Weg. Ich habe was von Lisa Parker gehört."

Chase sah sich im Tactical Operations Center um. Er zählte zehn Personen. Das waren doppelt so viel wie gewöhnlich, und alle hatten ihre Augen auf denselben Monitor gerichtet. Elliot sah verärgert aus.

An der Stirnwand befanden sich über ein Dutzend Flachbildschirme. Einige von ihnen waren taktische Anzeigen, die verschiedene Kontaktpersonen im Operationsgebiet zeigten. Auf anderen Bildschirmen waren eine Reihe von Informationen über Aufklärungs- und anderen Flugmissionen zu sehen, und wann sie zurückerwartet wurden.

Einige der Monitore gaben die Videoeinspielungen dieser Überwachungsflugzeuge wieder. Sowohl Drohnen als auch bemannte Flugzeuge sendeten gesicherte Daten an das TOC. Aber heute schienen sich die Anwesenden nur um einen dieser Monitore zu scharen.

Unter diesem speziellen Bildschirm befand sich eine leuchtend rote Digitalanzeige mit der Aufschrift SHORTSTOP 23. Das war das Rufzeichen der US Air Force RQ-180-Drohne, die eine Videoaufzeichnung aus mehreren Kilometern Höhe übertrug.

Der Bildschirm zeigte einen Lastwagen, der einen Highway blockierte. Vor ihm standen drei schwarze Limousinen. Auf der Straße lagen mehrere Leichen herum, und ein Feuergefecht war in vollem Gange.

„Sehen Sie das?", fragte Elliot.

„Was?", fragte Chase zurück.

„Herauszoomen." Elliot sah sich nach der Person um, die die Drohne kontrollierte. „Herauszoomen!"

Ein Oberleutnant der Air Force, der vor diversen Computermonitoren und Joysticks saß, drückte ein paar Knöpfe und Tasten. Der Bildschirm blitzte kurz auf und zeigte dann eine weiter entfernte Ansicht der Szene. Chase konnte im Süden einen Strand und einen Marinestützpunkt mit Schiffen im Südosten erkennen. Westlich davon befand sich ein Flughafen. Bandar Abbas. Der größte iranischen Marinestützpunkt, gleich nördlich der Straße von Hormus.

Aus der größeren Entfernung konnte jeder im Raum einen anderen Lastwagen sehen – dem Aussehen nach ein Truppentransport –, der sich auf dem Highway in Richtung des Schusswechsels bewegte.

„Das scheint noch schlimmer zu werden. Ich habe noch drei Wärmespuren in dem Lastwagen, der die Schießerei begonnen hat."

Chase lehnte sich zu Elliot hinüber und flüsterte: „Also, was stand in Lisas E-Mail?"

Elliot biss wieder die Zähne zusammen. „Sehr wenig. Nur, dass die ‚Operation' im Gange sei. Und dann gab sie die unten angegebenen GPS-Koordinaten mit dieser Uhrzeit und diesem Datum an." Er nickte zu dem Bildschirm und deutete an, dass die Koordinaten genau den Ort ergaben, den die Drohne gerade beobachtete. „Ich kam hierher, um sicherzustellen, dass wir die Stelle überwachen; der diensthabende Offizier hatte Anweisung, mir Bescheid zu geben, wenn er etwas Verdächtiges sieht. Lisa hat mir diese Nachricht mit einer unverschlüsselten E-Mail geschickt. Sie war an mich und einige der Bosse in Langley gerichtet. Als ob sie wollte, dass sie von externen Quellen gefunden wird."

Seit mehreren Wochen hatten sie nichts mehr von Lisa gehört.

Bis jetzt.

Bis zu der E-Mail, die Elliot gerade erhalten hatte. Dies implizierte, dass sie Teil einer CIA-Operation in der Nähe von Bandar Abbas war. Vor einigen Wochen hatte sie Chase und Waleed davor bewahrt, von Pakvar und seinen Schergen in der Dubai Mall erschossen zu werden.

Ein paar Tage später war sie geschäftlich nach Langley aufgebrochen. Zumindest hatte sie das Chase gesagt. Sie war dabei, als sie Elliot über den Vorfall in der Mall Bericht erstatteten. Sie behauptete, dass sie dort war, um in der Nähe einen anderen Informanten zu treffen, als sie Schüsse hörte, und dass sie rein zufällig dort vorbeigekommen war. Direkt nach dem Vorfall war Chase diese Erklärung noch vernünftig erschienen. Jetzt kam er sich vor wie ein Narr.

Als er die Ereignisse später, nach seinem Einsatz auf Abu Musa, mit Elliot in Ruhe durchging, zeichnete sich eine andere Geschichte ab. In Wirklichkeit war Lisa *nicht* von der Spionageabwehr sicherheitsüberprüft worden, wie sie Chase erzählt hatte. Sie wurde nach Langley zurückgeschickt, weil das Spionageabwehrteam Elliot empfohlen hatte, ihr eine andere Aufgabe zu übertragen. Anscheinend hatte sie beim Lügendetektortest mehrere nicht schlüssige Antworten gegeben. Sie sollte Verwaltungsaufgaben in Langley übernehmen, solange die Untersuchung fortgesetzt wurde.

Aber Lisa Parker war nie in Langley aufgetaucht. Überwachungskameras am Flughafen hatte aufgezeichnet, wie sie

erwartungsgemäß in LA aus dem Flugzeug stieg. Die nachfol-
genden Aufnahmen aber zeigten sie beim Verlassen des Flughafens – und nicht am Terminal ihres Anschlussfluges – was
äußerst ungewöhnlich war. Das war das letzte Mal, dass jemand
bei der CIA von Lisa Parker gehört hatte. Bis gestern, als Elliot
ihre kryptische E-Mail erhielt.

Warum hatte sie Chase vorgelogen, dass sie vom Spionageabwehrteam als unbedenklich eingestuft worden war? War sie
etwa die undichte Stelle in Elliots Team? Chase konnte das
nicht glauben. Er war ihr in den letzten Monaten nahegekom-
men. Er wollte nicht akzeptieren, dass sie zu so etwas in der
Lage war. Erst diese Sache mit seinem Bruder, und nun der
Vorfall mit Lisa. Chase war nicht sicher, was er von all dem
halten sollte.

Er hatte reinen Tisch gemacht und Elliot erzählt, worüber er
mit Lisa gesprochen hatte. Dass sie wusste, dass David auf der
Liste stand, obwohl sei keinen Zugang zu diesen Informationen
hätte haben dürfen. Elliot war enttäuscht gewesen, hatte aber
Verständnis für sein Dilemma aufgebracht. Im Anschluss hatte
er ihm die Leviten gelesen und erklärt, er solle dies als seine
zweite Chance betrachten.

Auch David blieb nach wir vor verschwunden.

Elliot hatte innerhalb seiner CIA-Befehlskette weitergegeben, dass David Mannings Name auf der ominösen Liste stand.
Da diese Erkenntnisse jedoch aus einer iranischen Quelle
stammten, wurden sie als nur mäßig zuverlässig erachtet. Elliot
war noch dabei, diese Sache mit Ermittlern in der Nähe von
Washington D.C. zu analysieren und auszuwerten.

Dann kam diese Voicemail von Victoria Manning, aus der
Chase erfahren hatte, dass David sich nicht bei Lindsay
gemeldet hatte. Daraufhin hatten sie einen von Davids Vorgesetzten bei In-Q-Tel kontaktiert, der widersprüchliche Angaben
einiger Kollegen weitergab. Manche waren sich sicher, dass

Davids Reise von der CIA sanktioniert und offiziell war. Rasch eingeleitete Nachforschungen bei der CIA und ein paar weitere Telefonate mit In-Q-Tel hatten mehrere Ungereimtheiten aufgedeckt. Irgendetwas an David Mannings ‚Geschäftsreise' war nicht koscher. Sie entdeckten, dass David seit über drei Wochen vermisst wurde. Elliot fühlte sich schrecklich, weil er nicht früher gehandelt hatte, war aber gleichzeitig besorgt wegen Davids potenzieller Verstrickung in illegale Machenschaften. Chase hingegen war überzeugt, dass das nicht Davids Schuld sein konnte, und machte sich Vorwürfe, dass er es überhaupt so weit hatte kommen lassen.

„Elliot?" Der diensthabende Offizier, der nebenbei telefonierte, rief ihn herüber. „Es ist bestätigt, dass die Passagiere in dem Wagen Ahmad Gorji und seine Ehefrau sind. Sie nahmen an einer Zeremonie auf dem Marinestützpunkt Bandar Abbas teil."

Elliot schüttelte den Kopf und flüsterte: „Verdammter Hurensohn. Das ist ein Attentat. Sie lässt es so aussehen, als würde die CIA Gorji ermorden."

Chase betrachtete das Geschehen auf dem Monitor. Der Truppentransporter hielt an, und als die Männer herauskletterten und das Feuer eröffneten, zoomte der Bildschirm wieder heran.

Chase sah einen weißen Blitz auf dem Display und dachte, dass der Oberleutnant wieder herausgezoomt hatte. Aber das war nicht der Fall.

„Heilige Scheiße", stieß einer der Air Force Leute aus.

Als das Bild wieder klar wurde, erkannte Chase, was er eben gesehen hatte. Jemand hatte gerade eine Bombe gezündet.

12

Bandar Abbas, Iran
Mehrere Stunden zuvor

Lisa Parker lag versteckt in einem Gebüsch auf einem kleinen Hügelkamm. Von ihrer Position aus konnte sie Irans größten Marinestützpunkt, den Hafen und den Shahid Rajaie Highway, der parallel zur Küste verlief, beobachten. Etwa eineinhalb Kilometer westlich startete gelegentlich ein mehrmotoriges Turboprop-Verkehrsflugzeug vom Flughafen Havadaryat.

Ihr Körper schmerzte bereits, weil sie schon so lange in Bauchlage auf ihrem Posten lag. Sie war in den letzten fast achtundvierzig Stunden gründlich von der Wüstenhitze gegrillt worden, und ihr Magen knurrte vor Hunger. Sie hatte etwas zu Essen dabei, aber jetzt war keine Zeit dafür.

Der Scharfschützen-Tarnanzug sorgte dafür, dass sie von niemandem gesehen wurde, aber leider kam sie auch nicht an dessen diverse Taschen dran. Wenn sie sich aufrecht hinstellte, hätte sie wie eine Art Sumpfmonster mit Dreadlocks ausgesehen, das mit Wüstenpflanzen und Wurzeln bedeckt war.

Die schwierigen Bedingungen machten ihr jedoch nichts

aus. Sie genoss den Schmerz ebenso wie die Jagd. Das lange
Warten auf diesen einen kritischen Moment, in dem sie ihr Ziel
treffen würde. Lisa störte nur eines – der Gestank, der aus dem
großen schwarzen Plastiksack kam, der neben ihr lag und
dessen Inhalt in der Sonne vor sich hin kochte. Der üble
Geruch war von Anfang an da gewesen, wurde aber immer
intensiver, je länger sie hier auf der Lauer lag. Aber schon bald
würde sie den Inhalt des Sacks loswerden und diesen schrecklichen Gestank im Salzwasser des Arabischen Golfs von ihrem
Körper waschen. Des Persischen Golfs, korrigierte sie sich
selbst. Schließlich war sie hier im Iran.

Lisa beobachtete durch ihr Zielfernrohr die Menschen, die
bald sterben würden. Ein Teil von ihr fühlte sich schlecht dabei,
aber sie redete sich ein, dass diese unschuldigen Opfer, die
heute umkamen, einem höheren Ziel dienten. Denn dies war
der Beginn eines gewaltigen Umsturzes. Eines Krieges, der die
ganze Welt in eine neue Ära des Fortschritts und des Wohlstands katapultieren würde. Die große Neuausrichtung, wie
Jinshan es nannte.

Dieser Teil des Plans sollte eigentlich erst in ein paar
Monaten stattfinden. Aber aufgrund der Flucht der beiden
Amerikaner von der Pazifikinsel hatte Jinshan es für klug gehalten, früher zu handeln. Die Beschleunigung des Zeitplans
bedeutete jedoch, dass sie in diversen Bereichen Kompromisse
eingehen mussten. Ihre eigene Beteiligung war nicht ideal. Eine
Frau mit ihrem ethnischen Hintergrund würde möglicherweise
unangemessene Aufmerksamkeit erregen. Der ursprüngliche
Plan hatte vorgesehen, diesen Auftrag an einheimisches
Personal zu vergeben – oder vielleicht eine chinesische Spezialeinheit damit zu betrauen.

Da der zeitliche Ablauf nun jedoch angepasst worden war,
wurde Lisa zur besten Option. Jinshan hatte ihr gesagt, dass er
andere Vorkehrungen treffen würde, um diese Mission abzu-

schließen. Er war der Meinung, dass es möglicherweise keine so gute Idee war, eine Frau in den Iran zu schicken, um diese Art von Auftrag zu erledigen. Dann hatte er sie darüber informiert, dass er an ihrer statt einen weniger fähigen männlichen Kollegen schicken würde.

Sie wusste, dass Jinshan sie manipulierte. Diese Mission im Iran – und damit, einen Krieg zu provozieren – war ein Schlüsselelement seines Makroplanes. Es durften keine Fehler gemacht werden. Und es war reine sexistische Dummheit zu glauben, dass ein Mann besser für diese Aufgabe geeignet wäre. Lisa war besser als jeder seiner Männer. Jinshan wusste das. Und er wusste, dass sie es wusste. Letztlich war es ihr egal, ob Jinshan sie manipulierte. Sie hatte zu lange und hart gearbeitet, um zuzusehen, wie jemand mit minderen Fähigkeiten alles vermasselte.

Um das Risiko, gesehen zu werden zu minimieren, hatte sich Lisa von Meer her genähert. Sie würde diesen Ort bald auch auf diesem Wege und im Schutze der Nacht wieder verlassen. Unterstützung war von einem chinesischen Marinekommando gekommen, das in einem U-Boot der Shang-Klasse in den Gewässern des Persischen Golfs unterwegs war. An Land war sie jedoch auf sich selbst gestellt.

Zumindest fast. Es gab ein paar angeheuerte bewaffnete Männer, die nicht wussten, wer hier wirklich die Fäden in der Hand hielt. Dennoch konnte man Fäden zurückverfolgen – und Lisa war hier, um sicherzustellen, dass das nicht geschah.

Sie sah auf die Uhr. Es war dreißig Minuten nach Sonnenuntergang. Beinahe Zeit. Sie warf noch einen Blick durch ihr Fernglas, konnte aber nur das iranische Diesel-U-Boot der Kilo-Klasse erkennen, das im kleinen Hafen der Basis angedockt war. Daneben standen eine Blaskapelle und Dutzende festlich uniformierter iranischer Soldaten in Formation. Vor ihnen, direkt neben dem U-Boot, stand ein kleines Zelt. In der Bucht herrschte rauer Seegang. Der Wind blies auch ein bisschen stärker, als ihr lieb war.

Drei elegante schwarze Autos mit getönten Scheiben hielten vor dem Zelt. Auf jeder der Motorhauben flatterten zwei iranische Flaggen. Die Zeremonie ging zu Ende. Das neueste U-Boot des Iran war ein Quell des Nationalstolzes in einem Land, das oft von den mächtigsten Militärapparaten der Welt herausgefordert wurde. Dies war eine gute Gelegenheit für die nationalen Führer, sich zu zeigen. Daher hatten Ahmad Gorji und seine geliebte Frau an der Zeremonie teilgenommen. Die Ermordung eines prominenten iranischen Politikers würde landesweit Schlagzeilen machen. Aber die Ermordung seiner Ehefrau, einer Verwandten des iranischen Obersten Führers, würde einen Krieg vom Zaun brechen.

Lisa schaute auf das winzige Telefon, das neben ihr im Dreck lag. Sie hatte zwei Ersatzbatterien und ein Solarladegerät dabei, nur für den Fall, dass ihr der Strom ausging. Sie tippte eine Nachricht auf Farsi: *SIE FAHREN LOS.* Dann verlagerte sie ihr Gewicht und versuchte, ihre Muskeln zu lockern.

Die eigentliche Herausforderung würde erst kommen, nachdem sie ihre Waffe abgefeuert und ihren Rückzug begonnen hatte. Nach ihrer Schätzung hätte sie ungefähr zwölf Minuten Zeit, um zum Strand zu gelangen. Sie musste sich also beeilen. Lisa hatte schon Schlimmeres durchgemacht, aber das machte die Angelegenheit trotzdem nicht leichter. Sie berechnete die Zeiten und Entfernungen in ihrem Kopf, ging die Details schrittweise durch und bewertete ihre Optionen. Dann frage sie sich unwillkürlich, was schief gehen könnte. Irgendetwas ging immer schief.

Das Adrenalin begann durch ihre Adern zu pumpen, als der Zeitpunkt zum Handeln näher rückte. Lisa griff nach dem großen, schmalen Beutel, die neben ihr lag. Darin befand sich ein in Israel hergestelltes Galatz SR-99-Scharfschützengewehr.

Es war über einen Meter lang und wog etwa sechseinhalb Kilo. In der Kammer befand sich bereits eine 7,62 mm-Patrone, eine Schachtel mit zusätzlicher Munition befand sich in der Tasche. Lisa nahm die Abdeckung des beachtlichen Zielfernrohrs ab, das oben auf das Gewehr montiert war, und sah hindurch, um sich zu vergewissern, dass ihre früheren Einstellungen noch passten. Sie tippte ein paar Dinge in ihr Handy ein und erhielt Windschätzungen angezeigt. Dann nahm sie einige Anpassungen am Zielfernrohr vor, um sicherzustellen, dass ihre Schüsse ins Schwarze trafen.

Ihre Ausbildung in der Scharfschützenschule war lange her. Ihre Ausbilder dort hatten ihr natürliches Talent sofort bemerkt. Sie hatte sowohl ihren Körper als auch ihre Atmung besser im Griff als neunundneunzig Prozent der anderen Schüler. Sie war überaus gelenkig und ihre Augen waren scharf. Außerdem hatte sie die Gabe, Dinge vorherzusehen. Wenn sie einem menschlichen Ziel gegenüberstand, schien sie genau zu wissen, wie es sich bewegen würde, und konnte ihren Schuss entsprechend anpassen. Aber noch wichtiger als all diese Eigenschaften war, dass sie Geduld hatte.

Sie war eine wahre Expertin, wenn es darum ging, aus der Ferne zu schießen. Auf eine Distanz von vierhundert Metern war Lisa tödlich. Sie richtete das Stativ neu aus, das den Lauf abstützte und ihm Stabilität gab, und schaute dann durch das Zielfernrohr in Richtung des Highways. Die staubigen schwarzen Autos mit den kleinen Fähnchen auf der Motorhaube waren noch ungefähr eineinhalb Kilometer von der Kontaktzone entfernt.

Ein großer Lastwagen stand am Straßenrand zwischen der Einfahrt zum Marinestützpunkt und dem Flughafenzubringer. Genau wo er sein sollte. Der Fahrer betrachtete den Motor im Schatten der geöffneten Motorhaube. Lisa beobachtete, wie er die Haube zuklappte und wieder ins Führerhaus stieg. Wenn alles nach Plan ging, würde er den Highway blockieren, bevor die schwarzen Wagen vorbeikamen.

Die Männer, die sich in diesem Lastwagen versteckten, waren alle ausgewählt worden, weil sie zwei Dinge gemeinsam hatten: Erstens, sie wussten, wie man mit einer Waffe umging. Zweitens, sie alle hatten einen geliebten Menschen verloren, der vom iranischen Regime getötet worden war. Viele von ihnen hatten sich nie zuvor getroffen, sie kannten sich erst seit gestern. Aber das machte keinen Unterschied. Sie mussten nicht als Team funktionieren. Sie mussten nicht einmal das Feuergefecht gewinnen, das bald ausbrechen würde. Ihnen war gesagt worden, dass es hier um Rache ginge. Um Rache für das, was ihren Frauen, ihren Brüdern, und in einigen Fällen sogar ihren Kindern angetan worden war.

Wenn die schwarzen Autos anhielten, sollten die Möchtegern-Attentäter herausspringen und ihre in Israel gefertigten Maschinenpistolen abfeuern, bis ihnen die Munition ausging. Einige der Männer hatten panzerbrechende Geschosse geladen. Sie waren angewiesen worden, zuerst auf die Fahrer zu schießen, und ihr Feuer danach auf die verbleibenden Ziele zu richten. Sie sollten alle auf der Nordseite der Highways stehen bleiben, damit sie nicht zufällig gegenseitig beschossen.

In einem der Autos, so wurde den Männern gesagt, befand sich ein prominenter iranischer Politiker. Die Männer im Lastwagen wussten, was die Zukunft bringen würde, nachdem sie den Abzug betätigt hatten. Die meisten von ihnen ahnten wahrscheinlich, dass sie die Nacht nicht überleben würden. Aber gegen das iranische Regime zu kämpfen und das Symbol all dessen anzugreifen, was sie an ihrer korrupten Regierung hassten – und natürlich auch die Chance auf Rache – war es ihnen wert.

Die schwarzen Limousinen passierten das Sicherheitstor der Basis und fuhren auf dem Highway schnell in westliche

Richtung. Ihre getönten Scheiben machten es den Männern
unmöglich, die Gesichter derer zu sehen, auf die sie schießen
würden. Wahrscheinlich würden sie nie erfahren, dass auch die
Ehefrau des Politikers in einem der Wagen saß.

Lisa saugte Wasser aus einem Plastikschlauch, der mit einer
Trinkblase verbunden war, während sie durch das Zielfernrohr
blickte. Sie legte ihre Hände in Schussposition auf die Waffe.
Dann warf sie einen Blick in ihren Rucksack und überprüfte
erneut die Position der zusätzlichen Munition. Sie konnte sie
leicht erreichen, wenn sie nachladen musste. Aber wenn alles
nach Plan lief, sollte sie nicht mehr als die sechs Patronen brauchen, die bereits im Magazin waren.

Die Autos waren ungefähr eine Minute von der Zielzone
entfernt, als Lisa eine weitere Nachricht schickte: *LOS*.

Durch das Zielfernrohr beobachtete Lisa, wie sich der Last-
wagen in Bewegung setzte und vom Straßenrand aus auf den
Highway rollte. Er blockierte mit seiner Größe die gesamte
Straße. Hundert Meter entfernt bremsten die schwarzen Autos
langsam ab. Die Kolonne fuhr bis etwa fünfzehn Meter an den
Lastwagen heran und kam dann zum Stehen.

Die Türen der ersten Limousine schwangen auf, und zwei
Männer in Uniformen der iranischen republikanischen Natio-
nalgarde stiegen aus, einer mit einer AK-47 in der Hand. Der
andere Mann fuchtelte deutlich erregt mit den Armen.

Schweiß lief von ihrer Stirn und brannte in ihrem Auge. Sie
wischte ihn schnell weg und sah wieder durch das Zielfernrohr.
Jede Sekunde sollte sich die Ladeklappe des Lastwagens öffnen.
Die Männer sollten herausspringen und das Feuer auf die
Autos eröffnen.

Aber es passierte nichts.

Lisa beobachtete, wie einer der Militärs den ganzen Weg zur
Fahrerseite des Lastwagens ging und aussah, als wollte er die
Aufmerksamkeit des Fahrers auf sich ziehen.

Was ging da vor? Warum hatten sie noch nicht angegriffen?

Die Ladeklappe des Lastwagens blieb verschlossen. Die drei Wagen standen im Leerlauf abwartend vor dem Lastwagen. Lisas Handmuskeln spannten sich an, ihr Zeigefinger drückte gegen den Metallring, der den Abzugsbügel formte.

Aus dem Augenwinkel heraus sah sie eine Bewegung am Eingang des Marinestützpunktes. Sie blickte rechtzeitig auf, um einen mit Männern beladenen Truppentransporter zu erkennen, der das Haupttor der Basis verließ, auf den Highway einbog und dieselbe Route wie die Autos nahm. Ein Pfiff. Er war sehr leise, aber sie konnte ihn hören. Jemand am Eingang zum Stützpunkt blies immer wieder in eine Pfeife und alarmierte die Mitglieder des Sicherheitsteams.

Dann ging es endlich los.

Aus ihrer Entfernung klang das Geschützfeuer wie das entfernte Knallen von Feuerwerkskörpern. Zuerst waren sie im Abstand von ein oder zwei Sekunden zu hören. Dann kamen die Salven immer schneller, als das Feuergefecht intensiver wurde. Als Lisa durch das Zielfernrohr blickte, erkannte sie leuchtend rote Blutspritzer auf der Windschutzscheibe des Lastwagens, als der Wachmann mit der AK-47 den Fahrer erschoss.

Endlich öffnete sich die Heckklappe des Lastwagens, und ein paar Männer sprangen heraus. Sie feuerten wild darauf los. Der erste Mann, der den Lastwagen verlassen hatte, wurde versehentlich von jemandem aus seiner eigenen Gruppe in den Rücken geschossen. Er stürzte vornüber und spuckte Blut auf die staubige Teeroberfläche der Straße. Die anderen Männer schossen auf und in die Autos, genau wie es ihnen gesagt worden war.

Die Türen des hinteren Wagens sprangen auf und zwei iranische Sicherheitsleute stolperten heraus, gingen hinter ihren Türen in Deckung und erwiderten das Feuer. Kugeln aus

AK-47 und israelischen Maschinenpistolen zerfetzten Metall, Glas und Körper.

Der Fahrer der zweiten Limousine legte den Rückwärtsgang ein und gab Gas. Er prallte gegen das Auto, das hinter ihm geparkt war. Die beiden Männer, die hinter den Türen dieses Wagens Deckung genommen hatten, wurden dadurch zu Boden geworfen und ließen ihre Waffen fallen.

Lisa richtete ihr Fadenkreuz auf das Fenster der Fahrerseite der zweiten Limousine. Sie legte ihren verschwitzten Finger auf den Metallabzug, entspannte ihre Atmung und drückte ab. Der Rückstoß hallte nach, der Schaft der Waffe knallte hart gegen ihre Schulter, aber sie war darauf vorbereitet gewesen. Sofort lud sie nach, ohne den Blick von der Szene abzuwenden. Die Windschutzscheibe des mittleren Wagens explodierte und sah aus wie ein Spinnennetz aus weißen und hellroten Fäden. Die Räder des Autos hörten auf, sich zu drehen.

Die Hauptziele befanden sich in diesem zweiten Wagen. Jetzt, da er bewegungsunfähig war, hatten die Männer aus dem Lastwagen bessere Erfolgschancen. Sie schaute auf den Truppentransporter, der die Marinebasis Bandar Abbas verlassen hatte und jetzt den Highway hinunter in Richtung des Schusswechsels raste. Die Attentäter mussten sich beeilen, bald würden sie zahlenmäßig unterlegen sein.

Von ihrer erhöhten Position aus hörte Lisa einen nahezu konstanten Kugelhagel. Sie sah zu, wie die drei verbliebenen Attentäter von der Ladefläche des Lastwagens kletterten. Das waren die Vorsichtigen. Sie hatten bis jetzt abgewartet und zugeschaut. Jetzt näherten sie sich dem zweiten Auto und zielten auf die zertrümmerte Windschutzscheibe.

Der Militärtransporter schlitterte hinter dem letzten Wagen zum Stehen. Ein Dutzend uniformierter Männer sprang heraus und begann, die restlichen Angreifer niederzumähen. Es waren zu viele, als dass Lisa sie mit ihrem Scharfschützengewehr erledigen konnte.

Sie wartete, bis alle außer einem ihrer Männer gefallen waren. Dieser einsame Überlebende hockte hinter dem ersten Auto. So wie es aussah, war er ins Bein getroffen worden. Sie bewegte ihr Zielfernrohr zurück zum zweiten Auto. Es war voller Einschusslöcher, daher bestand eine gute Chance, dass alle Insassen tot waren. Trotzdem würde der Lastwagen, der gerade angekommen war, versuchen, alle Überlebenden mitzunehmen, um sie sofort medizinisch zu versorgen.

Das konnte sie nicht zulassen.

Lisa griff nach ihrem Telefon und scrollte zu einem Kontakt namens XFEUERX. Sie tippte den fünfstelligen Code ein und schickte ihn als Textnachricht an diesen Kontakt. Dann beobachtete sie das Geschehen weiter durch ihr Zielfernrohr.

Die in den USA hergestellten Richtminen explodierten in rascher Folge, wie eine Reihe von Streubomben, die nacheinander abgeworfen wurden.

Das Massaker trat unmittelbar ein. Aus dieser Nähe wurden die rund ein Dutzend Männer augenblicklich eliminiert. Lisa hatte noch nie so viele Menschen so schnell sterben sehen. Es war berauschend.

Die Druckwelle der Explosion hatte alle Fenster der Fahrzeuge zerbersten lassen. Fragmente von geschmolzenem, heißem Metall schossen durch die Glieder aller Personen in der Todeszone. Der Innenraum des zweiten Autos war jetzt sichtbar, und das war alles, was Lisa brauchte.

Sie bewegte das Fadenkreuz ihres Gewehrs auf den Rücksitz des zweiten Wagens und fand ihr Ziel: die Ehefrau. Auch wenn sie tot aussah, musste Lisa sichergehen. Sie drückte den Abzug, lud nach und feuerte erneut.

Dann sprang sie hoch und stellte das Zero MMX Elektromotorrad auf. Die Geländemaschine war für den Einsatz in ameri-

kanischen Spezialeinheiten entwickelt worden und bot ihr
einen achtundfünfzig PS starken, nahezu geräuschlosen
Antrieb und genügend Stabilität, um durch das bergige Wüsten-
gelände zu rasen. Sie vergewisserte sich, dass der Leichensack
am Heck befestigt war und nicht auf dem Boden schleifte,
drückte den Anlasser, schaltete am Griff und beschleunigte das
Motorrad in Richtung der blutüberströmten Straße.

Sie fuhr im Stehen und achtete darauf, das Gleichgewicht zu
halten, während das Motorrad über Sand und Stein hüpfte. Sie
hoffte, dass sie den Leichensack in der Nacht zuvor fest genug
angebunden hatte, damit er unterwegs nicht verloren ging.

Fünfzehn Sekunden später raste Lisa bereits auf das zweite
Auto zu und schaute hinein, um zu kontrollieren, dass alle
Insassen tatsächlich tot waren. Zufrieden blickte sie die dunkle
Straße hinunter zum Tor des Stützpunktes. Ein zweiter iranischer Truppentransporter, gefolgt von einem Polizeifahrzeug
mit Einsatzlichtern, raste jetzt auf sie zu. Sie holte die H&K MP-
5 aus dem am Motorrad montierten Seitenholster und legte den
Sicherheitsschalter auf das Symbol mit den drei roten Patronen
um. Sie zielte sorgfältig auf die Windschutzscheibe des ankom-
menden Fahrzeugs.

Für eine solche Waffe war es ein weiter Schuss. Es war
unwahrscheinlich, dass sie aus dieser Entfernung jemanden
treffen würde. Aber es war nicht ihre Absicht, zu töten, sondern
sicherzustellen, dass sie ihr folgten. Es wurde langsam dunkler,
aber sie würden das Mündungsfeuer sehen. Mit etwas Glück
würden ein oder zwei Schüsse das Fahrzeug treffen. Sie wollte
nicht unbemerkt ans Wasser gelangen.

Lisa drückte ab. Im Vollautomatikmodus feuerte die MP-5 in
drei Stößen dreißig Schuss in Richtung des Lastwagens. Die
Waffe klapperte, hatte aber nur einen dezenten Rückstoß. Sie
konnte gerade noch das Splittern der Windschutzscheibe
erkennen, als einer ihrer Schüsse das Ziel traf. Sie ließ die Waffe

auf den glühenden Asphalt fallen und betätigte das Gaspedal des Motorrads. Schon raste sie die sandige Straße hinunter zum Strand.

Fast dort. Mehrere Sirenen waren in der Ferne zu hören.

Sie warf einen Blick über die Schulter. Der Lastwagen bog vom Highway auf die unbefestigte Straße ab, um ihr zu folgen, aber Lisa hatte bereits einen beträchtlichen Vorsprung aufgebaut. Sie war mehrere Hundert Meter voraus, als sie die Enduro zum Stehen brachte, wobei sie darauf achtete, nicht aufgrund des zusätzlichen Gewichts des toten Amerikaners hinten über zu kippen. Sie zog den Sicherungsstift aus dem Brandsatz, der an der Unterseite ihres Sitzes befestigt war, sprang ab und ließ das Motorrad auf die Seite fallen. Dann öffnete sie den Reißverschluss ihres Tarnanzugs und ließ auch diesen zu Boden fallen. Ihre Metamorphose war fast abgeschlossen.

Das Elektromotorrad begann zu schwelen. Dann stieg dicker schwarzer Rauch aus intensiven blauen Flammen auf, als der Brandsatz hochging. Als sich der Lastwagen der Szene näherte, war die Leiche bereits in Flammen aufgegangen, die durch die chemischen Beschleuniger noch künstlich verstärkt wurden. Das Feuer sollte die Iraner so verwirren, dass sie glaubten, der Mann sei bei seinem Fluchtversuch ums Leben gekommen – und nicht bereits vor einigen Tagen, wie es tatsächlich der Fall gewesen war. Ob es funktionierte oder nicht, war unwichtig. Es reichte aus, um die Vereinigten Staaten in diesen Vorfall zu verwickeln.

Der tote Mann hieß Tom Connolly. Ex CIA-Agent, dann Privatunternehmer und schließlich ein Landesverräter. Er hatte jetzt seit etwas mehr als einem Jahr für Jinshan gearbeitet. Dies war sein letzter Auftrag. Er würde keine Bezahlung erhalten.

Verdeckt durch den Qualm stapfte Lisa in einem engen schwarzen Neoprenanzug ins Meer. Bevor sie untertauchte, sah sie zum Himmel hinauf. Irgendwo dort oben war eine amerikanische Drohne. Oder vielleicht ein Satellit. Sie fragte sich, ob ihre Netzwerkverbindungen noch funktionsfähig waren oder ob die Cyberangriffe sie bereits unbrauchbar gemacht hatten.

Sie blies einen Kuss in den Himmel.

Dann zog sie sich eine Tauchmaske über das Gesicht und löste die Flossen von ihrem Gürtel. Sie zog sie an, drehte das Sauerstoffventil des 30-Minuten-Behälters auf, der an ihrem Rücken festgeschnallt war, und tauchte in das warme Wasser des Persischen Golfs ein.

13

Luftwaffenstützpunkt Al Dhafra, Vereinigte Arabische Emirate

Elliot und Chase standen nebeneinander und starrten auf die leeren Bildschirme. Das Letzte, was sie von dem Angriff nahe Bandar Abbas gesehen hatten, war die Bombe am Straßenrand, die losging und den Truppentransporter zerstörte.

„Was zur Hölle geht da vor?" Elliot schäumte vor Wut.

Der Monitor war schwarz. Alles, was zu sehen war, lautete: *Satellitensignal-Fehler 33948.29.2*

Chase bemerkte, dass die anderen Bildschirme im Raum ähnliche Fehlermeldungen anzeigten. Sogar die taktischen Anzeigen schienen ausgefallen zu sein. Die taktische Hauptanzeige auf den großen Bildschirmen vorne und in der Mitte des Raumes zeigte doppelt so viele Spuren wie noch eine Minute zuvor. Sie wurde offenbar nicht mehr synchronisiert.

Einer der Männer an der Konsole sagte: „Sir, das System ist abgeschmiert."

Chase runzelte die Stirn. Es schien seltsam, dass die taktische Anzeige, die eine andere Datenverbindung als die Drohne verwendete, zeitgleich ausfiel. Er sah sich im Raum um und stellte fest, dass fast jeder der Anwesenden an der Fehlerbehebung arbeitete.

Die Aufregung im Raum wuchs mit jeder Minute. „Benutzen Sie die Funkgeräte", sagte jemand.

„Der Satellitenfunk ist ausgefallen, aber wir haben noch Funkverbindungen wie VHF und UHF."

„Aber das wird die Übertragung von Bandar Abbas nicht wieder auf den Schirm bringen, oder?", fragte Elliot entnervt.

„Nein, Sir."

Eine der Frauen, die vor einem taktischen Bildschirm saß, verkündete: „Wir haben alle Verbindungen verloren. Auch die Kurznachrichtendienste sind ausgefallen. Was zum Teufel ist hier los?"

Chase fühlte ein Frösteln. Das erinnerte ihn an 9/11. Zu der Zeit war er noch in der High School gewesen. Aber die Art und Weise, wie mehrere Probleme gleichzeitig auftraten – das musste ein koordinierter Angriff sein.

Elliot war aufgebracht. Er hielt ein rotes Telefon an sein Ohr, schüttelte den Kopf, und sah Chase an. „Auch tot."

Einer der Männer, die über einen Funkkopfhörer gesprochen hatten, rief dem diensthabenden Offizier zu: „Der nächste Aufklärungsflug in dieser Gegend wird eine EP-3 sein, aber auch dort sind sie gerade auf Fehlersuche. Sie haben ähnliche Systemprobleme."

Elliot ging hinüber zu dem Luftwaffenoffizier, der die Drohne über Bandar Abbas gesteuert hatte. „Zeichnet das Ding Videos auf einer eigenen Festplatte auf?"

„Jawohl, Sir."

„Wird das Ding abstürzen, wenn es keine Netzwerkverbindung hat?"

„Nein, Sir. Sie sollte automatisch zu ihrem Notlandeplatz zurückkehren und eine Instrumentenlandung durchführen."

„Okay, lassen Sie mich Ihnen eine ganz einfache Frage stellen", sagte Elliot und sah den diensthabenden Offizier an. „Wenn dieses Ding landet, wie schnell können Sie mir das Video besorgen, das auf seiner Festplatte gespeichert ist?"

„Wir werden uns darum kümmern, Sir", antwortete der diensthabende Offizier. „Es wird wahrscheinlich mindestens zwölf Stunden dauern."

„Sie müssen verstehen, dass dies", er deutete auf die schwarzen Bildschirme im Raum, „und dies", er nahm das rote Telefon in die Hand, „ein Anschlag ist. Irgendjemand hat uns gerade angegriffen."

Niemand regte sich, als sie Elliots Tirade lauschten.

„Beschaffen Sie mir dieses verdammte Video so schnell wie möglich. Ich muss wissen, wer für diesen Angriff verantwortlich ist."

„Jawohl, Sir."

Der Raum erwachte wieder zum Leben, als sich alle bemühten, die vielfältigen Kommunikations- und Verbindungsprobleme zu beheben.

Chase bemerkte, dass der einzige Bildschirm, auf dem noch etwas Brauchbares zu sehen war, den Fox News-Kanal zeigte. Der Ton war aus. Es war nur ein kleiner Monitor in der Ecke des Raumes, aber Chase erschien er in diesem Moment so groß wie eine Werbetafel. Er ging hinüber.

Das Gesicht seines Bruders David wurde auf der ganzen Welt gezeigt. Die Bildunterschrift besagte: *Fahndung in Australien läuft.* Darunter war zu lesen: *Amerikaner werden verdächtigt, Cybertechnologie an den Iran verkauft zu haben.*

Chase warf Elliot einen Blick zu, um festzustellen, ob er es auch gesehen hatte. Sein Vorgesetzter schaute ihm direkt in die Augen.

Sie gingen zurück in das Büro um die Ecke des taktischen Einsatzzentrums, in dem sie sich bereits vorher unterhalten hatten, und schlossen die Tür. Ein kleiner Fernseher zeigte CNN. Der Nachrichtensender wechselte zwischen der Berichterstattung über die beiden Amerikaner auf der Flucht in Australien und den iranischen Angriffen bei Bandar Abbas hin und her. Der Ton war auf leise gestellt.

„Wir kennen nun die Namen der beiden amerikanischen Männer, die als bewaffnet und gefährlich gelten. Es wird vermutet, dass sich David Manning und Henry Glickstein irgendwo in Australien oder auf den Philippinen aufhalten. Eine weltweite Polizeifahndung läuft bereits. Die Behörden geben an, über Aufzeichnungen zu verfügen, in denen die Männer sich für den Diebstahl von Geheimnissen im Bereich der US-Militär-Cybertechnologie und deren Verkauf an den Iran verantwortlich erklären. Sie sollen sich auch an der Planung von Angriffen gegen die Vereinigten Staaten beteiligt haben. Es ist noch unklar, ob dies im Zusammenhang mit anderen wichtigen Nachrichten steht, die uns heute aus dem Iran erreichen.

Und hier eine Eilmeldung hinsichtlich der aktuellen Geschehnisse im Iran. Bei einem gewaltsamen Anschlag wurden ein iranischer Spitzenpolitiker und seine Ehefrau getötet, die, wie wir jetzt erfahren haben, die Nichte des Obersten Führers des Irans war. Die iranische Regierung hat erklärt, dass unanfechtbare DNA-Beweise vorliegen, die die amerikanische Regierung mit dem Angriff in Verbindung bringen. Der Iran behauptet weiterhin, dass ein CIA-Mitarbeiter hinter dem grausamen Anschlag steckt, der über zwei Dutzend Menschenleben gefordert hat. Sein Name ist Tom Connolly. Das US-Außenministerium hat den Angriff verurteilt, jedoch noch keine formelle Erklärung zu diesen neuen DNA-Beweisen abgegeben. Ein anderer Bericht aus Teheran zitiert eine zweite amerikanische CIA-Agentin namens Lisa Parker, die an der Operation beteiligt gewesen sein soll. Bisher hat die CIA eine Stellungnahme dazu abgelehnt."

Chase sprach mit leiser Stimme. „Es gibt etwas, das Sie wissen sollten. Ich habe gerade meine E-Mails und Voicemails abgehört. David hat mich heute angerufen." Chase befand sich erneuten in einem Gewissenskonflikt. Er wusste, was er tun wollte, und er brauchte Elliots Hilfe, aber er war nicht sicher, ob sich dieser darauf einlassen würde.

Elliot hob fragend eine Augenbraue. „Hören Sie mir jetzt gut zu, Chase. Ich weiß, dass er Ihr Bruder ist. Aber wenn Sie eine Ahnung haben, wo er ist, oder wenn Sie gar seinen Aufenthaltsort kennen, müssen Sie es mir sagen. Also, was haben Sie mir zu sagen?"

„Ich verstehe das. Aber hören Sie mir kurz zu. Lassen Sie uns darüber nachdenken. Sie kennen meine Familie. Meinen Vater kennen Sie bereits seit Jahren. Denken Sie wirklich, dass jemand aus meiner Familie so etwas tun würde?"

Elliot atmete tief durch die Nase ein und schloss die Augen. Als er sie wieder öffnete, sagte er: „Nein, das denke ich nicht. Aber ich habe in letzter Zeit so viel Scheiße gesehen, dass ich bald nicht mehr weiß, wo oben und unten ist."

Chase stellte sein Handy auf Lautsprecher und spielte die Voicemail ab.

„Chase, hier ist David. Ich ... Es geht mir gut. Bitte sage Lindsay, dass ich sie liebe. Ich habe sie leider nicht erreicht, und – ich weiß nicht, wie es bei mir jetzt weitergeht. Also lass sie bitte wissen, dass du von mir gehört hast und dass ich okay bin und sie liebe. Hör zu, ich stecke in Schwierigkeiten. Es sind ein paar üble Dinge passiert. Und es wird

vielleicht noch schlimmer. Wahrscheinlich ist jemand hinter mir her,
und ich – ich rufe dich bald wieder an."

„Spielen sie es noch mal ab", sagte Elliot.

Chase tat, wie ihm geheißen, und sah danach Elliot in die
Augen. „Klingt das nach jemandem, der freiwillig sein Land
verrät?"

Elliot hob seine Stimme. „Woher zum Teufel soll ich das
wissen?"

„Ich denke, dass das mit dem zusammenhängt, woran wir
gearbeitet haben. Ja, David steht auf der Liste. Aber vielleicht
enthält diese Liste gar keine Freiwilligen. Vielleicht steckt da
noch etwas anderes dahinter."

„Worauf wollen Sie hinaus?"

„Haben Sie über offizielle Kanäle etwas über meinen Bruder
gehört? Gibt es Richtlinien, wie wir mit ihm verfahren sollen?"

„Nein. Nur, was in den Nachrichten kommt. Und was
Langley vor ein paar Wochen dazu gesagt hat; nämlich, dass
Gorjis Liste nicht gut genug sei, um dranzubleiben."

„Dann haben Sie wahrscheinlich die Erlaubnis, das
Problem auf Ihre eigene Weise zu lösen, richtig?"

Elliot kniff die Augen zusammen. „Wie meinen Sie das?"

„Ich meine, was wäre, wenn mein Bruder von der CIA
verhaftet würde? Könnte die Außenstelle in Dubai ihn festneh-
men, da er möglicherweise Informationen hat, die für unsere
Arbeit relevant sind?"

„Wie sollen wir das denn anstellen? Sie wissen doch nicht
einmal, wo er ist. Außerdem läuft eine internationale Fahndung
nach dem Jungen."

„Nicht mehr." Chase deutete auf den Fernseher. Dort stand:
Die Fahndung endete in Darwin, Australien, wo zwei Amerikaner
von Interpol in Gewahrsam genommen wurden.

Elliot schnaubte. „Worauf wollen Sie hinaus, Chase? Sie können doch nicht wirklich vorschlagen, was ich denke, das Sie vorschlagen?"

„Hören Sie mich an. Lassen Sie mich ihn hierherbringen. Wir werden ihm einige Fragen stellen und herausfinden, was wirklich los ist. Sie wissen genauso gut wie ich, dass dies mit Abu Musa und Lisa Parkers Aktivitäten zusammenhängen könnte."

„Und wie wollen Sie ihn hierherbringen? Er ist in Haft. Soll ich etwa Interpol bitten, ihn einfach so zu übergeben?"

„Ich würde gar nicht erst fragen", antwortete Chase. „Wo Verwirrung herrscht, entstehen Gelegenheiten. Lassen Sie uns ein wenig Verwirrung stiften."

„Sind Sie verdammt noch mal verrückt geworden? Selbst wenn ich das genehmigen würde, was ich *nicht* tue – wie würden Sie das anstellen wollen?"

Chase lächelte. Seiner Erfahrung nach wollten nur sehr wenige Menschen wirklich wissen, wie man etwas zu tun gedachte, an dem sie nicht interessiert waren.

14

Darwin, Australien

Henry Glickstein saß auf seiner Pritsche und kaute auf seinen Fingernägeln herum. Die beiden jungen australischen Militärpolizisten saßen vor seiner Gefängniszelle und sahen fern.

Mehrere Wachteams hatten sich abgewechselt und die ganze Nacht lang den 24-Stunden-Nachrichtensender geschaut. Sie waren aufgeregt, denn die Berichte bezogen sich immer wieder darauf, dass David und Henry in Darwin gefangen genommen worden waren.

Henry war sauer. Da der Fernseher die ganze Nacht lief, hatte er nicht schlafen können. Dieser Ort war einfach beschissen und erinnerte ihn an eine Szene aus einem John Wayne Western. Ihre Zelle erstreckte sich über die eine Hälfte des Raumes. In der anderen Hälfte saß die australische Militärpolizei. Dazwischen die Eisengitter.

Angeblich sollten sie bald verlegt werden. Die Militärpolizisten behaupteten, dass sie dort dann duschen könnten. Sie wären ja schließlich erst zwölf Stunden hier, hatte man ihnen gesagt. Also sollten sie geduldig sein. Na klar. Geduld. Genau das, was Henry jetzt hören wollte.

Vor einigen Wochen waren David und Henry zusammen mit weiteren achtzehn Amerikanern auf eine abgelegene Insel gebracht worden, unter dem Vorwand, an einem streng geheimen CIA-Projekt teilzunehmen. Es waren Fachleute aus verschiedenen Bereichen dabei. Ein paar waren Experten auf dem Gebiet der Verteidigung, andere für Informationstechnologie und wieder andere für Militärtaktik. Viele von ihnen arbeiteten für die Regierung oder das Militär. Jeder von ihnen war von einem vertrauenswürdigen Vorgesetzten dorthin geschickt worden.

Auf der Insel angekommen wurde ihnen gesagt, warum sie dort waren: China plane, die USA anzugreifen. Alle auf der Insel gehörten einer amerikanischen Red Cell-Einheit an – einem Team von Experten, das erarbeiten würde, wie China die Vereinigten Staaten am besten angreifen konnte. Die Idee war, dass dieser Plan Amerika dann helfen würde, seine Verteidigungsstrategie entsprechend vorzubereiten. Man erzählte ihnen, dass chinesische Spione bereits viele US-Verteidigungs- und Geheimdienste infiltriert hatten, weshalb dieses sorgfältig überprüfte Team seine Arbeit auf der Insel erledigen musste. In einer streng geheimen Einrichtung, damit niemand herausfinden konnte, was vor sich ging.

Es gab jedoch ein kleineres Problem: Die gesamte Operation war inszeniert. Die Verantwortliche auf der Insel, Lena Chou, behauptete, für die CIA zu arbeiten. Alles schien legitim zu sein, bis David Manning entdeckte, dass die andere Hälfte der Insel vom chinesischen Militär besetzt war. Lena arbeitete für sie.

David hatte die Gruppe bei einem Aufstand angeführt, aber Lena und ihr Maulwurf, dieser nichtsnutzige indische Bastard Natesh, hatten seinen Plan vereitelt. Als ein Sturm über die

Insel hinwegfegte, landeten drei chinesische Hubschrauber und
stürmten die Gebäude, in denen die Amerikaner warteten.

Henry und David hatten flüchten können. David war um die
halbe Insel geschwommen und hatte eines der chinesischen
Motorboote entwendet. Die beiden hatten die Nacht in diesem
mörderischen Sturm gerade so eben überlebt. Das Glück war
auf ihrer Seite gewesen. Einen Tag später waren sie von einem
australischen Fischkutter aufgegriffen und nach Darwin
gebracht worden.

Da David und Henry wegen ihrer chinesischen Verfolger
bereits latent paranoid waren, hatten sie den Leuten auf dem
Fischkutter verheimlicht, was wirklich los war. Sie hatten auch
beschlossen, mit niemandem außerhalb des Schiffes zu
kommunizieren, damit man sie nicht orten konnte. Auf See
waren sie schließlich verwundbar. Sie mussten mit den richtigen Leuten sprechen. Alles hing von ihrem ersten Kommuni-
kationsversuch ab.

Während der Woche, die der Trawler brauchte, um Darwin
zu erreichen, hatte Lenas Spionagenetzwerk jedoch offensichtlich hart gearbeitet. Als David und Henry dann einen von
Davids vertrauenswürdigen Freunden in seiner Firma angerufen hatten, war es bereits zu spät gewesen. Interpol hatte eine
Fahndung eingeleitet, da David und Henry wegen des Verkaufs
von Cybertechnologie an den Iran gesucht wurden. Als die
beiden Männer dachten, sie würden von der australischen
Regierung in Sicherheit gebracht, waren sie stattdessen im
Gefängnis gelandet. Sogar die Guten waren jetzt gegen sie.

David hielt sich an einer der kalten Gitterstäbe fest und
fragte die Wachen: „Können Sie uns zumindest sagen, wann wir
mit einem Vertreter der amerikanischen Regierung sprechen
können?"

Henry kannte die Antwort bereits.

Der dünne Wachmann sah aus, als wäre er erst vor ein paar

Wochen in die Pubertät gekommen. Er sprach mit schwerem, australischem Akzent. „Tut mir leid, wir können Ihnen nicht weiterhelfen. Interpol ist zuständig. Wir tun denen nur einen Gefallen und behalten Sie hier, bis Sie verlegt werden können."

Henry sah auf die Stelle an seinem Arm, an der sich normalerweise seine Rolex befand. Es musste das zehnte Mal sein, dass er das tat. Alte Gewohnheit. Ein blasses Stück Haut gab keine Auskunft über die Uhrzeit. Er hatte die Rolex am Tag zuvor in einem Pfandhaus eingetauscht und mit dem Geld Mobiltelefone gekauft und Hotelrechnungen bezahlt. Das war Teil ihres großartigen Plans gewesen, die Welt von Lena, der Red Cell-Einheit und den Geschehnissen auf der Insel zu unterrichten. Und was hatte es ihnen eingebracht?

Laut Wanduhr war es 6:15 Uhr. Seit er das letzte Mal nachgesehen hatte, waren ungefähr zehn Minuten vergangen. Henry redete sich ein, dass sich alles aufklären würde. Jeden Moment würde ein Anwalt durch diese Tür kommen und verlangen, dass man seine Mandanten fair behandelte. Aber der Fernseher war auf den Nachrichtenkanal eingestellt, weshalb Henry wusste, dass so bald kein Anwalt auftauchen würde.

Sie wurden als internationale Terroristen bezeichnet. Im Fernsehen hieß es, dass die US-Behörden Tonaufnahmen hatten, mittels derer sie beweisen konnten, dass David Manning und Henry Glickstein sich zu einem iranischen Cyberangriff auf verbündete Nationen verschworen hatten. Was völliger Schwachsinn war.

Gestern, kurz nachdem sie in Darwin angekommen waren, hatten sie in Davids Büro angerufen. Sie hatten jemanden erreicht, den er kannte und dem er vertraute. Ihm und einigen anderen hatte sie in einem Telefonat alles erzählt, was sie wussten. Aber Lenas Leute hatten bereits Maßnahmen in die Wege geleitet. Sie hatten Gerüchte gestreut, dass David und Henry dem Iran geheime Informationen gegeben hatten. Was eine

komplette Lüge war. Aber im Informationszeitalter war Wahr-
nehmung gleich Realität. Weder David noch Henry wussten, ob
es sich bei den Leuten, die an diesem Telefonat teilgenommen
hatten, wirklich um amerikanische Loyalisten handelte, die
ausgetrickst worden waren – oder um chinesische Agenten, die
sich als Amerikaner ausgaben.

Wie auch immer sie es angestellt hatten, die Chinesen
hatten genügend Leute davon überzeugt, dass David und Henry
tatsächlich internationale Terroristen waren. Interpol hatte sie
in Darwin festgenommen. David hatte nicht einmal seine
Ehefrau anrufen dürfen.

Ebenso schlimm wie die Festnahme war das, was sie aus
den Nachrichten erfuhren.

Der Plan der Red Cell-Einheit für einen chinesischen
Angriff auf die USA sah als ersten Schritt einen inszenierten
Krieg vor. Ausgelöst durch Terroranschläge im Iran, die angeblich von den Vereinigten Staaten verübt worden waren. Dies
würde Vergeltungsangriffe des Iran gegen die Vereinigten
Staaten auslösen und das Feuer weiter anfachen. Im Verborgenen würden jedoch tatsächlich die Chinesen einige dieser
Anschläge ausführen. Wenn der Krieg zwischen dem Iran und
den USA erst im Gange wäre, müsste Amerika notgedrungen
den Großteil seines auf der ganzen Welt stationierten Militärap-
parates in den Nahen Osten verlegen. Dann würden die
Chinesen einen Cyberangriff starten und es so aussehen lassen,
als stecke der Iran dahinter. Diese Cyberattacke würde die
globale Kommunikation stören, insbesondere die Kanäle, auf
die sich das US-Militär stützte. Die ursprünglichen Pläne hätten
zur Folge, dass die besten amerikanischen Militäreinheiten im
Nahen Osten festsaßen, um einen Krieg gegen den Iran zu
führen, und somit nicht schnell genug auf einen chinesischen
Angriff reagieren konnten.

Während David und Henry sich zum ersten Mal in ihrem

Leben in einer Gefängniszelle wiederfanden, hatte der Nachrichtensender drei beängstigende Storys gebracht. Erstens: David und Henry wurden gesucht, weil sie eine Cyberwaffe an den Iran verkauft hatten. Zweitens: Die CIA hatte einen prominenten iranischen Politiker und seine Ehefrau ermordet, die mit dem Obersten Führer des Irans verwandt war. Drittens: Es traten globale Satelliten- und Kommunikationsausfälle auf. Lenas chinesisches Team war dabei, die Kriegspläne der Red Cell-Einheit umzusetzen.

Hätte man ihm diese Dinge vor ein paar Wochen erzählt, hätte Henry sie als völlig absurd abgetan. Aber nun, da er mit eigenen Augen gesehen hatte, was sich auf dieser Insel befand, wusste er Bescheid. Und David hatte sogar noch mehr gesehen. Auf der anderen Seite der Insel hatte David einen chinesischen Stützpunkt entdeckt. In einem Berg des Eilands war eine künstliche Höhle geschaffen worden. David vermutete, dass es sich um eine Art Bunker handelte, möglicherweise für Schiffe oder U-Boote der chinesischen Marine. Henry hatte einen anderen Teil der Red Cell-Pläne überhört, der den Einsatz von elektromagnetischen Impulsgeräten im Pazifik vorschlug. Über Jahre hinweg hatten die Chinesen auf ihren Küstenstützpunkten große militärische Bunkeranlagen gebaut, um ihre eigene Ausrüstung vor EMP-Angriffen zu schützen. Wenn sie diesen Plan umsetzten, würden alle verbliebenen Schiffe der US Navy im Pazifik durch diese bewegungsunfähig gemacht, und könnten dem chinesischen Aggressor nichts entgegensetzen.

„Was für ein riesiger Haufen Scheiße", rief Henry, als er die Nachrichten hörte. Die Australier starrten ihn an. „Was!? Sehe ich aus wie ein verdammter Terrorist? Ich mag Bier und Hamburger. Ich bin kein verdammter Terrorist!"

„Lass gut sein", sagte David.

Er lag auf dem Rücken auf der anderen Pritsche. Seit gestern Abend hatte er nicht mehr viel gesprochen. Henry nahm an, dass er sich große Sorgen machte, ob er jemals wieder mit seiner Familie vereint sein würde.

Die Tür wurde aufgerissen, und ein wahres Monster von Mann in Militäruniform stürmte herein.

Der Riese füllte den kompletten Türrahmen aus. Er musste sich sogar ducken, um sich nicht den Kopf anzustoßen. Ein zweiter, kleinerer Mann in einer anderen Uniform trat nach ihm ein. Sie standen am Eingang der kleinen Baracke und verschafften sich einen Überblick.

David sah den Mann an und setzte sich mit großen Augen auf. *Hm.* Henry nahm etwas in Davids Augen wahr, was er seit ihrer Verhaftung nicht mehr gesehen hatte. *Hoffnung?*

Henry inspizierte den großen Kerl und sah dann zurück zu David. Er konnte dessen Blick nicht einschätzen. Zwei weitere große Militärs waren gerade hereingekommen. Aus Henrys Sicht machte die Situation nicht den Eindruck, als hätte sie sich verbessert.

Der Hüne war sicher zwei Meter groß und brachte locker 125 Kilo auf die Waage. Sein Gesicht war krebsrot von der Sonne und seine Augen traten aus ihren Höhlen hervor: Er sah aus, als würde er beim Bankdrücken gerade einen Bulldozer stemmen. Seine irren Augen huschten umher, als würden sie jemanden suchen, den er gleich anschreien konnte. Er hatte violette hervorstehende Halsvenen, als ob die Muskeln in seinen Schultern und seinem Nacken ihnen keinen Platz ließen.

„Wer *zum Teufel* trägt hier die Verantwortung?" Der wilde Kerl sprach mit einem amerikanischen Akzent. Interessant.

Henry bemerkte, dass seine Uniform ein amerikanisches Flaggenabzeichen auf der Schulter hatte. Der Mann neben dem Riesen trug dieselbe Uniform wie die beiden Wachen. Er hatte zwar mehr glänzendes Zeug auf seiner Brust und seinen Schultern, aber es war der gleiche Typ.

Die Wachen hatten sofort Haltung angenommen und

schauten zwischen den beiden Ankömmlingen hin und her. Der magere Wachmann antwortete: „Äh, Sir – der Beamte von Interpol ist ...“

„*Falsche Antwort!*“, bellte das Muskelpaket. „Versuchen Sie es noch mal, verdammt!“

„Sir, uns wurde gesagt –“

Der Amerikaner fiel ihm ins Wort. „Diese Männer sind amerikanische Staatsbürger. Ich bin Major Josh Brundle. Und Sie werden den Gewahrsam über diese Männer sofort auf mich übertragen. Kapitän Sirek hier ist unser australischer Verbindungsmann und kann bestätigen, dass dieser Vorgang von den australischen Behörden in vollem Umfang abgesegnet wurde. Das Ganze geht ohne jeglichen Papierkram über die Bühne, meine Herren. Öffnen Sie jetzt die Zelle, und ich werde versuchen, Ihre Namen aus diesem kolossalen Haufen Scheiße herauszuhalten.“

Die Wachen sahen sich gegenseitig an. „Sir, sollten wir die Basis anrufen?“

Der australische Kapitän schüttelte den Kopf. „Das wird nicht nötig sein, Jungs. Ich habe gerade mit ihnen gesprochen. Wir müssen diese Männer augenblicklich verlegen. Also los.“ Der Akzent klang ein wenig merkwürdig. Irgendwie übertrieben. Als hätte er gerade *Crocodile Dundee* gesehen und heimlich geübt, bevor er hergekommen war.

Der dünne Wachmann griff nach dem Schlüssel für die Zelle und schloss sie auf. „Sollen wir ihnen Handschellen anlegen?“

„Nicht nötig“, antwortete der Major.

Henry und David wurden nach draußen zu einem beigen Humvee gebracht. Der Major und der australische Kapitän dankten den Wachen, dann fuhr der erste Humvee in einer Staubwolke davon. Der zweiter SUV mit den anderen beiden Militärs folgte ihnen. Niemand sprach.

Bis der Mann in der australischen Uniform das Schweigen brach: „Das ist gut gelaufen." Auf einmal hatte er keinen australischen Akzent mehr.

Major Brundle betrachtete sie durch den Rückspiegel. „David, Ihr Bruder lässt Sie grüßen."

„Mein Bruder weiß, wo ich bin?"

Brundle lachte. „David, jeder weiß, wo Sie sind." Er sah ihn alle paar Sekunden im Rückspiegel an. „Kennen Sie mich noch von der Akademie? Ich war in derselben Kompanie wie Chase."

Der Humvee fuhr schnell. Mindestens 140 Stundenkilometer. Die großen Geländewagen fuhr auf der linken Seite der zweispurigen Straße und schlängelte sich durch den langsameren zivilen Verkehr.

„Ja, ich erinnere mich an Sie. Hat – hat Chase Sie geschickt?"

„Offiziell? Ich habe keine Ahnung, wovon Sie reden. Inoffiziell? Darauf können Sie ihren Arsch verwetten. Ich habe in den letzten Jahren mehrmals mit Ihrem Bruder gedient. Und ich erinnere mich an Sie aus der Schule. Es ist mir egal, was in den Nachrichten kommt, ich weiß, dass das alles erfunden ist. Ihr Bruder hat mich angerufen, mir erzählt, was los ist und mich um einen Gefallen gebeten. Ich könnte deshalb eine Menge Ärger bekommen, aber so wie ich das sehe, sind die Regeln ein wenig unklar. Wenn mir jemand sagt, dass die CIA zwei US-Bürger sofort in Gewahrsam nehmen will, bin ich mir ziemlich sicher, dass ich das tun sollte. Und die Tatsache, dass die Person von der CIA ein Familienmitglied einer der inhaftierten Männer und ein ehemaliger Freund aus dem College ist, ist in diesem Fall irrelevant."

David und Henry warfen sich einen Blick zu.

„Scheiße. Hinter uns ist Blaulicht", sagte der Kerl mit der australischen Uniform.

„Wir sind nur noch fünf Minuten entfernt, fahren Sie

weiter", antwortete Major Brundle. „Sie werden schon nicht auf uns schießen. Wir werden uns wahrscheinlich erst am Tor mit ihnen unterhalten müssen. Ich kümmere mich darum."

„Wohin fahren wir?", fragte David.

Der große Mann, der im Rückspiegel sowohl David als auch die blinkenden Lichter des Autos hinter sich beobachtete, sagte: „Sind Sie jemals mit einem sogenannten ‚Fischadler' geflogen?"

„Der Vogel?", fragte Henry. „Nun, wenn ich ehrlich bin. Es gab da dieses eine Mal in Tijuana. Ich hatte zu viel getrunken und –"

„Es ist ein Kipprotor-Wandelflugzeug", erklärte David. „Vom Marinekorps. Es hat die CH-46 für Transport- und Logistikmissionen ersetzt." Neugierig sah er die Männer an. „Aber es ist nicht in der Lage, den Ozean zu überqueren. Wohin bringt uns das Ding?"

Der Mann in der australischen Uniform beobachtete weiter den Wagen hinter ihnen und sagte schnell: „Es bringt Sie nach Bathurst Island. Etwa achtzig Kilometer nördlich von hier. Es ist ein Ort, von dem aus wir Sie ohne große Erklärungen ausfliegen können. Wären wir über den Flughafen Darwin gegangen, hätten uns die Behörden vermutlich aufgehalten. Auf der Insel wartet bereits ein kleines Passagierflugzeug auf Sie. Keine Passagierliste, keine Flugpläne. Nur eine kleine Startbahn."

„Wir werden also wieder einmal auf eine Insel geflogen", kommentierte Henry. „Und die CIA ist auch mit von der Partie. Hören Sie, ich hasse es, ein Spielverderber zu sein, aber genau das haben wir vor ein paar Wochen schon einmal versucht und sind dann auf einer geheimen chinesischen Militärbasis gelandet."

Die beiden Männer auf dem Vordersitz sahen einander an und dann zurück zu Henry, als ob er den Verstand verloren hätte.

Henry starrte zurück und blinzelte.

Die Humvees hielten am Tor einer großen Militärbasis. Zu beiden Seiten der Straße waren Sandsäcke zu einer Art Bunker aufgestapelt. Maschinengewehre zielten auf die Wagen, als sie sich näherten. Ein Mann in derselben Uniform wie Major Brundle ging auf den Konvoi aus zwei Humvees und einem australischen Polizeiwagen mit Blaulicht zu. Der Wachmann sah verwirrt aus. Brundle hielt ihm seinen Ausweis entgegen.

„Sergeant", sprach er die Wache an, „ich habe hier Passagiere mit hoher Priorität, die für die sofortige Überstellung an die CIA vorgesehen sind. Ich weiß nicht, was dieser Idiot im Polizeiauto hinter uns vorhat, aber ich brauche möglicherweise Ihre Hilfe. Was auch immer er zu Ihnen sagt, er hat hier auf unserer Basis keinerlei Weisungsbefugnis."

Henry beobachtete, wie der Interpol-Mann, der sie in der Nacht zuvor festgenommen hatte, aus dem Auto stieg und eine Dienstmarke hochhielt. Der Fahrer blieb im Polizeiwagen sitzen. Das Gesicht des Interpol-Offiziers war rot, als er David und Henry auf dem Rücksitz des Humvees ansah.

„Ich verlange, dass Sie meine Gefangenen sofort an mich übergeben!" Er sprach mit französischem Akzent.

Major Brundle warf dem beunruhigt dreinsehenden Wachmann einen Blick zu. Dann wandte er sich an den Mann von Interpol. „Das sind US-Bürger. Wir sind US-Marines. Mir wurde befohlen, sie unverzüglich den zuständigen US-Behörden zu übergeben."

„Auf wessen Anordnung hin? Wie lautet Ihr Name?"

„Mein Name?", fragte der große Mann. „Sie kennen meinen Namen nicht? Haben Sie überhaupt die leiseste Idee, mit wem Sie hier sprechen?"

„Nein", antwortete der Interpol-Mann. Er schien perplex zu sein.

„Sie kennen meinen Namen wirklich nicht? Sind Sie sicher?"

Das Gesicht des Mannes mit dem französischen Akzent wurde noch röter. „Nein, ich versichere Ihnen, ich kenne Ihren Namen nicht!"

„Gut." Brundle hatte während des Gesprächs das auf seinem Hemd aufgenähte Namensschild mit einer Hand verdeckt. Auch während er wieder in den Geländewagen stieg, ließ er seine Hand dort liegen „Lassen Sie ihn nicht hinein, Sergeant", befahl er der Wache.

„Ja, Sir."

Der Sergeant griff nach der über seiner Schulter hängenden M-16, und hielt sie auf den Boden gerichtet. Der Interpol-Mann begann auf Französisch zu fluchen, blieb aber, wo er war.

Sie fuhren um eine Reihe von Hangars herum. Henry hörte die Triebwerke des großen grauen Flugzeugs starten, als sie sich einem weitläufigen Bereich näherten, der anscheinend als Flugfeld für diese seltsam aussehenden Fluggeräte diente. Sie hatten Tragflächen wie ein Flugzeug, aber auf jeder Seite zwei kleine Rotoren wie ein Hubschrauber.

„Fliegen die Dinger auch wirklich?", fragte Henry.

Die Humvees hielten fünfzig Meter hinter dem Flugzeug an.

„Okay, hören Sie mir zu. Im Flugzeug erhalten Sie Ausweise und ein Telefon. Wenn Sie nach der Landung in Dubai kontrolliert werden –"

„Dubai?"

„... dann geben Sie einfach an, dass Sie Touristen sind. Jemand holt Sie am Flughafen ab, und danach wird Chase übernehmen."

David gab den beiden Männern auf dem Vordersitz die Hand. „Danke, Leute. Hören Sie – bevor wir gehen, muss ich Ihnen etwas sagen. Es wird sich verrückt anhören, aber es ist die Wahrheit."

David gab ihnen die zweiminütige Version von dem, was ihnen auf der Insel widerfahren war.

„Darum geht es also?", fragte Brundle, als David fertig war. „Um die Chinesen?"

David und Henry nickten. Dann dankte David ihnen noch einmal, und er und Henry gingen die hintere Rampe zum Eingang des Fischadlers hinauf. Ein Soldat half ihnen, eine Weste und einen Helm anzuziehen, und schnallte sie dann auf ihren Sitzen an. Die Zwillingsmotoren wurden enorm laut, bevor sie langsam zu schweben begannen. Henry beobachtete, wie die Basis hinter ihnen kleiner wurde, während sie sich vorwärtsbewegten und an Höhe gewannen. Die blauen Lichter des Interpol-Wagens blinkten immer noch am Tor zum Stützpunkt.

Ein paar Momente später flogen sie in nördlicher Richtung über den Ozean.

15

12 Stunden später

Chase und David umarmten sich in der Lobby des Hotels Burj Al Arab.

Davids Stimme versagte, als er seinen Bruder an sich drückte. „Hey, Bruder. Es tut so gut, dich zu sehen."

Chase klopfte ihm dreimal hart auf den Rücken, während sie sich umarmten. „Hey, Mann." Er legte die Hände auf die Schultern seines Bruders und sah ihn von oben bis unten an. „Lass uns hochgehen. Komm schon."

Während er Chase folgte, sagte David: „Chase, das ist Henry. Henry, das ist mein Bruder Chase." Chase schüttelte dem kleinen Mann während des Gehens die Hand.

Sie fuhren mit dem Aufzug in den einundzwanzigsten Stock und betraten einen Raum, der einem König angemessen gewesen wäre. Dunkelviolette, dekorative Bettüberwürfe und Zierkissen. Alle Möbel waren mit Gold verziert. Das bodentiefe Fenster des Zimmers blickte auf den Strand im Norden, und David konnte in der Ferne noch die großen, hoch aufragenden Wolkenkratzer Dubais erkennen.

Drei Männer erwarteten sie bereits. David fand, dass sie den SEALs ähnlich sahen, mit denen Chase früher gearbeitet hatte. Zwei trugen Bärte. Sie waren alle jung und fit und sahen aus, als wüssten sie, wie man sich wehrt. Alle drei trugen Oberhemden und Schulterhalfter. Ihre Anzugjacken hingen über den Stuhllehnen. Sie nickten Chase zu, als er hereinkam.

Chase wandte sich an die Gruppe. „Wie geht es unserem Freund?"

„Er tippt vor sich hin."

„Irgendwas vom Boss?"

„Er ist auf dem Weg."

„Danke."

Chase stellte David und Henry nicht vor, sondern führte sie an den Männern vorbei zu einem Sitzbereich. Die anderen drei stellten keine Fragen.

„Das nenne ich mal ein Hotel. Warum sind wir hier?", fragte David seinen Bruder.

„Wir brauchten einen sicheren Ort für ein neues Projekt. Dieses Hotel befindet sich auf einer eigenen Insel und ist durch eine kurze Straße mit dem Festland verbunden. Es ist die einzige Zufahrtsstraße. Sicherer geht es nicht. Das Zimmer wurde freundlicherweise von einem Freund vom Geheimdienst der Vereinigten Arabischen Emirate zur Verfügung gestellt. Wir dachten, es wäre der beste Ort, um euch zu verstecken, bis wir uns über unsere nächsten Schritte klar geworden sind."

David sah seinen Bruder an. Er war nicht wie üblich gekleidet. David war es gewohnt, ihn in lässiger Kleidung oder in der Uniform der SEALs zu sehen. Heute trug Chase polierte Lederschuhe und einen maßgeschneiderten Anzug. „Chase, was genau machst du hier eigentlich?"

Chase sah ihn verlegen an. „Setzt euch einfach. Ich erkläre es gleich." David hatte das Gefühl, dass er im Begriff war, viel über seinen Bruder zu erfahren ...

Es klopfte an der Tür. Einer der drei Männer öffnete, und ein dunkelhäutiger Mann, Mitte bis Ende fünfzig, mit kurz geschnittenem, grauem Haar trat ein.

„Leute, das ist Elliot Jackson. Er ist der Leiter der CIA-Station hier in Dubai und mein Vorgesetzter. David, Elliot ist auch ein Freund von Dad. Du kannst ihm vertrauen." Sie sahen sich an.

Mit dieser Erklärung hatte David nicht gerechnet, dementsprechend überrascht war er. „Schön, Sie kennenzulernen, Sir", war alles, was er herausbrachte.

„Gleichfalls."

Elliot sah nicht besonders glücklich aus, schüttelte ihnen aber die Hand.

Davids Blick fiel auf einen älteren asiatischen Mann im Nebenzimmer. Ein Glasfenster trennte sie voneinander. Drei Computermonitore standen auf einem Tisch vor ihm. Er hörte für einen Moment auf zu tippen und sah zu David auf. Er sah erschöpft aus. Dann wandte er sich wieder seinem Computer zu und arbeitete weiter.

Chase sah Davids Gesichtsausdruck. „Für diese Person haben wir diesen Raum ursprünglich eingerichtet. Er arbeitet an einem anderen Projekt und muss sich ebenfalls von der Öffentlichkeit fernhalten."

„Woran arbeitet er?", fragte Henry.

„Darüber musst du dir keine Gedanken machen", antwortete Chase.

„Macht ihr Jungs so was öfter?"

„Setzen wir uns doch hier drüben hin", schlug Elliot vor.

Sie gingen in den Küchenbereich und setzten sich an den Tisch. Elliot holte ein kleines schwarzes Gerät heraus, das aussah wie ein iPod. Er drückte einen roten Knopf und sagte: „Nachbesprechung mit David Manning und Henry Glickstein."

„Also gut, Leute, hier ist der Deal", sagte Chase. „Ich habe mich weit aus dem Fenster gelehnt, um euch hierher bringen zu lassen. Auch bei Elliot und meinem Freund vom VAE-Geheimdienst könnt ihr euch bedanken. David, ich weiß, dass die Nachrichten nicht richtig sein können. Aber ich habe keinen Beweis. Ihr solltet wissen, dass wir die Regeln stark zurechtgebogen haben, um das hier zu bewerkstelligen. Und wir haben noch nichts von Langley oder Washington über euren aktuellen Status gehört. Es gibt Kommunikationsprobleme. Ich habe versucht, Brundle anzurufen, nachdem ich erfahren habe, dass ihr Australien verlassen habt, aber die Telefonleitungen waren in den letzten Tagen ziemlich beschissen. Wir müssen jetzt wissen, was zum Teufel euch Jungs passiert ist."

„Alles begann vor ungefähr drei Wochen", fing David an. „Ich bin bei der CIA unter Vertrag, um im Bedarfsfall an Red Cell-Projekten teilzunehmen. Ich wurde sehr kurzfristig aktiviert, hatte aber zunächst keinen Grund anzuzweifeln, dass alles mit rechten Dingen zuging. Sie setzten mich zusammen mit drei weiteren Personen in einen Privatjet. Einer davon war ein Direktor bei In-Q-Tel. Ich kannte ihn. Es stellte sich später heraus, dass er in Wirklichkeit für die Chinesen arbeitete. Damals wusste ich das aber noch nicht. Sein Name war Tom Connolly."

„Wie war der Name noch mal?"

„Tom Connolly."

Elliot flüsterte Chase zu: „Das ist die Leiche, die die Iraner am Strand in der Nähe von Bandar Abbas gefunden haben. Tom Connolly. Ein ehemaliger CIA-Mitarbeiter. War allerdings schon seit Jahren nicht mehr für die Agency tätig. Aber die Iraner und die Presse würden das zu diesem Zeitpunkt nicht glauben, selbst wenn wir ihnen Beweise vorlegen würden."

„Erzähl weiter", sagte Chase.

„Man informierte mich während des ersten Fluges an die Westküste darüber, dass China die USA angreifen werde."

Elliot und Chase sahen einander an. „Wer sind ‚man‘?“, fragte Elliot. „Wer hat Sie gebrieft?“

„Tom Connolly, im Flugzeug. Er behauptete, er sei von der CIA, aber diese Red Cell-Einheit, zu der wir gehörten, würde von einer Gruppe von Leuten aus dem Militär und anderen Regierungsstellen organisiert. Wir sollten uns überlegen, wie die Chinesen am besten vorgehen sollten. Also, wie sie die Vereinigten Staaten angreifen sollten ...“

Chase und Elliot wirkten ungläubig.

„Verzeihen Sie die Frage, David“, unterbrach ihn Elliot. „Aber wie haben diese Leute die Amerikaner dazu gebracht, das für China zu tun? Warum sollte ihnen jemand glauben?“

„Wir standen alle auf den Listen des Verteidigungsministeriums oder der CIA für Operationen der Red Cell. Die CIA plant diese Dinge normalerweise Monate im Voraus. Der einzige Unterschied bestand also darin, wie abrupt die Aktivierung erfolgte. Aber wir bekamen trotzdem alle die richtigen Anrufe, die richtigen Codewörter und all dieses Zeug. Unsere jeweiligen Chefs wurden darüber informiert, dass wir einige Wochen an einem wichtigen nationalen Sicherheitsprojekt beteiligt wären. Denn das muss die Regierung tun – den Arbeitsplatz benachrichtigen, damit man nicht in Schwierigkeiten gerät. Dann brachten sie uns mit einem kleinen Jet quer durch das Land, wo wir auf die anderen Teilnehmer trafen. Zusammen bestiegen wir weitere Jets, wobei sie uns nicht verrieten, wohin wir unterwegs waren. Alles in allem waren es in etwa zwanzig Personen. Experten aus verschiedenen Bereichen. Ich war der Experte für das Projekt ARES. Daran habe ich bei In-Q-Tel gearbeitet. Eine neue Art von Cyberwaffe, die Satelliten- und Datennetzwerke ausschalten kann.“

Elliot beugte sich vor und sagte mit tiefer Stimme: „Was kann dieses Ding tun?“

David seufzte. „Es kann Satelliten- und Datennetzwerke

ausschalten. Ich weiß, was Sie jetzt denken. Und, ja. Ich glaube,
dass sie es verwendet haben. Das ist wahrscheinlich der Grund
für diese GPS- und Kommunikationsschwierigkeiten."

Elliot legte die Hände vor sein Gesicht. Chase sah ihn
besorgt an. Elliot stöhnte. „Fahren Sie fort."

„Der zweite Flug dauerte ungefähr neun Stunden. Henry
und ich wissen jetzt, dass die Insel irgendwo im Südchinesi-
schen Meer liegt. Wir sind uns nicht sicher, wo genau, aber wir
haben letzte Woche auf unserer Bootsfahrt genug Kartenmate-
rial studiert, um ein paar Ideen zu haben. Wir glauben, dass die
Insel, auf die sie uns gebracht haben, irgendwo zwischen den
Spratly-Inseln und den Philippinen liegt."

„Wir müssen den Standort weiter eingrenzen, aber das
können wir später tun", erklärte Chase. „Also, was ist auf der
Insel passiert?"

„Es ist eine kleine tropische Insel. Ein einzelner vulkanar-
tiger Berg, dicht bewachsen mit Dschungelvegetation. Sie hat
vermutlich einen Durchmesser von ungefähr fünf Kilometern
und ist eigentlich eine chinesische Militärbasis. Dessen bin ich
mir nun sicher. Eine Frau namens Lena Chou – nun, so nannte
sie sich jedenfalls – leitete die Show. Sie hatte einen Berater aus
dem Silicon Valley dabei, der ihr assistierte. Ein indischer Typ
namens Natesh. Er war jung – wahrscheinlich Mitte oder Ende
zwanzig."

„Moment. Wiederhol den Namen", sagte Chase.

„Natesh."

Chase sah verstört aus.

„Was ist? Kennst du ihn?"

Chase schaute auf den Boden, seine Augen wanderten hin
und her, als er über etwas nachdachte. Dann beugte er sich zu
Elliot und sagte: „Das ist der Name des Mannes auf Abu Musa,
der Ahmad Gorji die Liste gezeigt hat. Sie haben gar nicht über

eine Liste von Personen gesprochen, die Abu Musa Informationen liefern würden. Natesh zeigte Gorji vor ein paar Monaten die Liste mit den Namen der Red Cell-Einheit."

Elliot reagierte nicht. Stattdessen wandte er sich an David. „Bitte, fahren Sie fort."

„Wir verbrachten ungefähr eine Woche mit Brainstorming-Sitzungen, um Wege zu finden, wie wir das US-Militär besiegen und die nationale Infrastruktur lahmlegen könnten – Versorgungseinrichtungen, Kommunikationskanäle, einfach alles. Viele von uns hatten Zugang zu streng geheimen Informationen. Die Leute sprachen über bestimmte Frequenzbereiche und Taktiken. Ich meine ... Chase, es war echt verrückt ... Ich fühle mich furchtbar deswegen. Ich komme mir vor wie der größte Idiot. Aber ich sage dir, das Ganze war sehr aufwendig inszeniert. Wir hatten wirklich keine Ahnung von ihren Absichten. Ich schwöre bei Gott. Und da war – ich weiß auch nicht – so eine Art seltsame Gruppendynamik. Alles griff ineinander und funktionierte. Wir dachten, wir würden unserem Land helfen." David ließ den Kopf hängen. „Dieses Gefühl hielt aber nicht lange an."

„David war derjenige, der den Rest von uns wachgerüttelt hat", erklärte Henry. „In den ersten Tagen hatte er etwas beobachtet. Einer der Männer wurde mitten in der Nacht von der Insel gebracht. Sie schleiften ihn weg und warfen ihn in einen Hubschrauber. Er war bewusstlos. Dieser Kerl – Bill – war zuvor zu dieser Lena gegangen, um sie zu bitten, die Insel verlassen zu dürfen, damit er sich um seine krebskranke Frau kümmern konnte. Und genau das dachten wir auch. Aber David sah, wie sie ihn in dieser Nacht ohnmächtig weggetragen haben. Keiner von uns hatte etwas davon mitbekommen. Also wurde David misstrauisch, und ein paar Tage später schwamm er um die Insel herum. Er sah den Mann, der angeblich zu seiner Frau nach Hause geflogen worden war, auf der anderen Seite der Insel. Aber er war ein Gefangener der chinesischen Soldaten."

„Sie haben chinesische Soldaten gesehen?", fragte Elliot. „Woher wussten Sie, dass es Chinesen waren?"

„Wir wissen es einfach. Es ist das Einzige, was Sinn ergibt", antwortete David. „Wer sonst würde die Informationen wollen, die sie von uns gefordert haben? Anfangs war es nur ein Verdacht. Aber wir sind uns jetzt definitiv sicher. Zum Teufel, wir haben den roten Stern auf ihren Truppentransporthelikoptern gesehen, als sie unser Lager am letzten Tag gestürmt haben. Wir sind mit einem Motorboot geflohen. Ein Sturm half uns, der Gefangennahme zu entgehen. Dann wurden wir von einem australischen Fischerboot aufgenommen und nach Darwin gebracht. Ich habe keine Ahnung, wie sie uns gefunden haben, aber diese ganze Sache mit dem internationalen Terrorismus muss von den Chinesen orchestriert worden sein. Wir haben zuhause angerufen und versucht, die Leute zu warnen. Aber das hat nicht funktioniert."

„Was ist geschehen?", fragte Elliot.

„Ich habe einen Arbeitskollegen angerufen. Wir haben ihm alles erzählt – die Kurzversion – und ihn gebeten, für die darauffolgende Stunde eine Telefonkonferenz zu organisieren, damit wir die verschiedenen Behörden über die Geschehnisse informieren konnten. Danach haben wir versucht, andere Leute anzurufen – Lindsay und dich – aber wir sind nicht durchgekommen. Schließlich haben wir meinen Kollegen zurückgerufen. Er behauptete, Vertreter einer Reihe von Militär- und Regierungsbehörden in der Leitung zu haben. Wir haben versucht, alle noch rechtzeitig zu warnen."

„Ist schon in Ordnung, Mann", sagte Chase. „Wir wissen, dass ihr nur versucht habt, das Richtige zu tun. Erinnert ihr euch an die Namen?"

„Ich denke nicht, dass das wichtig ist. Ich habe keine Ahnung, wer wirklich am anderen Ende der Leitung war. Verdammt noch mal, vielleicht war es ja nicht einmal Lundy selbst."

Elliot nickte. „Wenn die andere Seite die Nummern kannte, die Sie anrufen wollten, hätten sie ein paar Agenten geschult und ihnen Antworten vorgegeben. So hätte ich es gemacht."

„Es ist in Ordnung", meinte Chase. „Gebt uns noch einen Tag und wir bringen euch zurück in die USA. Wir müssen hier noch ein paar Sachen herausfinden."

„Chase, ich möchte, dass Sie sie persönlich nach Hause begleiten", erklärte Elliot. „Wir müssen die richtigen Leute warnen. Und basierend auf dem, was ich hier höre, vertraue ich unseren normalen Kommunikationsmethoden nicht. Scheiße, diese Methoden sind wahrscheinlich sowieso nicht mehr verfügbar."

„Verstanden."

Etwas summte, und Chase nahm sein Handy aus der Innentasche seines Jacketts. Er schaute auf das Telefon und sagte: „Waleed schreibt, er in sei ein paar Minuten da. Ich muss hochgehen."

Elliot sah zu dem anderen Raum hinüber, in dem der asiatische Mann immer noch vor sich hin tippte. Er beachtete sie nicht. Elliot sagte leise: „Er will sich nicht hier treffen?"

Chase schüttelte langsam den Kopf. „Nein. Aber er meinte, wir sollten dafür sorgen, dass unser Freund hierbleibt, bis wir uns unterhalten haben."

Elliot nickte.

David sah besorgt aus. „Was ist los? Warum musst du gehen?"

„Nichts. Es ist etwas anderes. Ein anderes Problem. Ich bin bald zurück. Elliot wird hier solange weitermachen."

Elliot blickte auf sein Handy.

„Chase, bevor Sie gehen, sollten Sie sich das hier vielleicht ansehen. Sie haben mir den Video-Feed von der Drohne über Bandar Abbas geschickt. Es ist zwei Minuten lang. Nur die Highlights."

Elliot hielt sein Handy hoch. Alle vier sahen zu, wie eine Bombe am Straßenrand zwei Lastwagen und drei Autos auf einem Highway zerstörte. Dann fuhr ein Geländemotorrad den angrenzenden Berghang hinunter und kurvte durch die Trümmer. Der Fahrer feuerte mit einer kleinen Maschinenpistole auf einen anderen Militärlastwagen, der auf ihn zusteuerte. Anschließend raste das Motorrad ungefähr eineinhalb Kilometer zum Strand, während der Lastwagen die Verfolgung aufnahm. Kurz bevor er das Wasser erreichte, hielt der Fahrer abrupt an. Er warf einen großen Sack in den Strand und setzte ihn in Brand. Dann legte er seinen Tarnanzug ab und lief zum Strand. Es war eine Frau. Eine langhaarige, asiatische Frau. Sie sah zum Himmel auf und legte ihre Hand an ihr Gesicht, bevor sie ins Wasser eintauchte.

„Was hat sie gerade gemacht?"

„Es sah aus, als hätte sie uns eine Kusshand zugeworfen."

„Nun, das ist definitiv Lisa Parker."

„Mr. Jackson, könnten Sie das Video kurz anhalten, damit ich ihr Gesicht sehen kann?", bat David.

Elliot warf David einen seltsamen Blick zu und fragte sich zweifellos, ob er jemandem, der die Chinesen – wenn auch nur unwissentlich – mit geheimen Informationen versorgt hatte, etwas so Sensibles zeigen sollte. Trotzdem kam er Davids Wunsch nach.

Dann hielt er David das Handy hin. Dieser sah eine hübsche Asiatin, die ihnen aus mehreren Kilometern Entfernung eine Kusshand zuwarf.

„Hey, das ist *sie*", rief Henry.

„Bruder, ich kenne keine Lisa Parker", sagte David. „Aber dieses Gesicht kenne ich hundertprozentig."

Elliot und Chase warfen sich einen verwirrten Blick zu. Dann sahen sie David an.

„Das ist die Chinesin, die die Red Cell-Einheit geführt hat. Das ist Lena Chou."

U-Boot der Shang-Klasse
15 Seemeilen vor der Küste von Dubai
Lena starrte ungläubig auf die E-Mail, die auf dem Computermonitor zu sehen war. Das U-Boot war gerade auf Periskoptiefe aufgestiegen, hatte eine Menge Daten von chinesischen Militärsatelliten heruntergeladen, um dann wieder bis auf eine Tiefe von 75 Metern abzutauchen.
Die E-Mail kam von Jinshan persönlich.

Hallo Lena,
ich hoffe, diese Nachricht erreicht dich bei guter Gesundheit. Ich bin sehr beeindruckt von deinen jüngsten Erfolgen. Ich gratuliere dir zu dieser sehr guten Arbeit.
Leider war die Operation in Abu Musa nicht erfolgreich. Nicht nur, dass sich die physische Verbindung zu den Unterseekabeln als fehlerhaft erwiesen hat. Es scheint, dass unser Notfallplan mit dem ,falschen' Satoshi von den Amerikanern aufgedeckt worden ist. Ich habe kürzlich von ihm die Nachricht erhalten, dass alle seine Uploads abgeschlossen sind, aber wir haben immer noch keine Möglichkeit,

den Wert des Bitcoins künstlich zu kontrollieren. Ich vermute, dass die US-Geheimdienste dafür verantwortlich sind. Wir wussten, dass diese Operation mit einem hohen Risiko verbunden war, daher kommt dieses Ergebnis nicht völlig unerwartet.

Wie ich dir bei unserem letzten Gespräch sagte, ist die rasche Umsetzung unserer Pläne mein Hauptanliegen. Wenn eine Option fehlschlägt, gehen wir über zur nächsten. Angesichts des unglücklichen Scheiterns der Abu Musa-Operation und dem offensichtlichen Erfolg deines Ausfluges in den Norden habe ich entschieden, dass nun ein Richtungswechsel erfolgen muss.

Ich habe einen beschleunigten Zeitplan für unsere Operation in Dubai angeordnet. Allerdings ist mir zu Ohren gekommen, dass sich eine Möglichkeit aufgetan hat, im Vorfeld dieser Operation gewisse Assets zu bergen. Deine Mission lautet daher wie folgt (siehe unten). Ich überlasse es deinem fachkundigen Urteil, zu bestimmen, welche von den Dingen auf dieser Liste machbar sind. Dein Lufttransport wird sich binnen einer Stunde nach deinem geplanten Kommunikationsfenster am Treffpunkt Nr. 4 einfinden.

Kopfschüttelnd las sie die Details der Missionsbeschreibung. Dann sah sie auf die Uhr. Wenn sie das ausführen wollte, musste sie jetzt sofort loslegen.

Sie stürmte aus dem Raum und quetschte sich durch den langen, schmalen Korridor des U-Bootes, bis sie die Brücke erreichte. Der Kapitän sah sie kommen und erhob sich sofort von seinem Platz. Normalerweise war der Kapitän eines U-Bootes quasi ein Gott in Menschengestalt. Aber als der ranghöchste Beamte der chinesischen Marine persönlich mit ihm über diesen Geheimauftrag gesprochen hatte, hatte Ersterer nur eine einzige Warnung ausgesprochen: Verärgern Sie Lena Chou nicht.

„Miss Chou, wie kann ich Ihnen helfen?" Alle Matrosen und

Offiziere auf der Brücke sahen sie an. An Bord von chinesischen
U-Booten gab es keine Frauen. Eine so attraktive Frau wie Lena
sorgte daher für viel Aufregung. Ein Seemann hatte den Fehler
gemacht, sie in einem dunklen Durchgang zu befummeln. Er
wollte es wie eine zufällige Berührung aussehen lassen. Vielleicht war es eine Mutprobe unter Freunden gewesen. Jedenfalls
hatte Lena ihn auf die Krankenstation befördert. Diese Nachricht hatte sich an Bord schnell herumgesprochen. Jeder hatte
nun dieselbe Warnung erhalten wie ihr Vorgesetzter.

An diesen wandte sich Lena nun. „Wir müssen sofort
auftauchen."

Er sah aus, als hätte ihm jemand einen Schlag verpasst.
„Wie bitte?" U-Boote operierten im Verborgenen. So nahe an
Dubai aufzutauchen wäre Ketzerei. „Es tut mir leid, aber das ist
nicht möglich. Wir können nicht auftauchen. Die amerikanische Navy hat Schiffe und Flugzeuge in dieser Region. Wenn
wir auftauchen, könnten sie –"

„Kapitän, das Risiko ist mir bewusst. Aber dies ist keine
Bitte. Ich werde in Dubai gebraucht. Ich gehe davon aus, dass
Sie jeden Moment Ihre offiziellen Befehle erhalten. Ich würde
Ihnen auch empfehlen, die Männer auf Gefechtsstation zu
schicken."

In der Nähe eines der Computer begann ein gelbes Licht zu
blinken.

„Sir, wir empfangen eine dringende Nachricht vom Oberkommando der U-Bootflotte", rief einer der Offiziere.

Der Kapitän betrachtete Lena mit einer Mischung aus
Besorgnis und Frustration. „Bei allem Respekt, Sie sind in der
Kunst der U-Boot-Kriegsführung nicht geschult. Sie können
nicht von mir erwarten, dass ich am helllichten Tag auftauche,
wenn wir uns kaum außerhalb der Hoheitsgewässer der Vereinigten Arabischen Emirate und ganz in der Nähe eines der
geschäftigsten Häfen der Welt befinden. Ein amerikanischer

Flugzeugträger hat gerade in diesem Hafen angelegt. Das wäre
äußerst unklug."

Lena wollte nicht riskieren, dass dies schiefging. Also
entschied sie sich für einen sanften Ansatz. „Kapitän, es gibt
sicherlich einen guten Grund, warum ein Mann mit Ihren
Fähigkeiten für diese Mission abgestellt wurde." Sie schaute auf
die Uhr. „In wenigen Augenblicken wird unweit unseres aktuellen Standorts ein Helikopter auf mich warten. Er soll mich
aufnehmen und nach Dubai zurückbringen. Sie müssen also
nur für einen kurzen Moment auftauchen. Sie können mich
auch in einem Rettungsfloß aussetzen. Aber ich muss diesen
Helikopter erreichen. Das muss geschehen, weil ansonsten die
Sicherheit unserer Nation stark gefährdet wird."

Der junge Offizier in der Nähe der Kommunikationsstation
riss einen Ausdruck der dringenden Nachricht ab und über-
reichte ihn dem Kapitän. Als dieser den Befehl las, wurden
seine Augen erst groß und dann ängstlich. Er wandte sich an
seinen Ersten Offizier. „Bitte suchen Sie einen geeigneten Ort
zum Auftauchen." Dann las er weiter.

„Ich danke Ihnen, Kapitän" sagte Lena. „Ich bin in einer
Minute an der Ausstiegsluke."

Dann drehte sie sich um und eilte zurück zu ihrem Raum.
Sie musste schnell etwas Passenderes zum Anziehen finden. Sie
durchwühlte ihre Taschen und fand, wonach sie suchte. Da war
es. Ein bisschen zerknittert, aber es würde gehen. Schnell zog
sie sich um.

Ihre Stimmung besserte sich, als sie darüber nachdachte,
was als Nächstes kam. Sie lächelte vor sich hin, als sie in einem
engen schwarzen Kleid und Ballerinas durch Chinas
modernstes Jagd-U-Boot rannte. Ihr pechschwarzes Haar fiel
locker über ihre Schultern. Sie erreichte den Turm und stieg die
Leiter hinauf. Der Kapitän wartete dort, mit einem entsetzten
Blick und einer zerknitterten Nachricht in der Hand.

„Wissen Sie, was hier steht? Wissen Sie, was von mir verlangt wird?"

„Ja, Kapitän."

„Wenn ich meine Raketen auf diese Ziele abfeuere, werden wir zerstört."

Sie blieb stehen und sah ihn streng an. Zwei nervös aussehende Matrosen standen neben ihm. „Kapitän, werden Sie Ihre Befehle ausführen?"

Mit hochrotem Gesicht antwortete er: „Jawohl. Selbstverständlich."

„Sehr gut, Kapitän. Viel Glück."

„Aber das ist doch Wahnsinn", murmelte er vor sich hin.

„Nein, Kapitän. Das ist Krieg", antwortete sie.

Sie drehte sich um, kletterte die Eisenleiter hinauf und stieg durch die Luke hinaus in die brütende Hitze des Persischen Golfs. Drei Seeleute hielten tatsächlich ein Floß im Wasser fest und erwarteten sie. Obwohl die Matrosen Masken trugen, konnte man gut erkennen, dass ihre Münder offenstanden, als sie in ihrem hochgeschlitzten Kleid die Turmleiter hinunter auf den Rumpf rutschte und in das Floß kletterte.

Innerhalb von zwei Minuten war das U-Boot wieder abgetaucht und sie trieb einsam im Wasser.

Lena gefiel das ,Spiel', das sie seit mehr als einem Jahrzehnt spielte. Sie gab vor, eine amerikanische Spionin zu sein, während sie für ihren chinesischen Herrn und Meister arbeitete. Sie genoss auch, die Fähigkeit einzusetzen, die ihr Jinshan beigebracht hatte – das Töten. Sie müsste lügen, wenn sie behaupten würde, es nicht zu mögen. Als sie vor vielen Jahren zum ersten Mal jemanden umgebracht hatte, war es ein unerwartetes Gefühl gewesen. Aber jetzt ... Jetzt freute sie sich darauf. Jedes Mal. Der Rausch, der sich dabei einstellte, war unvergleichlich.

Und sie war gut. Schließlich gefiel es doch jedem, das zu

tun, worin er gut war. Athleten liebten es, ihre Sportart auszu-
üben. Workaholics liebten ihre Arbeit. Lena liebte das Töten.
Wenn es einen Gott gab, was Lena bezweifelte, warum hatte er
sie dann so gut im Töten gemacht, wenn er nicht wollte, dass sie
es tat? Es war ihre Berufung.

Ein Anflug von Sorge – eine Emotion, die sie nur sehr selten
verspürte – schlich sich ein. So praktisch es auch gewesen war,
dass Chase und David Brüder waren, fragte sie sich doch, ob sie
es bereuen würde, Chase enttäuscht zu haben. Ihre Beziehung
hatte aus purer Lust begonnen. So war es bei den meisten von
Lenas Beziehungen. Eine Möglichkeit für sie, ihre körperlichen
Bedürfnisse zu befriedigen, ohne sich emotional angreifbar zu
machen, was viele ihrer potenziellen Feinde ausnutzen könnten. Es frustrierte sie, dass sie sich jetzt irgendwie mit Chase
verbunden fühlte. Als sie herausgefunden hatte, dass David
Manning für In-Q-Tel und am ARES-Projekt arbeitete, hatte sie
ihre Beziehungen spielen lassen, um ihn auf die Liste der Red
Cell-Einheit setzen zu lassen.

Diese Liste dann Gorji zukommen zu lassen, war etwas
schwieriger gewesen, aber Natesh hatte gute Arbeit geleistet. Sie
hatte Chase auf mehr als eine Weise benutzt. Sie hatte ihn
benutzt, um ihr sexuelles Verlangen zu stillen. Sie hatte ihn
benutzt, um herauszufinden, was Elliot Jackson wusste. Und sie
hatte ihn benutzt, um jemanden zu identifizieren, der sich als
Schlüsselmitglied der Red Cell-Einheit herausstellte. Auch
wenn sich David Manning im Rahmen der Operation als wenig
produktiv erwiesen hatte, so ließe sich das bei entsprechender
Motivation bestimmt noch ändern.

Die Auswirkungen der ARES-Cyberwaffe waren stark, wenn
auch nicht so stark, wie von Natesh vorhergesagt. Eine weitere
fachkundige Beratung war also erforderlich.

Wenn sie ehrlich zu sich selbst war, wollte sie Chase nicht
verletzen. Sie hatte ihre gemeinsame Zeit genossen, auch wenn

das meiste, was sie ihm erzählt hatte, Lügen waren. Lena fühlte sich sehr zu ihm hingezogen, und zwar nicht nur körperlich. In vielerlei Hinsicht waren sie sich ähnlich. Sie waren beide Helden. Krieger, die für das kämpften, was sie für richtig hielten. Die Tatsache, dass sie auf gegnerischen Seiten standen, war in gewisser Weise eine Schande.

Als sie nach Osten blickte, konnte sie den höchsten Wolkenkratzer Dubais über den Horizont hinausragen sehen. Hinter ihr lag die untergehende Sonne. Das Rotorengeräusch eines Hubschraubers wurde lauter. Sie schloss die Augen, atmete die salzige Luft ein und streckte sich. Es war ein guter Tag. Sie machte sich bereit, das zu tun, wozu sie bestimmt war. Etwas, das sie liebte. Töten. Sie hoffte nur, dass sie nicht ausgerechnet ihn umbringen musste.

17

Vor den monströsen Panoramafenstern der Skyview Bar ging die Sonne in einem purpurroten Farbspektakel unter. Die Bar befand sich im obersten Stockwerk des berühmten Hotels Burj Al Arab, etwa hundertfünfzig Meter über dem warmen Wasser des Persischen Golfs. Das Burj Al Arab war einem vom Wasser umspülten, geblähten weißen Segel nachempfunden. Das vierthöchste Hotel der Welt wurde auf einer künstlichen Insel errichtet und als einziges ‚Sieben-Sterne-Hotel‘ der Welt beworben. Filmstars, Könige und Staatsoberhäupter übernachteten regelmäßig in dem Luxusresort, mit Zimmern, die bis zu hunderttausend Dollar pro Nacht kosten konnten. Mit dem Hubschrauber anreisende VIPs nutzen den hoteleigenen Landeplatz, der auf einer im fünfundzwanzigsten Stock gelegenen Plattform seitlich herausragte. Bei der Landung wurden sie mit Feuerwerkskörpern und Trommelwirbeln begrüßt.

Viele Meter unter ihnen fuhren Multimillionen-Dollar-Yachten vorbei. Das schwindende Tageslicht, das Meer und die arabische Wüste kollidierten mit der eleganten und modernen Skyline Dubais. Durch den Dunst konnte Chase gerade noch den unfassbar hohen Wolkenkratzer erkennen, der den Rest der Stadt in den Schatten stellte, den Burj Khalifa. Er ragte in den Himmel und reflektierte die Sonne wie ein schimmerndes Feuerschwert.

Er nippte an seinem Eiswasser und richtete seinen Blick wieder auf die Bar. Von seinem kleinen Ecktisch aus hatte er die perfekte Sicht, während er auf Waleed wartete. Er hatte Chase angerufen und dabei verzweifelt geklungen, gerade als sie David und Henry vom Flughafen abholten.

Waleed wollte am Telefon nicht ins Detail gehen, sagte aber, dass er von Gorji gehört hatte und dass Satoshi unbedingt in seinem Zimmer im Burj Al Arab bleiben musste.

Es war eine weitere Krise, mit der Elliot fertig werden musste. Der Iran stieß fortwährend Kriegsdrohungen aus. Die US-Streitkräfte in der Region waren in höchster Alarmbereitschaft. Vor wenigen Augenblicken hatte Chase beobachtet, wie der ehemalige Flugzeugträger seines Vaters erneut in den Hafen von Jebel Ali in Dubai eingelaufen war. Er fragte sich, ob sie die Besatzung überhaupt von Board gehen lassen, oder nur Vorräte auffüllen und wieder in See stechen würden. Er fragte sich auch, wie es um ihre Verbindungswege bestellt war.

In den vergangenen sechsunddreißig Stunden, seit Lisa – oder Lena – ihren Angriff im Iran ausgeführt hatte, waren das globale Internet und die GPS-Netze bestenfalls lückenhaft. In den Nachrichten hieß es, dass hauptsächlich in den USA angesiedelte Netzwerke betroffen waren. Das Fernsehen und Telefone in Dubai funktionierten immer noch einwandfrei. Sie konnten E-Mails senden, obwohl die meisten, die in die USA gingen, nicht zugestellt wurden. Anrufe in die USA gingen nicht durch.

Die globalen Aktienmärkte waren in Panik geraten und abgestürzt. Der Warenhandel lief weiter, aber die Unternehmen begannen, unter den ständigen Netzwerkunterbrechungen zu leiden.

Die als geheim eingestuften Nachrichtenübertragungssysteme Datalink und Satcom waren ausgefallen. Davids Enthüllungen bezüglich dieser ARES-Cyberwaffe war beängstigend. Noch beängstigender war der Gedanke, dass China dafür verantwortlich war. Warum taten sie das? Wenn Lena im Auftrag der Chinesen handelte, warum wollten sie Gorji dann tot sehen? Chase musste wieder nach unten, damit er die Geschichte von David und Henry zu Ende hören konnte. Elliot und er mussten die offenen Punkte miteinander verknüpfen.

Chase hatte sich den großen Raum genau angeschaut. Er war ein Kunstwerk. Die Decke war mit kolossalen türkisfarbenen Halbovalen geschmückt, die den Eindruck von sich brechenden Wellen erweckten. Die flauschigen Teppichböden und luxuriösen Kissen waren ähnlich gemustert.

Er sah auf seine Armbanduhr. Wo blieb Waleed?

Das Geräusch eines Hubschraubers, der auf der erhöhten Plattform landete, sorgte für Aufregung im Raum. Nach ungefähr dreißig Sekunden verebbte das Geräusch wieder. Von seinem Platz aus konnte Chase diese Seite des Hotels nicht einsehen. Vielleicht war Waleed eingeflogen worden?

Ein Kellner brachte eine silberne Platte mit grünen Oliven, Hummus und warmem Fladenbrot, das noch dampfte. Er sagte, es wäre ein Gruß aus der Küche. Chase war hungrig. Er nickte dankend und steckte sich eine Olive in den Mund.

Er verschluckte sich fast, als er sah, wer hereinkam.

Lisa Parker schlenderte durch den Eingang der Skyview Bar. Und sie sah umwerfend aus. Ihr langes schwarzes Haar fiel über ihre nackten Schultern. Sie trug ein enges schwarzes Kleid, das ihren kurvigen, aber athletischen Körper betonte. Chase ging ein Dutzend möglicher Reaktionen durch, während Lisa lächelnd auf ihn zukam.

Er dachte kurz daran, nach seiner Waffe zu greifen, tat es aber nicht. Sie sah unbewaffnet aus. Und da war noch etwas – er wusste nicht, ob überhaupt fähig wäre, auf sie zu schießen. Wer auch immer sie wirklich war, und was auch immer ihre Motive waren, Chase hatte noch immer Gefühle für sie.

In diesen intimen Momenten, die sie miteinander geteilt hatten, waren auch in ihren Augen Emotionen erkennbar gewesen. Leidenschaft, Sehnsucht, Verlangen, ja ... aber auch etwas anderes. So etwas wie Zuneigung oder Bewunderung. Chase wollte glauben, dass ihre Augen ihre wahren Gefühle verraten hatten.

Sogar jetzt, als er wusste, woran sie beteiligt war, fühlte er etwas für sie. Und er hasste sich dafür.

Chase aß seine Olive auf, nahm einen weiteren Schluck von seinem kühlen Getränk und stellte das Glas auf die weiße Tischdecke.

Als sie an seinem Tisch ankam, blieb Chase mit ausdruckslosem Gesicht sitzen.

Ein indischer Kellner kam schnell zu ihrem Tisch gelaufen und rückte ihr einen Stuhl zurecht. Sie nahm Platz, dankte dem Kellner und sah Chase aufmerksam an. Dann bat sie ihn in einer Sprache, die wie Hindi klang, um ein Glas Eiswasser. Mit erfreutem Gesichtsausdruck und lächelnd füllte er ihr Glas aus einer gekühlten Flasche italienischen Mineralwassers.

„Du bist eine ziemlich talentierte Linguistin", sagte Chase.

„Ich kannte lediglich die richtigen Worte."

Sie schwiegen für einen Moment, bevor sie etwas von dem noch warmen Fladenbrot abriss und es in den Hummus tauchte. Sie kaute und starrte ihn an. Schon wieder dieser Blick. Als ob sie sich freute, ihn zu sehen.

„So vieles von der Geschichte unserer Welt wird von so wenigen Menschen geprägt", erklärte sie. „Durch inoffizielle Gespräche in verrauchten Hinterzimmern. Dort werden die wichtigen Entscheidungen getroffen. Man braucht nur jemanden in der richtigen Position, der zur richtigen Zeit die richtigen Worte sagt. Wenn ich dir gegenüber zum Beispiel die richtigen Worte verwenden würde, könntest du mich irgendwohin bringen und nachsehen, was sich unter diesem Kleid verbirgt."

„Würde ich eine Pistole finden?"

Sie legte ihren Kopf schief. „Möchtest du das nicht herausfinden?"

„Ich habe in letzter Zeit einige beunruhigende Dinge über dich gehört."

Sie antwortete nicht.

„Ich hatte gehofft, dass du es zumindest leugnen würdest", fuhr er fort.

Gedankenverloren betrachtete sie durch das Fenster den feurigen Sonnenuntergang. Dann sagte sie: „Ich habe vor Kurzem ein Buch über die Schlacht im Pazifik während des Zweiten Weltkriegs gelesen. Das hat mich nachdenklich gemacht. Wer war deiner Meinung nach für den Plan verantwortlich, Pearl Harbor zu bombardieren? Ich meine – wer war *wirklich* dafür verantwortlich? Wer dachte: *Genau so* sollten wir es machen? Gab es ein Treffen von Managern und Militärtaktikern, die diese Idee dann zu ihrem Anführer brachten und an sein Ego und sein Streben nach nationaler Macht appellierten?"

„Was zum Teufel redest du da?"

„Spiel doch einfach mit."

„Gut, Yamamoto war verantwortlich für den Angriff." Chase verstand nicht, was das sollte.

Lena sah enttäuscht aus. „Yamamoto war für den Angriff verantwortlich, das stimmt. Aber mein Punkt ist, dass es in der Geschichte der Menschheit sehr viele kleine Gruppierungen von unbekannten und einflussreichen Denkern und Planern gab. Auch wenn sie in dem speziellen Beispiel einen großen Fehler gemacht haben."

„Und was wäre dieser Fehler?"

„Der einzige Weg, sicherzustellen, dass der Wille des angreifenden Landes wirklich ausgeführt wird, besteht darin, zu kaufen und zu halten, wie man in Finanzkreisen sagt. Dasselbe gilt für Invasionen. Erobern und halten. Man muss die herrschende Politik und den Fortschritt, die die angreifende Nation groß gemacht haben, in dieses neue Land bringen. Und dabei dürfen keine halben Sachen gemacht werden."

„Wie lautet dein richtiger Name?", fragte Chase.

Sie lächelte. „Wie ich sehe, bist du wieder mit David vereint. Du kannst mich Lena nennen. Das ist eine verstümmelte Version meines Geburtsnamens, und zugleich der amerikanische Name, den ich als Teenager angenommen habe. Und er passt besser zu mir als Lisa, wie ich mich seit meinem Eintritt in die Agency nenne. Die CIA hat mir im Laufe der Jahre mehrere Decknamen gegeben, aber meistens war ich Lisa Parker. Ich habe diese falschen Namen satt. Ich bin es leid, so zu tun, als wäre ich jemand anderer. Lena ist genau richtig."

„Auf wessen Seite stehst du, Lena?"

Sie nahm einen Schluck Wasser. „Auf der Seite der Gewinner."

„Warum bist du heute hier?"

Sie neigte den Kopf und zeigte auf ihn. „Das ist eine gute Frage. Ich bin hier, um einen Krieg anzufangen. Den größten Krieg, den die Welt je gesehen hat."

Chase musterte sie. Etwas an ihr war anders. Sie war ein anderer Mensch als die Frau, mit der er zusammen gewesen war. Er war sich nicht sicher, wie dieses Gespräch enden würde, aber sie gab Informationen preis, also würde er weiterhin Fragen stellen.

„Wie wird dieser Krieg beginnen?"

Lena betrachtete die Skyline. „Eigentlich hat er bereits begonnen." Sie seufzte und sah traurig aus. Dann sagte sie mit sanfter Stimme: „Ich weiß, dass du enttäuscht und wahrscheinlich sauer auf mich bist. Ich möchte nicht mit dir streiten. Ich bin nicht gekommen, weil ich es musste. Ich *wollte* kommen. Und ich wollte dir etwas sagen."

„Was?"

Sie sah ihm in die Augen. „Wenn du die nächsten paar Tage überlebst ... Wenn du die nächsten paar *Jahre* überlebst, wirst du dich eines Tages fragen, ob es wirklich echt gewesen ist? Zwischen uns, meine ich. Und ich wollte dir sagen, dass es echt war. Ich erkenne mich zu großen Teilen in dir wieder. Es gibt nicht viele wie uns, Chase. Menschen, die das Gewicht der Welt auf ihren Schultern tragen. Menschen, die die Welt verändern können, wenn sie es versuchen. Deshalb fühle ich mich zu dir hingezogen. Und ich möchte nicht, dass du verletzt wirst."

Leicht erschrocken kniff er seine Augen zusammen. „Was denkst du, wird passieren?"

„Ich denke, dass du, wie so viele andere Menschen auch, von klein auf angehalten wurdest, bestimmte Dinge zu glauben. Ich möchte, dass du weißt, dass das, was ich getan habe, dazu dient, die Welt zu einem besseren Ort zu machen. Und das wird sie letztlich auch sein. Ich hoffe, dass du das eines Tages verstehen wirst."

Er errötete. „Wie kannst du das nur denken? Wie konntest du das Land verraten, dem du gedient hast?"

„Es ist nicht mein Land, Chase. Und ehrlich gesagt, wird Amerika aufgrund meiner Taten eines Tages besser dastehen."

„Du sagtest, du hättest seit deiner Jugend in Amerika gelebt. Ich nehme an, dass du davor in China gelebt hast."

„Das stimmt."

„Und als du in die Vereinigten Staaten gekommen bist, wusstest du bereits, dass du dieses Land verraten wirst?"

Wieder neigte sie ihren Kopf. „Ja."

„Wenn du so lange in Amerika gelebt hast, wie du behauptest, dann weißt du, dass die Vereinigten Staaten für die Prinzipien von Freiheit und Moral stehen. Wie konntest du diese Werte verraten, nachdem du dort gelebt hast? Es ist mir egal, wo du geboren wurdest."

„Hör mir zu –"

„Du möchtest, dass Amerika wie China wird?"

Sie flüsterte: „Ich habe dir gesagt, dass ich dich bewundere, weil ich Größe in dir erkenne."

„Und?" Er versuchte, nicht zu wütend zu klingen. Seine emotionale Bindung zu ihr machte es schwer, klar zu denken.

„Nun, es gibt noch eine andere Person, die ich ebenfalls sehr bewundere. Er ist ein großartiger Führer. Cheng Jinshan. Du wärst beeindruckt von ihm, Chase. Er ist ein erstaunlicher Mann. Seine Vision davon, was aus dieser Welt werden könnte … Chase, seine Vision ist die einzige Zukunft, die unsere Welt haben kann. Eine weltweit einheitliche Regierung, die die richtigen Entscheidungen für alle Menschen trifft. Ja, ich habe in Amerika gelebt, seit ich ein Teenager war. Aber weißt du, was? Amerika ist gar nicht so großartig. Es hat Fehler, genau wie jedes andere Land."

Chase schüttelte angewidert den Kopf. „Es ist besser als der Rest. Vertrau mir, ich war in den meisten anderen Ländern."

„Genau wie ich. Nirgendwo ist es perfekt. Die Menschheit bekommt es einfach nicht hin. Aber Jinshan wird uns der Perfektion näherbringen. Weißt du, was das Problem der Demokratie ist? Die Freiheit. Die Leute wissen nicht, was für sie das Beste ist. Das ist keine populäre Meinung, aber in deinem Herzen weißt du, dass es die Wahrheit ist."

„Wenn du denkst, dass ein Diktator die Lösung ist, dann bist du naiv."

„Demokratien auf der ganzen Welt lassen zu, dass ihre Bürger Politiker wählen, die unhaltbare Sozialprogramme aufstellen. Die Politiker wissen es besser, aber sie versprechen ihren Wählern das Blaue vom Himmel, damit sie gewählt werden. Wenn diese Programme dann scheitern oder die Länder unter Schuldenbergen zusammenbrechen, sind die Politiker, die uns das eingebrockt haben, schon längst verschwunden. Wenn sich die Konsequenzen ihres Vorgehens auswirken, steht der nächste Kandidat zur Wahl bereit. Und selbst wenn es nicht so wäre – die meisten Leute sind nicht so wie du und ich. Ihr Leben wird nicht von Schweiß und Blut geprägt. Und ihnen fehlt die Weisheit, um die richtigen Entscheidungen zu treffen."

„Du plädierst also für eine globale Regierung, in der die Menschen kein Mitspracherecht haben?"

„Wichtige Entscheidungen müssen von weisen Menschen getroffen werden, nicht vom Volk. Also, ja. Ich glaube, dass eine globale Regierung unter der richtigen Führung, ausgestattet mit wirklicher Macht und guten Entscheidungsträgern, das Beste ist, was uns passieren kann. Ich will dir auch sagen, dass dies nur durch einen Umsturz geschehen kann. Wieder keine populäre Meinung. Aber wieder die Wahrheit. Wenn die Kranken, die Schwachen, die Blutsauger und die eigennützigen Schweine auf dem Thron sitzen, dann müssen die Starken und Tapferen für das einstehen, was richtig ist. Wir werden nicht zulassen, dass unsere Kinder von einer korrupten und ignoranten Welt mit Füßen getreten werden." Ihre Brust hob und senkte sich, als sie sprach.

„Du meinst wohl, dein einziges Kind, richtig? Denn nach chinesischem Recht darfst du nur ein Kind haben. Oder sind es mittlerweile zwei? So oder so, ich will nicht in einer Welt leben, in der mir ein Diktator vorschreibt, wie viele Kinder ich haben darf."

Sie errötete und starrte ihn an. „Nun, es besteht eine gute Chance, dass du nicht in dieser Welt leben wirst. Aber vertrau mir, diese Welt wird kommen."

Für eine Weile saß sie schweigend da, um sich wieder zu beruhigen. Dann flüsterte sie ihm zu, während ihre schönen

Augen direkt in seine blickten: „Das ist wahrscheinlich das
letzte Mal, dass wir miteinander sprechen."

„Es tut mir leid, das zu hören."

Sie warf eine schwarze Haarsträhne nach hinten, die über
ihre Schulter gefallen war. Der konstante Geräuschpegel der
Skyview Bar plätscherte im Hintergrund. Um sie herum
herrschte eine heitere Atmosphäre. Chase sah, wie eine große
silberne Platte mit Hummer an ihrem Tisch vorbeigeschoben
wurde.

Erneut blickte er auf die Uhr. Waleed hätte längst hier sein
sollen.

Lena stand auf. Sie hatte ihre Fassung wiedergefunden und
sprach mit selbstbewusster Stimme. „Nun, Chase. Die Zeit, die
wir gemeinsam verbracht haben, war schön."

Sie zögerte, als ob sie noch etwas anderes sagen sollte.

Er war sich nicht sicher, was er als Nächstes tun sollte.
„Lena, du weißt, dass ich dich nicht einfach gehen lassen kann."

Sie kicherte. „Ich dachte mir, dass du das sagen würdest.
Kannst du mir sagen, wie spät es ist?" Er zeigte ihr seine Uhr.
„Danke." Lena warf einen Blick über ihre Schulter. Chase folgte
ihrem Blick.

Ein sehr großer Mann mit einem schwarzen Bart stand am
Eingang der Bar. Eine seiner Hände war unter seinem Mantel
verborgen. Das Blut gefror in seinen Adern, als Chase erkannte,
dass es Pakvar war.

Er sah Lena an. „Ist er meinetwegen hier?"

„Nur, wenn du versuchst, mich aufzuhalten. Ich war ehrlich
zu dir. Ich habe dir gesagt, dass du mir etwas bedeutet hast."

„Wie rührend. Hast du nicht einen seiner Männer erschossen? Ist er deswegen nicht angepisst?"

Sie runzelte die Stirn. „Lass das nur meine Sorge sein. Hör
zu, Chase. Ich bin mir sicher, dass du an meiner Aufrichtigkeit
zweifelst, und dafür kann ich dir keinen Vorwurf machen. Ich

verstehe selbst nicht ganz, warum, aber es wäre mir lieber, wenn du aus den folgenden Geschehnissen heil herauskommen würdest. Das ist mein Geschenk an dich: eine Chance zu leben, hier und jetzt. Aber sobald ich durch diese Tür gegangen bin, gilt das Angebot nicht mehr."

Sie stand auf.

Chase sah zu Pakvar hinüber, der ihn ebenfalls anstarrte. „Was meinst du mit ‚aus den folgenden Geschehnissen'? Was kommt denn als Nächstes?"

Sie beugte sich zu ihm hinüber, um ihm ins Ohr zu flüstern. Ihr ausgeschnittenes Kleid gewährte ihm tiefe Einblicke. „Ob du nun denkst, dass ich verrückt bin oder nicht – deine Welt ist kurz davor, auf den Kopf gestellt zu werden. Sei vorsichtig. Ich hoffe, dass wir uns in ferner Zukunft an einem anderen Ort wiedersehen." Sie küsste ihn auf die Lippen und streichelte kurz seine Wange. Chase erwiderte den Kuss nicht. „Jetzt beweg dich nicht, sonst schießt Pakvar dir direkt in die Brust."

Eine Frau auf der anderen Seite der Bar stieß einen entsetzten Schrei aus, woraufhin Chase reflexartig in diese Richtung blickte. Lena reagierte nicht darauf.

„Klingt, als wäre es Zeit für mich." Chase konnte nicht erkennen, weshalb die Frau aufgeschrien hatte, aber auch andere Gäste begannen, lauter zu sprechen.

Lena drehte sich um und ging. Chase blieb am Tisch zurück. Er knirschte mit den Zähnen und fixierte Pakvar an, der ihn anlächelte. Er hielt eindeutig eine Waffe in der Hand.

Ein weiterer Schrei ertönte. Jetzt standen Leute auf und schauten aus den Fenstern. Lena bahnte sich einen Weg durch die Menge und fing dann an, zu rennen.

Das Restaurant erwachte zum Leben, als immer mehr Leute von ihren Tischen aufstanden und sich zu den großen Panoramafenstern begaben. Als Lena an Pakvar vorbeikam, ging er rückwärts hinter ihr her, wobei er darauf achtete, Chase im

Auge zu behalten. Einen Augenblick später waren sie
verschwunden.

Noch jemand schrie auf. Lenas Abgang hatte Chase verstört.
Es dauerte einen Augenblick, bis ihm klar wurde, dass sich
außerhalb des Gebäudes etwas extrem Ungewöhnliches ereig-
nete. Die Gäste der Skyview Bar drängten sich nun geschlossen
an den Fenstern.

Am Horizont war ein rötlich-orangefarbener Schein zu
sehen, den Chase für den Rest der untergehenden Sonne
gehalten hatte. Aber das passte nicht ganz. Er schien am
falschen Ort zu sein.

Er schaute wieder aus dem Fenster und verstand endlich,
dass er in Richtung des Hafens von Jebel Ali blickte. Es war kein
feuriger Sonnenuntergang. Nein, es war ein Feuer. Ein riesiges,
loderndes Feuer mit dicken schwarzen Rauchfahnen, die sich in
den Himmel schraubten.

In der Nähe des Brandes konnte man mehrere Blitze beobachten, auf die kurze Zeit später weitere Rauchwolken folgten.
Chase kannte diese Licht- und Rauchmuster von Schlachtfel-
dern in verschiedenen Kriegsgebieten. Die Restaurantgäste
stießen schockiert den Atem aus, als Chase realisierte, was er da
sah. Mehrere Leute sagten alle dasselbe in verschiedenen Sprachen: *Dubai wird angegriffen.* Aber es war nicht Dubai. Es war
der Hafen. Jebel Ali. Dort befanden sich die Schiffe der US
Navy, und dort war gerade der Flugzeugträger *Truman*
eingelaufen.

Chase stand auf und hastete zum Fahrstuhl. Dort versam-
melte sich bereits eine Menschenmenge, die verzweifelt
versuchte, sich in Sicherheit zu bringen. Einige rannten sogar
die Treppe hinunter.

Inmitten dieses Chaos packte jemand seinen Arm.

Es war Waleed.

„Chase, Sie müssen sofort mit mir kommen. Ich muss mit Ihnen sprechen."

„Diese Explosionen kamen von Jebel Ali", erklärte Chase.

„Meine Quellen sagen mir, dass es sich um iranische Marschflugkörper handelte. Die Radargeräte unserer Luftabwehr haben in der letzten Stunde Signale von iranischen Bodenraketen aufgefangen. Wir waren in höchster Alarmbereitschaft, aber der Cyberangriff hat alle Verteidigungsmaßnahmen verhindert. Andere Schiffe der US-Marine im Golf haben innerhalb der letzten Stunde ähnliche Angriffe gemeldet."

Chase konnte nicht glauben, was er da hörte.

Während sie die Treppe hinunterliefen, hörte er Waleed zu. Chase nahm drei Stufen auf einmal. Der Araber war außer Atem, bemühte sich aber, Schritt zu halten. Sie mussten sich durch die Menge der verängstigten Menschen drängeln, die beschlossen hatten, das Treppenhaus zu nehmen, anstatt auf den Aufzug zu warten.

„Ich habe eine Nachricht von Gorji erhalten. Deshalb musste ich Sie sprechen", erklärte Waleed.

„Gorji ist tot. Er wurde bei Bandar Abbas getötet. Wie konnte er da eine Nachricht senden?"

„Er hat sie schon vor zwei Tagen abgeschickt. Aber bei diesem ganzen Durcheinander mit den Kommunikationskanälen habe ich sie erst heute erhalten. Er schrieb, dass Jinshan Bescheid weiß. Er weiß von Satoshi."

„Was meinen Sie damit?"

„In der Nachricht entschuldigte sich Gorji dafür, dass er unser Treffen mit Satoshi auf Abu Musa nicht ermöglichen konnte. Er erklärte, dass Satoshi tot sei. Dass er vor fast zwei Jahren getötet wurde, kurz nachdem Gorji ihn getroffen hatte. Sein Kontakt in Abu Musa hatte mitbekommen, dass Jinshan an seiner Stelle jemand anderen geschickt hatte. Dieser Mann, den

Sie und Elliot bei seiner Arbeit unterstützt haben, nun er – er
arbeitet eigentlich für *Jinshan*."

„Das wissen wir bereits, Waleed", antwortete Chase.

Waleeds riss die Augen weit auf. „Wie bitte?"

Chase blieb auf einem Treppenabsatz stehen und erzählte
ihm, was Elliot über Satoshi gesagt hatte.

„Sie wussten es die ganze Zeit?", fragte Waleed ungläubig.

„Vom ersten Tag an."

„Nun, Gorjis Versuch, Informationen aus Abu Musa heraus-
zubringen, hat zu etwas anderem geführt; er schrieb, Jinshan sei
verärgert. Anscheinend hat er das Gefühl, dass die Operation in
Abu Musa erfolglos war. Gorji warnte vor einer gewalttätigen
Reaktion, ging aber nicht näher darauf ein", führte Waleed fort.

„Denken Sie, dass er das hier gemeint hat? Den Angriff, der
gerade stattfindet? Glauben Sie, Jinshan hat etwas damit zu
tun?"

„Das weiß ich wirklich nicht", antwortete Waleed.

Chase sagte leise: „Ich habe gerade Lisa Parker getroffen. Sie
arbeitet für Jinshan. Sie und Pakvar sind beide hier im Hotel."

„Was?"

Sie öffneten die Tür zu dem Stockwerk, auf dem sich Elliot,
David, Henry und die Zimmer der anderen befanden. Chase
musste mit Elliot sprechen. Er würde wissen, was nun zu
tun war.

„Aber warum sollten sie hier im Hotel sein?", fragte Waleed.

Chase hatte auf dem Weg zum Hotelzimmer darüber nach-
gedacht. Was er sah, bestätigte seine schlimmsten Befürchtun-
gen. Als sie dort ankamen, stand die Tür offen. Chases Puls
raste. Er zog seine Waffe und rannte hinein.

Die drei Sicherheitsleute und Elliot lagen tot auf dem
Boden. Alle wiesen mehrere Schusswunden auf. Chase zielte
mit seiner Waffe in jede Ecke und sicherte alle Zimmer der
Hotelsuite. Waleed folgte ihm, ebenfalls mit gezückter Waffe.

„Es ist niemand hier", sagte Chase schließlich. Panik stieg in ihm auf, als ihm klar wurde, warum Lena gekommen sein musste. Sie war gekommen, um seinen Bruder zurückzuholen. Das durfte Chase nicht zulassen.

Einen Moment später stand Chase in der Tür und schaute den Korridor rauf und runter, seine Waffe auf den Boden gerichtet.

Waleed war am Telefon und forderte einen Krankenwagen und zusätzliche Sicherheitskräfte an.

Der Fernseher lief. Sky News. Es gab Videos, die aus verschiedenen Blickwinkeln zeigten, dass die *USS Harry S. Truman* in Flammen stand. Ein Video sah aus, als wäre es mit einem Handy gefilmt worden. Das Filmmaterial wurde vom Strand in Dubai aus aufgenommen und zeigte, wie eine Rakete am Himmel entlang auf den Flugzeugträger zusteuerte, bevor die Explosionen begannen. Unfassbar. Die Nachrichten zeigten immer wieder Standbilder der Rakete. Nur ein Haufen weißliche Pixel, die von rechts nach links verliefen. Dann, ein paar Sekunden später, der schwarze aufsteigende Rauch. *Eine Menge Kerosin auf dem Träger*, dachte Chase. Er betete für die Menschen an Bord, während er im Zimmer auf und ab lief. „Wohin könnten sie gegangen sein?", fragte er Waleed.

Waleed versuchte, beruhigend zu klingen. „Es gibt nur einen Weg hier heraus. Und ich habe meine Männer bereits darauf angesetzt. Hinter einer Betonabsperrung stehen über ein Dutzend Polizisten. Wenn sie hier ist, wird sie auf keinen Fall entkommen können."

Chase dachte darüber nach und schüttelte den Kopf. Diesen Fluchtweg hätte er sicher nicht gewählt. Er wettete, dass Lena genauso dachte. „Nein. Damit würde sie rechnen." Er sah auf. „Wir müssen zum Hubschrauberlandeplatz."

18

Chase sprintete die Feuertreppe hoch und ließ Waleed hinter sich. Er hatte vierzehn Schuss, aber er wusste nicht, wie viele Leute Lena mitgebracht hatte. Sie war tödlich, das wusste er. Und Pakvar ebenfalls. Er musste sie als Gegner respektieren und besonnen vorgehen. Chase konnte es sich nicht leisten, überstürzt zu handeln und am Ende getroffen zu werden. Er musste seinen Bruder retten.

Chase versuchte, alle Gefühle, die er je für Lena gehabt hatte, zu verdrängen. Sie hatte seinen Bruder in Gefahr gebracht. Das rechtfertigte tödliche Gewalt. Aber als er die Stufen hinauf hastete und die Waffe nach vorne richtete, sah er immer wieder ihr Bild in seinem Kopf. Chase war hin- und hergerissen zwischen der Angst um die Sicherheit seines Bruders und der Enttäuschung über Lenas Verrat.

Als er im achtundzwanzigsten Stock ankam, öffnete er die graue Feuertür und betrat eine Art Palast. Es war der Warteraum neben dem Hubschrauberlandeplatz des Hotels. Mit seiner ultrahohen Gewölbedecke und Weitläufigkeit erinnerte er an eine Kirche oder einen Tempel. Extravagante Teppiche, tropische Pflanzen und exquisite Buntglasfenster schmückten den Raum. Darüber hinaus gab es dick gepolsterte Sofas und einen Tresen aus Granit.

Eine Reihe brennender Kerzen säumte die Bar, hinter der niemand zu sehen war. Nur Unmengen von Spirituosen und Weinflaschen, die zur Hälfte von einem weißen Stoffvorhang verdeckt waren.

Chase öffnete die Tür neben dem Barbereich und trat bedächtig auf die heiße, weiße Oberfläche des Hoteldaches hinaus. So hoch oben blies der Wind sehr stark. Die heiße Luft peitschte ihm geradezu ins Gesicht. Dreißig Meter über seinem Kopf trafen die beiden weißen Stahlbögen, die den Rahmen des Hotels bildeten, auf eine andere vertikale weiße Struktur. Zusammen bildeten sie die Form eines Segels. Ungefähr dreißig Meter vor Chase und zehn Meter erhöht lag der kreisförmige weiße Hubschrauberlandeplatz. Er ragte wie ein Balkon über den tief unten liegenden Ozean.

Von seinem Standpunkt aus konnte Chase nicht erkennen, was sich auf dem Landeplatz befand. Er musste den langen, mit rotem Teppich ausgelegten Steg überqueren, um dorthin zu gelangen. Er begann zu laufen. Niemand war in Sicht. Alles war ruhig.

Er fing an, an seiner Theorie zu zweifeln, dass Lena David und Henry hierher gebracht hatte. Vielleicht hatten sie das Hotel doch auf einem anderen Weg verlassen?

Das plötzliche Geräusch von Schüssen sagte ihm etwas anderes.

David und Henry saßen nebeneinander am Rand des Hubschrauberlandeplatzes. Lena und der riesige, arabisch

aussehende Typ befanden sich in Bauchlage nahe dem Aufgang
zum Landeplatz. Pakvar hieß er wohl. David hatte gehört, wie
sie ihn so genannt hatte. Jedenfalls schoss dieser Pakvar wild
mit einer kleinen rechteckigen Maschinenpistole auf etwas, das
sich weiter unten befand. David hoffte inständig, dass es nicht
Chase war.

Angesichts der lauten Schüsse aus nächster Nähe verzog er
das Gesicht und betete, dass sein Bruder in Deckung gehen
würde, wenn er denn tatsächlich dort unten war. Er machte sich
Sorgen um Chase, aber da war auch noch etwas anderes. Eine
seltsame Entschlossenheit. Eben war seine persönliche
Geheimwaffe aufgetaucht: Chase war ein ausgebildeter US
Navy SEAL. Er war der härteste Bastard, den David jemals
getroffen hatte. Lena und dieser große Araber waren bewaffnet,
und er wusste, dass sie gefährlich waren. Aber er genoss den
Gedanken, dass diese beiden, egal wie gut sie auch sein mochten, sich jetzt auf etwas gefasst machen mussten.

Henry beugte sich zu David hinüber und versuchte zu sprechen. Er sah erschüttert aus.

Sie hatten beide nicht gesehen, wie Elliot und die anderen
im Hotelzimmer getötet worden waren. Als Pakvar das Feuer
eröffnete, hatte Lena sie bereits gefesselt aus der Suite bugsiert.
Aber sie hatten die Schüsse gehört und waren beide verstört.

Wenn Henry verzweifelt war, neigte er dazu, Witze zu
machen.

„Hey, David. Ich muss schon sagen, ich freue mich wirklich,
all diese großartigen Orte mit dir besuchen zu können. Ich
wollte schon immer mal nach Australien. War das nicht toll?
Und jetzt dieses Hotel in Dubai. Umwerfend. Aber könntest du
wohl damit aufhören, uns immer wieder entführen zu lassen?"
Er zuckte unwillkürlich zusammen, als ein weiterer Schuss fiel.

„Es wird alles gut. Halte durch. Mein Bruder ist da unten. Er
weiß schon, was er tut."

Trotz ihrer gefesselten Hände konnten sie beide aufstehen. Aber alle paar Sekunden sah sich Lena wieder nach ihnen um, um sicherzugehen, dass sie noch da waren. David versuchte, sich zu erklären, warum sie wohl zurückgekommen war, um sie zu holen. Oder, um präziser zu sein, warum sie ihr Leben bisher verschont hatte. Auf dem Weg die Treppe hinauf hatte sie deutlich gemacht, dass sie diesbezüglich keiner Order unterlag. Sie hatte verkündet, dass sie nicht zögern würde, sie hinzurichten, falls sie einen Fluchtversuch unternähmen. David war sich da nicht so sicher. Offenbar wollte sie etwas von ihnen.

Dieser asiatische Typ saß neben ihnen, unbewaffnet und ohne Fesseln.

„Was haben Sie mit der ganzen Sache zu tun?", fragte David ihn.

Er bekam keine Antwort.

„Nicht gerade gesprächig, was?", kommentierte Henry.

David sah, wie Lena in geduckter Haltung mehrere Schüsse abfeuerte. Weiter unten schlugen ihre Kugeln in die Stein- und Betonwände ein. Kurz nachdem Lena geschossen hatte, rannte Pakvar die Treppe des Hubschrauberlandeplatzes hinunter und außer Sichtweite.

Da kommt er. Komm schon, Chase.

Chase war noch nicht in viele Schusswechsel dieser Art verwickelt gewesen. Normalerweise war er besser ausgerüstet und hatte ein Team dabei, mit dem er zusammenarbeitete. Jetzt hatte er lediglich eine Handfeuerwaffe. Ein multinationales Team von Spionen und Mitgliedern von Spezialeinheiten rückte auf seine Position vor und setzte Unterstützungsfeuer ein, um ihn festzunageln. Mit einer davon hatte er noch vor ein paar Wochen geschlafen. Das war definitiv eine Premiere.

Die Tür zum Treppenhaus öffnete sich, und er sah Waleed hinauskommen.

„Waleed, auf den Boden!", schrie er. Dann rollte er sich um die Ecke der Wand, die er als Deckung benutzt hatte, und gab zwei Schüsse in Richtung Treppe ab.

Es war reiner Instinkt gewesen. Im Bruchteil einer Sekunde, in dem er den langen Steg hinuntergesehen hatte, der zur Hubschrauberplattform führte, hatte er ein Ziel entdeckt, ihn als Feind identifiziert und auf seine Körpermitte gezielt. Aus dieser Entfernung machte es Sinn, dorthin zu zielen. Jede Veränderung seiner Atmung, seines Griffs, des Windes oder jede Bewegung seines Ziels würden seine Schüsse abfälschen. Aber Chase war ein verdammt guter Schütze. Pakvar wurde von zwei Kugeln in die Brust getroffen und fiel die Treppe hinunter. Seine kleine halbautomatische Waffe folgte ihm klappernd.

Chase lächelte. Nicht weil er jemanden erschossen hatte, sondern weil er Lena praktisch fluchen hören konnte.

„Chase?" Waleed hockte hinter einer Wand, die als Eingang zu dem langen Steg diente.

„Bleiben Sie unten. Lena ist da oben. Können Sie uns Hilfe besorgen?"

„Ja. Halten Sie durch."

Chase ging wieder in Deckung. Dreißig Meter entfernt lag Pakvars Leiche ausgestreckt auf dem Boden. Und die Treppe hinauf beobachtete Lena aus ihrem Versteck jede seiner Bewegungen.

In der Ferne war das gleichmäßige Geräusch von Rotorblättern zu hören. Es kam langsam näher. *Scheiße!*

Darauf hatte Chase gewartet. Jetzt war er zum Handeln gezwungen. Wenn er den langen, offenen Steg zum Hubschrauberlandeplatz überqueren musste, hätte Lena ein freies Schussfeld. Aber wenn er das nicht tat, würde sie seinen Bruder wieder mitnehmen. Seit Chase auf dem Dach des Hotels angekommen war, hatte er Lena noch nicht zu Gesicht bekommen. Sie war klug genug, in Deckung zu bleiben. Was nicht gut für ihn war.

Er hätte gern gewusst, ob sie ihr Versprechen, ihn am Leben zu lassen, noch einhalten würde, wenn er jetzt aufstünde. Aber das war ein zu großes Risiko. Die letzten Minuten hatten ihr Verhältnis unweigerlich verändert ...

„Lena!", rief er.

Keine Antwort.

„Lena, ich muss mit dir reden." Er wusste nicht, was zum Teufel er sagen sollte, aber er war verzweifelt.

Eine Kugel schlug neben ihm in die Wand ein. Offensichtlich war sie nicht daran interessiert, ihre Beziehung wieder ins Lot zu bringen.

Chase warf einen Blick über die Schulter und versuchte, in Deckung zu bleiben. Jetzt kam der Hubschrauber in sein Sichtfeld. Etwa noch eineinhalb Kilometer entfernt. Er sah aus wie ein Huey. Mit blauem Tarnmuster. Wahrscheinlich iranisch. Konnten Waleed und er das Ding mit ihren Handfeuerwaffen runterholen? Wahrscheinlich nicht. Dazu würden sie mehr als ein paar 9-mm-Patronen benötigen. Etwas Explosiveres.

Er verließ seine Deckung und rannte zurück ins Hotel.

Lena beobachtete, wie Pakvar tot auf die Treppe stürzte. Sie hatte ihn nicht besonders gemocht, und es war ihr egal, dass er tot war.

Vor einer Stunde hatte sie Pakvar während des Fluges ins Hotel im Heck eines iranischen Hubschraubers beobachtet. Er hatte sie die ganze Zeit über angestarrt. Lena nahm an, dass Pakvar wusste, dass sie es gewesen war, die in der Dubai Mall einem seiner Männer in den Kopf geschossen hatte. Aber sie hatte keine Wahl gehabt. Pakvar hatte seine Befugnisse überschritten, als er versucht hatte, Chase und Waleed aus dem Hinterhalt zu überfallen. Seine Aufgabe hatte lediglich darin bestanden, sie während ihres Treffens mit Gorji im Auge zu behalten. Sie war sich ziemlich sicher, dass er nicht auf sie gehört hatte, weil sie eine Frau war. Das war für sie in diesem Teil der Welt ein häufiges Problem. Aber sie hatte nicht zulassen können, dass Pakvars kurzsichtiger Angriff auf Chase ihren Plan, ‚Satoshi' an die Amerikaner auszuliefern, durchkreuzte. Es mochte ein gewagter Schachzug gewesen sein, aber er stellte ihre einzige verbliebene Möglichkeit dar, ihr Programm hochzuladen, das den Bitcoin-Wert manipulieren würde.

Wie üblich war nichts nach Plan verlaufen. Die Bitcoingestützte Währung mochte vielleicht eingeführt werden, aber sie konnte nicht, wie von Jinshan beabsichtigt, von China manipuliert werden. Der Schaden der ARES-Cyberangriffe lag bei lediglich etwa fünfzig Prozent dessen, was sie erwartet hatten. David und Henry, die als Experten für ARES beziehungsweise die US-Kommunikationsnetze galten, wurden in der Red Cell-Einheit gebraucht. Ob sie mitmachten oder nicht – Lena und ihre Schergen würden alle verbliebenden relevanten Informationen aus ihnen herausholen, die die Wirksamkeit der Cyberattacken steigern könnten.

Aber zuerst musste Lena sie von diesem verdammten Hotel wegbringen. Pakvars Tod nahm ihr den taktischen Vorteil. Sie behielt zwar immer noch die Oberhand, aber jetzt stand es zwei Waffen gegen eine.

Sie sah zurück zu David, Henry und dem Mann, den alle Satoshi nannten, und schenkte ihnen ein spöttisches Lächeln. Dann winkte sie ‚Satoshi' zu sich. An seinen echten Namen konnte sie sich nicht erinnern. Er war einer von Jinshans erfahrenen Hackern. Jemand, der eng mit dem echten Satoshi zusammengearbeitet hatte, bis sie diesen vor einigen Jahren loswerden mussten. Der Mann war eine Enttäuschung. Die Amerikaner hatten seine wahren Absichten durchschaut und versucht, ihn zu benutzen, um mehr Informationen über Jinshan zu erhalten. Trotzdem würde er vermutlich noch eine Waffe abfeuern können. Allerdings hatte sie nur eine. Hätte sie gewusst, dass Pakvar keine zusätzliche Waffe für Jinshans Mann mitbringen würde, hätte sie das selbst getan. Ihre einzige Waffe würde sie ihm sicher nicht geben.

„Der Helikopter wird in etwa einer Minute hier sein. Wenn er ankommt, müssen Sie diese Männer an Bord bringen. Ich gebe Ihnen Feuerschutz. Verstanden?"

„Ja, Lena."

Lena hörte, wie Chase von unten erneut ihren Namen rief und lächelte. Sie würde ihn vermissen. Eigentlich hatte sie gehofft, dass die Entführung seines Bruders ihre Beziehung nicht irreparabel schädigen würde. Also beschloss sie, ihn wissen zu lassen, dass sie immer noch an ihm interessiert war. Sie zielte auf eine Stelle in der Nähe der Mauer, hinter der er sich verbarg, und feuerte.

Der Hubschrauber kam immer näher. Jetzt würde es nicht mehr lange dauern. Bald würde sie auf Abu Musa, und dann in einem von Jinshans Privatjets sein. In zwölf Stunden wären sie alle wieder zurück auf der Red Cell-Insel. Sie würde persönlich die benötigten Informationen über ARES und die Kommunikationsnetze extrahieren, um den Cyberangriff zu optimieren. Danach könnte sie sich endlich dieser beiden Amerikaner entledigen, die ihr so viel Kummer bereitet hatten.

Lena warf einen weiteren Blick auf David und Henry, die gehorsam dahockten und sauer aussahen. Als sie sich wieder dem Steg zuwandte, sah sie Chase zurück ins Hotel sprinten. Wo zum Teufel wollte er hin?

Sie überlegte, ob sie die Stufen hinunterrennen und sich Pakvars Waffe schnappen sollte, aber sie wusste nicht, wie gut dieser VAE-Geheimdienstmann mit einer Waffe umgehen konnte. Sie beschloss, lieber nichts zu riskieren. Der Helikopter war sowieso beinahe da.

Chase hoffte, dass er seinen Bruder und Henry nicht versehentlich abfackeln würde. Im Gebäude angekommen, legte er seine Waffe auf die Bar und sprang darüber. Seine Hand flog schnell über die Flaschen, bis er etwas fand, was für seine Bedürfnisse geeignet war. Er suchte nach hochprozentigem Alkohol und Flaschen mit langen Hälsen. Vier davon stellte er auf die Bar und öffnete sie. Dann zerriss er den weißen Vorhang in Längsbahnen und stopfte etwa zwanzig Zentimeter lange Streifen in jede der vier Flaschen. Jeder dieser Stofffetzen saugte sich sofort mit Alkohol voll.

Vorsichtig kletterte er wieder über den Tresen und achtete darauf, keine der provisorischen Bomben umzuwerfen. Dann nahm er die erste Flasche und ging zu einer der brennenden Kerzen in der Nähe des Eingangs. Eine blaue Stichflamme stieg empor und dann begann das Tuch, mit gleichmäßig gelber Flamme zu brennen.

Chase stieß die Tür mit der Schulter auf, sprang nach draußen und warf den Molotowcocktail – es war ein einziger Bewegungsablauf. Wie ein sehr langer Vorwärtspass beim Football, mit der Ausnahme, dass sich die Flasche nicht spiralförmig bewegte, sondern sich mehrmals überschlug und bogenförmig in Richtung der erhöhten Hubschrauberlandeplattform flog.

Chase rief Waleed zu: „*Schießen Sie ein paar Mal auf die nächste Flasche.*"

Waleed saß auf dem Boden, hielt seine Pistole mit beiden Händen umklammert und sah aus wie ein verängstigtes Reh, das sich gerade im Scheinwerferlicht eines Lastwagens wiederfand. „In Ordnung", stammelte er.

Chase hörte in der Ferne den Knall eines Schusses, und in die Wand neben ihm schlug eine weitere Kugel ein und schleuderte weißen Staub in die Luft. Er hechtete zurück ins Gebäude und zündete einen weiteren Brandsatz an.

Dann öffnete er erneut die Tür und sah, dass seine erste Bombe direkt vor der Treppe gelandet und in Flammen aufgegangen war. Das sollte Lenas Sicht beeinträchtigen. Diesmal zielte er etwas weiter. Wieder wartete er nicht, um zu sehen, wo der Wurf landete. Er ging sofort wieder hinein und zündete die nächste Flasche an. Nachdem er alle vier geworfen hatte, wurde er mit vier Feuern auf und in der Nähe des Landeplatzes belohnt.

Rauch vom Feuer der ersten Flasche beeinträchtigte die Sicht auf dem Steg. Chase konnte die Treppe nicht mehr sehen. Der Helikopter kam immer näher. Zeit, sich zu bewegen. Er tippte Waleed im Vorbeilaufen an. „Kommen Sie schon."

Chase rannte mit seiner Sig Sauer in der rechten Hand los. Nach etwa zehn Sekunden war er an der Treppe. Das Klopfgeräusch der Rotoren war jetzt so laut, dass er das Echo seiner Schritte auf dem Boden nicht mehr hören konnte.

Der Hubschrauber versuchte, trotz des Flammenmeeres zu landen. Eigentlich hatte Chase gehofft, dass er aufgrund dessen einfach abdrehen würde. Er war jetzt nahe genug, um die beiden Piloten erkennen zu können. Getönte Visiere verdeckten ihre Gesichter. Eine langläufige automatische Waffe war an der Seite des Huey befestigt. Noch hatte der Türschütze nicht den richtigen Winkel, um Chase in seinem Schussfeld zu erkennen. Aber bald würde es soweit sein.

Chase drosselte sein Tempo, als er sich der Plattformtreppe näherte, auf der Lena zuletzt gelegen hatte. Fünf Meter vom Landeplatz entfernt sah er sie.

Sie stand in Flammen.

David und Henry waren in eines der Netze gesprungen, die den großen kreisförmigen Landeplatz umgaben. David hatte gesehen, wie die ersten beiden Molotowcocktails auf der Treppe und in der Mitte der Plattform explodiert waren. Hätten sie sich nicht bewegt, wäre der nächste direkt auf ihnen gelandet, also hatte David schnell gehandelt.

Er hatte Henry in Richtung des Netzes geschubst und gehofft, dass es ihr Gewicht aushalten würde. Gott sei Dank hatte es das auch. Jetzt saßen sie fest, die Hände immer noch gefesselt, und blickten durch das Sicherheitsnetz auf die Felsen und den Ozean fünfundzwanzig Stockwerke tiefer. David hatte gerade noch rechtzeitig zu Lena und dem Asiaten aufgeblickt, um zu sehen, wie der letzte der Brandsätze ins Schwarze traf. Er explodierte direkt neben Lena, wobei sich der brennende Alkohol über ihr schwarzes Kleid ergoss.

David sah ungläubig zu, wie der asiatische Mann sie auf dem Deck herumrollte und versuchte, die Flammen zu ersticken. Jetzt trafen sie auch noch die enormen Luftverwirbelungen die Rotorblätter. David hob seinen Kopf und sah, wie sich der Huey mit seinem blauen Tarnmuster nach links neigte. Der Bordschütze begann, Leuchtspurgeschosse in Richtung des Eingangsbereichs abzufeuern, aus dem Chase zuvor die Flaschen geworfen hatte. Dann hörten die Leuchtspurgeschosse plötzlich auf, und David sah den Türschützen aus dem

Hubschrauber auf den brennenden Landeplatz fallen. Chase musste ihn erwischt haben. Er musste ganz in der Nähe sein.

Durch die heftigen Luftwirbel der Rotoren gingen die Flammen auf dem Landeplatz aus. Der Huey setzte hart auf seinen Kufen auf. Der asiatische Kerl hievte Lenas schlaffen Körper in den Helikopter und war gerade dabei, den Bordschützen einzusammeln, als Chase die Treppe des Hubschrauberlandeplatzes hinaufkam.

Chase flog die Treppenstufen förmlich hinauf. Er versuchte sich zu erinnern, wie viele Patronen er noch hatte, aber in dem Durcheinander hatte er den Überblick verloren. Er dachte daran, auf die Piloten zu schießen, wollte aber nicht riskieren, dass ein abstürzender, sich drehender Hubschrauber alle tötete, einschließlich seines Bruders und Henry.

Er schaute durch das Visier seiner Waffe und zielte auf die hintere Fahrgastzelle des Hubschraubers. Satoshi hatte gerade die verletzte Lena hineinverfrachtet. Die Piloten drehten hektisch ihre Köpfe hin und her und sahen aus, als wollten sie wieder abheben.

Chase hatte die Wahl. Er konnte Satoshi, Lena oder sogar beide ausschalten. Er feuerte einmal, und Satoshi fiel zu Boden. Lena setzte sich auf. Ihr Arm sowie eine Seite ihres Halses und ihres Gesichts waren schwarz und rot verbrannt.

Sie sah ihn direkt an, als er seine Waffe auf sie richtete. Chase biss die Zähne zusammen und wusste, was er zu tun hatte – aber er wollte es nicht tun. *Ich sollte sie töten*, dachte er. Sie hatte sein Land verraten und angegriffen. Sie hatte seinen Bruder gefangen genommen und ihn belogen. Seine Armmuskeln spannten sich an.

Er schoss. Und schoss daneben.

David sah Chase einmal schießen und Satoshi schlaff zu Boden fallen. Zur gleichen Zeit stieg der Huey in die Luft und Chase kauerte sich hin, als der Rotorabwind drohte, ihn die Stufen herunterzuwehen.

Dann stieg Chase die Treppen hinauf und feuerte erneut.

Die Nase des Hubschraubers tauchte nach unten links ab, und er beschleunigte in Richtung Meer.

„David!"

„Hier drüben", rief David seinem Bruder zu.

„Seid ihr Jungs okay?"

Henrys Gesicht war gegen das Netz gepresst und blickte auf das Hunderte Meter unter ihm liegende Wasser hinunter. Er war aufgrund seiner ungünstigen Position völlig bewegungsunfähig, antwortete aber: „Oh, klar. Uns geht es großartig. Hey, was die unglaubliche Aussicht von diesem Hotel aus angeht, haben sie nicht zu viel versprochen. Wäre es dir wohl möglich, uns hier rauszuholen?"

Chase umklammerte den Arm seines Bruders und zog ihn hoch und zurück auf den Hubschrauberlandeplatz, dann tat er dasselbe mit Henry. Er sah zu Waleed auf, als dieser sich näherte.

„Sehr gute Arbeit, mein Freund", sagte Waleed.

Chase betrachtete David prüfend. „Bist du sicher, dass es dir gut geht?"

„Ja, alles in Ordnung. Danke, Chase."

„Was ist mit Lisa Parker?", fragte Waleed.

„Er meint Lena."

„Ich habe gesehen, wie sie in den Helikopter gebracht wurde", antwortete David. „Sie sah nicht gut aus. Sie hatte Verbrennungen am ganzen Körper. Wenn sie noch lebt, wird sie sich bestimmt nicht sonderlich gut fühlen."

VAE-Polizeibeamte und Rettungskräfte kamen durch den Eingang.

Chase drehte sich zu Waleed um. „Hey, Waleed, glauben Sie, Sie könnten einen weiteren Jet für uns arrangieren?"

„Natürlich. Wo soll es hingehen?"

Chase sah David an. „Nach Hause."

19

Langley, Virginia

Chase saß mit seinem Bruder in einem Eckbüro des CIA-Hauptquartiers. Ein kahlköpfiger Mann Ende fünfzig trat ein und schloss die Tür hinter sich. Er setzte sich hinter seinen Schreibtisch aus Kirschholz und betrachtete die Gebrüder Manning. Auf einem goldenen Namensschild auf seinem Tisch stand: Stellvertretender Direktor, Geheimoperationen.

„Meine Herren, ich danke Ihnen für Ihr Kommen. Es ist mir bewusst, dass Sie in den letzten Wochen einige Nachbesprechungen hatten, und das wird wahrscheinlich noch eine Weile so weitergehen."

„Das verstehen wir", antwortete David.

„Elliot Jackson war ein guter Freund von mir. Er war ein verdammt guter Mann und einer der besten Agenten, die ich kannte."

Keiner der Brüder antwortete.

„Sie fragen sich wahrscheinlich, warum Sie hier sind. Oder vielleicht haben Sie inzwischen mit so vielen Leuten gesprochen, dass es Ihnen eigentlich egal ist. Chase, Elliot hat mir von Ihnen erzählt, als er mir über die Abu Musa-Operation Bericht erstattet hat. Sie sollten wissen, dass er sehr viel von Ihnen und Ihrer Arbeit für ihn gehalten hat."

„Das ist schön zu hören, Sir. Vielen Dank."

„Und wenn Elliot eine so gute Meinung von Ihnen hatte und Ihnen vertraut hat, dann reicht mir das. Ich denke, diese Nation schuldet Ihnen beiden etwas. Ich bin der Meinung, sie schuldet Ihnen Dankbarkeit und Lob. Aber stattdessen werden Sie von einem Haufen Politiker infrage gestellt. Ich verabscheue diesen Washingtoner Unsinn. Aber ich würde nicht auf diesem Platz sitzen, wenn ich nicht gelernt hätte, das Spiel zu spielen."

Chase drehte sich kurz zu seinem Bruder und dann zurück zum stellvertretenden Direktor. Jetzt verstand er, warum sie hier waren. Dieser Mann würde ihnen das größte Geschenk machen, das man in der CIA machen konnte: Informationen.

„Seit dem Kommunikationsblackout ist es schwierig, gute Informationen zu erhalten. E-Mails und Sofortnachrichtendienste funktionieren höchstens punktuell. Textnachrichten und Telefonaten können wir seit dem Ausfall unserer Satelliten nicht mehr trauen, da wir gezwungen sind, sie über möglicherweise kompromittierte Netzwerke zu leiten."

Er warf seine Hände in die Luft. „Ehrlich gesagt waren wir verwöhnt. Wir haben uns daran gewöhnt, Informationen auf Knopfdruck zu erhalten. Aber jetzt hat sich der Nebel des Krieges über uns gelegt. Betrachten wir also die Ereignisse der letzten Wochen aus der Perspektive der Entscheidungsträger in D.C. Folgendes haben sie gesehen: Einer unserer US Navy-Zerstörer versenkt im Golf ein iranisches Patrouillenboot, als die beiden Schiffe unerklärlicherweise aufeinander schießen. Man weiß noch nicht sicher, was dort wirklich passiert ist. Dann beteiligen sich eine abtrünnige CIA-Agentin und ein ehemaliger CIA-Agent an der Ermordung eines iranischen Politikers und seiner Frau auf iranischem Boden. Der Iran glaubt, es sei eine US-israelische Operation gewesen. Daraufhin greift der

Iran US-Militäranlagen in der Nähe von Dubai und am Persischen Golf an. Und genau zu dieser Zeit findet dieser Angriff statt, der zum Blackout führt."

David wäre fast von seinem Stuhl gesprungen. „*Aber das ist nicht das, was wirklich passiert ist.* Wir haben es bereits allen erklärt, von den Mitgliedern des Geheimdienstausschusses des Senats über den Stabschef des Weißen Hauses bis hin zum Pentagon: Cheng Jinshan und Lena Chou, und Gott weiß wie viele andere chinesische Militär- und Geheimdiensteinheiten haben diesen Angriff vorgetäuscht. Der Iran wäre zu einer solchen Operation niemals in der Lage. Es war China. Und um Himmels Willen, Henry Glickstein und ich waren Gefangene der Chinesen. Wir wären beinahe umgebracht worden ...'"

Chase packte ihn an der Schulter. „David, es ist in Ordnung. Ich vermute, dass du hier offene Türen einrennst." Er schaute über den Schreibtisch.

Der stellvertretende Direktor für geheime Operationen nickte Chase zu. Dann wandte er sich an David. „Mein Sohn, ich möchte nur, dass Sie versuchen zu verstehen, was die Politiker gesehen haben, damit Sie deren Entscheidungen besser nachvollziehen können. Nicht alle davon werden Ihnen gefallen. Aber ich möchte nicht, dass Sie etwas Selbstzerstörerisches tun, um das zu ändern. Bitte hören Sie mir zu, Ihre Fragen können Sie anschließend stellen. Vertrauen Sie mir, ich bin einer der wenigen Menschen in einer Machtposition innerhalb des Beltway, der alles glaubt, was Sie gesagt haben."

David verschränkte die Arme. „Ich verstehe nur nicht, warum dem so ist. Warum glaubt uns nicht einfach jeder? Wir haben doch Lisa Parker, oder Lena Chou, auf diesem Video im Iran. Verdammt, es werden immer noch Menschen vermisst. Ich habe ihre Namen genannt, und diese vermissten Personen sind doch überprüfbar. Wir sprechen hier über Amerikaner. Sie sind

wahrscheinlich immer noch auf dieser Insel im Südpazifik.
Werden wir sie einfach im Stich lassen? Ich meine –"

Der stellvertretende Direktor hob die Hand. „Betrachten Sie
es einmal aus einer anderen Perspektive. Nehmen wir an, Pearl
Harbor oder der elfte September wären gerade passiert. Jedes
Beweisstück weist auf einen bestimmten Schuldigen hin. Dann
kommen zwei Männer und behaupten, dass alles eine
Verschwörung sei. Dass in Wirklichkeit die Russen hinter den
Anschlägen am elften September stecken und es nur so
aussehen lassen, als wäre es Al-Qaida gewesen. Inzwischen
handeln aber neunundneunzig Prozent der Berichterstattung
von Osama bin Laden. Truppen und Flugzeuge werden nach
Afghanistan entsandt. Die Welt erhält ihre Informationen aus
dem Nachrichtenkreislauf. Und nun spulen wir vorwärts ins
Hier und Jetzt. Der Nachrichtenkreislauf hat uns gesagt, dass
der Iran der Staatsfeind Nummer eins ist. Der Iran ist der
Grund dafür, dass in den letzten drei Wochen niemand auf
Facebook zugreifen kann. Der Iran ist schuld daran, dass der
Aktienmarkt zusammengebrochen ist. Der Iran hat Tausende
von US-Seeleuten mit einem Marschflugkörperangriff getötet.
Und wissen Sie, was? Es gibt gute Beweise dafür, dass er das
wirklich getan hat. Die Befehlshaber unserer Luftabwehr haben
unmittelbar vor den Angriffen Radarsignaturen von iranischen
Bodenraketen aufgefangen. David, es tut mir leid. Aber Sie und
Henry Glickstein sind nur zwei winzige Stimmen in einem
riesigen Chor von Fernsehmedien, der sich im Kriegsberichter-
stattungsmodus befindet. Um ehrlich zu sein, sollten Sie froh
sein, dass die Medien die Idee verworfen haben, dass Sie und
Henry Geheimnisse an den Iran verkauft haben."

„Dafür gab es nie Beweise", sagte David. „Es war nur ein Teil
von Lenas Plan, uns lange genug festzusetzen, um uns dann
wieder zurückzuholen."

„Sir, Ich vermute, Sie haben etwas, das Sie uns mitteilen möchten?", fragte Chase.

Ihr Gegenüber nickte. „Ich dachte, Sie sollten wissen, dass es eine Gruppe von Leuten gibt, die Ihrer Geschichte Glauben schenken. Einige von uns haben in Ihren Berichten genug Wahrheit gesehen, dass wir einige Vorsichtsmaßnahmen treffen möchten. Ja, ich möchte ein paar Dinge mit Ihnen teilen. Können Sie mir beide Ihr Wort geben, dass das Folgende dieses Büro nicht verlassen wird?"

Sie antworteten beide mit Ja.

„Vor einer Woche haben wir ein Aufklärungsflugzeug der Air Force über das Gebiet geschickt, in dem sich Ihre Red Cell-Insel mutmaßlich befindet."

David beugte sich auf seinem Stuhl vor. Dies war die erste positive Aktion, die die US-Regierung zugegeben hatte. „Was hat es vorgefunden?"

„Es hat einen voll ausgestatteten chinesischen Militärstützpunkt entdeckt. Es gab zwei Dutzend Hubschrauber und ein weiteres Dutzend leichter Jagdbomber für die Luftnahunterstützung. Wärmesignaturen deuteten auf über zweitausend Personen auf der kleinen Insel hin. Darüber hinaus glauben unsere Bildexperten der Aufklärung, dass Sie richtig liegen – dieser Berg dient tatsächlich als U-Boot-Bunker."

„Irgendein Zeichen von den anderen Amerikanern?"

„Nein. Aber ohne Personal oder einige sehr kleine Drohnen dort an Land zu bringen, wäre das auch schwer zu erkennen."

„Also – wie geht es nun weiter?"

„Das ist eines der Dinge, die ich Sie wissen lassen wollte, David. Ich weiß, dass Sie sich diesbezüglich sehr engagiert geäußert haben. Und es ist mir zu Ohren gekommen, dass Sie sogar an die Presse gehen wollen, wenn Sie nicht bald Ergebnisse sehen."

David wurde rot. Chase fühlte mit ihm, aber er musste das hören.

„Bitte sehen Sie davon ab", bat ihn der stellvertretende Direktor eindringlich. „Wenn Sie das tun, werden Sie nicht nur sich selbst schaden, sondern auch die Erfolgschancen einer Operation zur Lokalisierung und Rettung der anderen vermissten amerikanischen Staatsbürger beeinträchtigen. Ist das klar?"

David nickte, und Chase war erleichtert.

„Ich darf keine weiteren Informationen zu dieser Operation herausgeben. Und ich hätte Ihnen das gar nicht sagen sollen, aber noch einmal: Ich denke, Sie beide verdienen es, diese Dinge zu erfahren. Es gibt Leute in Washington, die Ihre Warnung bezüglich der vermeintlichen Red Cell-Einheit sehr ernst nehmen. Das geht zurück auf das, woran Chase und Elliot ursprünglich gearbeitet haben: Jinshans Abu Musa-Operation. Unserer Ansicht nach haben wir überzeugende Beweise dafür, dass Jinshan – und vielleicht noch weitere Mitglieder der chinesischen Regierung – an einem Versuch beteiligt war, den US-Dollar zu Fall zu bringen. Das US-Außenministerium hat formell Beschwerde gegen Jinshans Bitcoin-Manipulation eingereicht. China hat dies höflich anerkannt und uns mitgeteilt, dass er dafür gerügt wird. Aber wie Sie beide wissen, ist Jinshan dort ein mächtiger Mann und füllt viele Rollen. Da unser nachrichtendienstliches Kommunikationsnetz gestört ist, fällt es uns schwer, den tatsächlichen Status von Jinshan festzustellen. Aber ich glaube, dass die chinesische Bedrohung real ist. Und das tun auch viele gute Männer beim Militär und bei den Geheimdiensten. Es gibt Menschen, die Ihre Warnungen beherzigen wollen."

„Warum schicken wir dann drei Flugzeugträgerkampfgruppen in den Persischen Golf?", fragte David. „Warum heißt es in den Nachrichten, dass unsere militärische Aufrüstung im

Nahen Osten stärker ist als bei Desert Storm? Es sieht sehr
danach aus, als würden wir uns auf einen totalen Krieg mit dem
Iran vorbereiten. Sie verstehen, was das bedeutet, nicht wahr?
Wir spielen Jinshan direkt in die Karten."

Er nickte. „Ich weiß, wie Sie sich fühlen. Aber die iranische
Bedrohungslage *ist* real. Und die chinesische Bedrohung könnte
auch nur auf den Plänen eines einsamen Wolfes beruhen –
Jinshan."

„Ein einsamer Wolf, der sein Militär einsetzen und Angriffe
auf die Vereinigten Staaten befehlen kann? Das war nicht nur
ein einziger Mann."

„Es gibt noch nicht genug von uns, die glauben, dass
Jinshan wirklich dafür verantwortlich war – oder dass die
Chinesen für diese Angriffe verantwortlich waren –"

„Dann denken diese Leute also, dass der Iran in der Lage ist,
einen solchen Cyberangriff zu starten, aufgrund dessen unser
Internet immer noch lahmgelegt ist? Das kann doch nicht wahr
sein!"

„Ja, ich weiß. Der Kampf gegen die Bürokratie Washingtons
ist jedoch eine heikle Aufgabe. Ich kann sie nicht als einen
Haufen Idioten bezeichnen und mal eben dafür sorgen, dass sie
ihre Meinung ändern. Ich muss ihnen solide Beweise liefern.
Vertrauen Sie mir, David, ich versuche es. Meine Freunde im
Pentagon und im Kongress haben mir versichert, dass
Washington und Peking jetzt regelmäßig Gespräche auf sehr
hoher Ebene führen."

„Über was?"

„Darüber, den Frieden zu bewahren. Der chinesische
Botschafter wurde deswegen ins Weiße Haus einbestellt,
wussten Sie das?"

„Nun, das will ich doch verdammt noch mal hoffen. Die
haben achtzehn Amerikaner als Geiseln. Was haben sie dazu
gesagt?"

Er sah unbehaglich aus.

„Sie haben die Chinesen nicht gefragt, ob die Amerikaner noch auf der Insel gefangen gehalten werden?"

Er schüttelte den Kopf.

„Warum nicht?", fragte Chase.

Der stellvertretende Direktor seufzte. „Weil hinsichtlich dieser Frage keine Einigkeit besteht."

„Unglaublich. Daran liegt es also. Sie glauben mir und Henry einfach nicht. Unfassbar."

„Der Präsident und der Außenminister möchten nicht, dass wir dieses Thema ansprechen, solange keine konkreten Beweise vorliegen. Sie schätzen die Warnung vor möglichen chinesischen Kriegsplänen, sind aber der Auffassung, dass die Chinesen verrückt sein müssten, die USA anzugreifen, wo wir doch bereits davon wissen. Und da keine chinesischen Militärtransporte über den Pazifik stürmen, scheinen Sie Ihre Mission trotzdem erfüllt zu haben. Hören Sie, David, ich wollte mit Ihnen beiden sprechen, um Ihnen zu versichern, dass ich Ihnen glaube. Wir arbeiten daran, zu belegen, dass diese Männer und Frauen aus der Red Cell-Einheit auf dieser Insel sind oder waren. Und sobald wir diesen Beweis erhalten, werden wir uns für ihre Befreiung einsetzen. Aber verstehen Sie bitte, dass ich der Führung in Washington in der Hinsicht zustimme, dass China seine Angriffspläne aufgegeben hat. Sie haben uns die Warnung und die Informationen rechtzeitig überbracht. Sie haben uns *gerettet*, David."

20

Chase nippte an seiner Flasche Sam Adams Lagerbier. Er trug einen Wollpullover und Jeans und saß bequem in einem Korbstuhl auf der Terrasse seines Bruders. David saß auf dem Stuhl neben ihm und gab seiner kleinen Tochter ein Fläschchen. Die beiden Männer sahen zu, wie Davids dreijährige Tochter mit ihrem Jack Russell Terrier im Hinterhof Fangen spielte. Lindsay, Davids Frau, kochte in der Küche Spaghetti für das Abendessen. Ab und zu schaute sie durch das Fenster zu ihnen und lächelte David an.

Lindsay machte sich immer noch Sorgen darüber, dass jemand hinter ihnen her sein könnte. Chase hielt das für eher unwahrscheinlich. Nicht zu diesem Zeitpunkt. David hatte bereits alles ausgeplaudert, was er über Lena und die Red Cell-Einheit wusste. Chase hatte dasselbe getan. Sie stellten keine Bedrohung mehr für Jinshans Plan dar. Außerdem saßen zwei bewaffnete FBI-Agenten in einem unauffälligen Auto vor der Tür und hielten Wache.

Chase nahm einen weiteren Schluck Bier. Es war fast Dezember, und die Luft war entsprechend kalt. „Hast du etwas von Dad gehört?", fragte er seinen Bruder.

„Nein", antwortete David. „Denkst du, dass wir bald etwas von ihm hören?"

„Wahrscheinlich nicht viel. Mit der *Ford*-Kampfgruppe wird er verdammt beschäftigt sein. So ist es einfach. Er wird sich wohl erst wieder melden, wenn er zurück im Hafen ist."

„Ich mache mir nur Sorgen darüber, wohin sie ihn schicken werden."

„Er kommt schon zurecht. Die *Ford* führt nur Manöver vor der Küste von Norfolk aus. Er wird nicht im Pazifik eingesetzt ..."

David nickte und schwieg. Sie waren beide froh darüber, dass ihr alter Herr nicht im Pazifik war.

Die Vereinigten Staaten hatten sich verändert, seit sie nach Hause gekommen waren. Es erinnerte Chase daran, wie es in den Monaten nach dem 11. September gewesen war. Die Menschen waren netter, aber auch ängstlicher. Es war zu spüren, dass sich etwas Großes am Horizont abzeichnete. Man spürte, dass sich die Welt verändert hatte und sich immer noch weiter veränderte.

Der Blackout, wie er genannt wurde, hatte in mehrfacher Hinsicht Chaos verursacht. Das US-Internet war nur noch eine Hülle dessen, was es einmal gewesen war. In den ersten Tagen des Blackouts hatte gar nichts funktioniert. Die Leute bekamen nur Fehlermeldungen auf jeder Webseite, die sie besuchten. Der Flugverkehr wurde eingestellt. Die Verkaufsregale waren beinahe leer gewesen. Der Aktienmarkt stürzte am ersten Tag derart ab, dass der Handel am zweiten Tag eingestellt werden musste. Erst drei Wochen nach dem Angriff besserte sich die Lage langsam wieder – aber der angerichtete Schaden war enorm.

David und Henry hatten jede Regierungsbehörde informiert, die ihnen hinsichtlich der Pläne der Red Cell-Einheit zuhören wollte, und ihnen die Pläne für die gleichzeitigen

Angriffe auf US-amerikanische Kommunikations-, Versor-
gungs- und Verteidigungsnetzwerke erklärt.

Zum Schlimmsten war es jedoch nicht gekommen.
Entweder hatten sich die Pläne geändert, oder sie waren gestört
worden. Eine Cyberwaffe *hatte* die GPS-Netzwerke und Rechen-
zentren lahmgelegt. Das Internet in den USA war stark beschä-
digt worden, aber der Schaden wurde repariert. Die US-
Regierung nahm die Berichte von David und Henry ernst,
reagierte aber nur verhalten. Und nicht jeder glaubte ihrer
Behauptung, dass China die Vereinigten Staaten angreifen
würde. Diese Pille war für viele zu groß, als dass sie sie hätten
schlucken können. Viele Regierungsvertreter dachten wirklich,
dass es der Iran war, der die Anschläge verübt hatte, und dass
der Cyberangriff auf sein Konto ging. David und Henry hatten
dargelegt, dass dies Teil der Pläne gewesen war. Dass es ein
inszenierter Krieg war – ein Trick.

Aber die skeptischen Politiker und Machthaber sträubten
sich gegen diese Enthüllung. Marschflugkörper hatten amerikanische Militäranlagen im Persischen Golf zerstört und dem
Flugzeugträger *Harry S. Truman* beim Andocken in Dubai katastrophale Schaden zugefügt. Die aufgegriffenen Signale iranischer Raketen vor dem Angriff galten als klarer Beweis dafür,
dass der Iran dahinterstand.

Ebenso wie David, hielt Chase den wahren Ablauf für offensichtlich und folgte daher der Meinung seines Bruders. Jeder
Schritt dieses Plans war eine Täuschung gewesen. Unabhängig
davon, ob Jinshan mit der Autorität der chinesischen Regierung
gehandelt hatte oder nicht, war es ihm gelungen, die USA in
eine wirtschaftliche Rezession zu stürzen, und vielleicht noch
Schlimmeres anzurichten. Der Wert des Dollars war eingebro-
chen. Trotz aller Proteste der USA übernahmen immer mehr
Nationen die Bitcoin-gestützte Währung vom Iran und den VAE
als Ersatz für den angeschlagenen Dollar.

Viele amerikanische Politiker zögerten, China unumwunden einer Kriegshandlung zu bezichtigen. Nach den Anschlägen im Persischen Golf wurden sofort amerikanische Militäreinheiten als Verstärkung in den Nahen Osten geschickt. Kurz darauf hatte der Netzausfall die militärische Kommunikation auf den Stand des Zweiten Weltkriegs zurückversetzt. Als David und Henrys Geschichte schlussendlich doch genügend Mitglieder des Nationalen Sicherheitsrates überzeugt hatte, sich vor China in Acht zu nehmen, erkannten diese das Risiko eines unbewachten Pazifikraums. Angesichts der gestörten militärischen Kommunikationsnetze erwies sich die Korrektur dieses Fehlers als ein langwieriger Prozess.

Mehrere Einheiten, die sich noch in der Ausbildung befanden oder zu Wartungszwecken eingesetzt waren, wurden auf den Einsatz vorbereitet. Dazu gehörte auch der neueste amerikanische Flugzeugträger *Ford*, der von Admiral Arthur Louis Manning IV kommandiert wurde. Da die *Ford* technisch noch nicht einsatzbereit war, arbeiteten Horden von Mechanikern und Wartungspersonal rund um die Uhr daran, alles fertigzustellen.

Es war die Entscheidung getroffen worden, China auf diplomatischem Wege zu konfrontieren. China wies offiziell alle Anschuldigungen zurück. Sie weigerten sich, US-Ermittlern Zugang zu Cheng Jinshan zu gewähren. Und sie behaupteten, keinerlei Kenntnis von einer Person mit dem Namen Lena Chou zu haben.

Henry Glickstein öffnete die Schiebetür und betrat die Terrasse mit einem Bier in der Hand. „Hast du irgendwo einen Flaschenöffner?"

„Neben dem Spülbecken", rief Lindsay aus der Küche. Sie hatte Glickstein auf Anhieb gemocht und fand ihn ziemlich lustig.

Das FBI hatte vorgeschlagen, dass sowohl David als auch

Henry für ein paar Wochen an einem sicheren Ort untergebracht werden sollten, bis sie sicher sein konnten, dass niemand
hinter ihnen her war. Aber David hatte darauf bestanden, bei
seiner Familie zu bleiben. Glickstein hingegen wohnte in
diesem sicheren Haus, und kam mit seinem Mietwagen häufig
zum Abendessen vorbei.

Durch die Glasschiebetür warf Chase einen Blick auf den
Fernsehbildschirm. Er konnte nichts hören, aber er sah den
Nachrichtenticker am unteren Bildschirmrand durchlaufen. Es
ging um die Auswirkungen des Netzwerkausfalls. Viele
Menschen konnten seit drei Wochen nicht mehr arbeiten, weil
sie auf das Internet angewiesen waren. Smartphones waren
plötzlich viel weniger smart, sodass die Menschen gezwungen
waren, wieder auf herkömmliche Weise miteinander zu
kommunizieren. Fernsehen und Radio erfreuten sich eines
Rekordpublikums.

Die wirtschaftlichen Auswirkungen des Ganzen
erschreckten Chase ein wenig, aber Davids Geschichten über
die Invasionspläne der Red Cell-Einheit erschreckten ihn noch
mehr. Die Anschläge, die zum Blackout geführt hatten, lagen
bereits einige Wochen zurück. David und Henry hatten bei den
Behörden nachgefragt. Aber abgesehen von dem Cyberangriff
und den angeblichen iranischen Raketenangriffen im Golf gab
es keine weiteren Beweise dafür, dass die Kriegspläne der Red
Cell-Einheit ausgeführt wurden.

Chase hielt seine Flasche hoch, und David und Henry
stießen mit ihm an. „Prost. Auf die Rettung unseres Landes.
Gute Arbeit, ihr beiden ..."

Victoria Manning stand auf dem Flugdeck der USS *Farragut*
und bewunderte den Sonnenuntergang über dem Ostpazifik.

Mehrere Matrosen stiegen mit Schraubenschlüsseln auf den Seahawk-Hubschrauber MH-60R und überprüften den Ölstand und andere Dinge.

„Hey, Ma'am, hätten Sie einen Augenblick Zeit?"

„Klar, Plug. Was gibt es?" Plug war ihr Wartungsoffizier. Ein Endzwanziger aus Michigan, der College-Football, das Fliegen und Bier liebte. Er war sauer darüber, dass ihr Schiff nicht wie jedes andere Schiff der US Navy in den Nahen Osten entsandt wurde.

„Ich habe mich nur gefragt, ob Sie vielleicht irgendwelche Gerüchte gehört haben, wann wir umdrehen und den großen Teich überqueren."

Sie schnaubte. „Wissen Sie vielleicht etwas, das ich nicht weiß?"

„Nein, Ma'am. Es ist nur so, dass alle anderen auf dem Weg dorthin sind. Sogar die *Vicksburg* und die anderen sind abgezogen worden."

„Ach, wirklich? Wann war das?"

„Ich habe gerade eine E-Mail über das verschlüsselte E-Mail-Programm erhalten."

„Das funktioniert wieder?"

„Na ja, sporadisch. Sie haben immer noch so viel mit dem Satellitenausfall zu tun, dass nur etwa fünf Prozent der Kommunikation durchgehen. Der Kommunikationsoffizier arbeitet eine Baustelle nach der anderen ab."

Victoria konnte hören, wie das Wasser den Rumpf umspülte. Ihr Schiff stand still. Die Seeleute führten technische Drills durch.

„Plug, ich werde Ihnen dasselbe sagen, was ich dem Chief vor zwei Stunden gesagt habe. Wir bleiben, wo wir sind. Wir werden die Letzten sein, die irgendwohin fahren. Und das ist eine Tatsache."

„Sie verarschen mich doch. Alle anderen werden zur

Fünften Flotte beordert. Die Jungs sagen, dass sich die Situation mit dem Iran immer weiter aufheizt. Der Chief war im Zweiten Golfkrieg. Er meinte, es wäre alles genau wie damals. Eines Tages hatte der Irak die viertgrößte Armee der Welt. Und einen Tag später hatten sie die zweitgrößte Armee der Welt in ihrem eigenen Land. Falls der Iran noch einen Angriff wagt, wird das Ganze in die Luft fliegen. Und ich möchte –

„Ich weiß, Plug. Sie möchten das nicht verpassen."

Er hatte einen verlegenen Gesichtsausdruck. „Jetzt komme ich mir blöd vor, weil ich das gesagt habe."

„Sie haben es nicht gesagt. Und lassen Sie Ihre Männer nicht hören, was Sie da sagen, um Gottes willen. Beim Militär zu sein, ist wie Sport zu treiben. Wir üben und üben und jeder möchte sehen, wie es ist, an einem echten Wettkampf teilzunehmen."

„Nun, ja, das stimmt schon irgendwie. Schätze ich. Ich meine, wofür zum Teufel tun wir das alles, wenn wir unser Land nicht schützen können, wenn es in Gefahr ist?"

„Ich weiß. Aber, Plug, hören Sie … Falls der Iran und die USA wirklich einen Scheißkrieg anfangen und die Navy entscheidet, uns hier – zweihundert Meilen westlich von Panama – festzuhalten, dann wird jeder auf diesem Schiff darauf brennen, dorthin zu fahren. Niemand möchte das große Spiel verpassen. Aber Sie als Führungskraft müssen mit gutem Beispiel vorangehen. Sie müssen sich weiterhin darauf konzentrieren, dass alle hier ihren Job machen. Wir müssen sicherstellen, dass sich die Menschen hier weiterhin die vorgegebenen Prozesse und Sicherheitsvorschriften einhalten. Denn solange wir hier festsitzen, ist der Iran keine Bedrohung für uns. Aber es gibt immer noch verdammt viele Möglichkeiten, wie Menschen hier draußen verletzt werden könnten. Und wenn die Jungs hier alle nur angepisst sind, dass sie nicht gegen den Iran kämpfen

dürfen, dann vergessen sie vielleicht irgendeinen Bolzen festzu-
ziehen, der den Hauptrotor hält. Und was geschieht dann?"

Plug lächelte. „Der Rotor fällt ab?"

„Nein. Ich merke das während der Checks vor dem Flug,
weil ich eine verdammt gute Pilotin bin. Und dann trete ich
Ihnen in den Arsch und mache einen Ihrer Nachwuchspiloten
zu meinem Wartungsoffizier."

Plug lachte. „Ja, Ma'am."

„Hey. Ich weiß, dass das alles Scheiße ist. Wir werden weiter
Übungen machen, während alle anderen in unserer Staffel an
der Front sind. Aber ich sagen Ihnen was. Ich wurde noch nie
angeschossen, und ich lege auch keinen großen Wert darauf. In
den Krieg zu rennen, um Ruhm zu erlangen und Abenteuer zu
erleben, ist was für unwissende kleine Jungs. Ich werde mein
Land mit meinem Leben verteidigen, wenn ich jemals die
Chance dazu bekomme. Aber ich habe einen gesunden Respekt
vor meinem Beruf. Krieg ist weder ein Spiel noch ein Sport. Wir
werden uns auf die Übungen konzentrieren, um unsere Männer
auf den Ernstfall vorzubereiten, falls es dazu kommt.
Verstanden?"

Er nickte mit ernstem Blick. Allerdings hielt er sein Kinn
nun etwas höher als zuvor. „Jawohl, Ma'am. Ich werde mit dem
Chief sprechen. Er sagte etwas Ähnliches zu mir."

„Nun, er ist der Chief. Er kennt sich mit so was aus."

Plug salutierte halbherzig, ging zum Helikopter und
begann, mit seinen Seeleuten zu scherzen. Er war ein guter
Mann. Victoria hoffte, dass die Moral aller hoch blieb. Es war
wirklich zum Kotzen, das einzige Schiff der US Navy zu sein,
was in diesem Teil der Welt verharrte.

Zwei Meilen westlich, verborgen im leuchtend orangefarbenen Strahlenmeer der untergehenden Sonne, durchbrach ein Periskop die Oberfläche des Ozeans und stieg gerade so hoch, dass seine Digitalkameras die USS *Farragut* sehen konnten. Es war Chinas neuestes atomgetriebenes Jagd-U-Boot. Der Kapitän war recht diszipliniert. Er drehte das Periskop einmal und zeichnete ein 360-Grad-Bild auf, das er später mit mehreren Besatzungsmitgliedern auswerten würde.

Der Erste Offizier trat an ihn heran und reichte ihm eine Kopie der Nachricht mit hoher Priorität, die sie gerade erhalten hatten. Die Übermittlung kam vom Oberkommando der chinesischen Marine. Darin hieß es, dass sich nur wenige Schiffe in der Gegend befanden, darunter nur ein Schiff der US Navy. In wenigen Tagen sollte es eine Übung geben, bei der alle Marineschiffe zusammen positioniert werden würden. Es wäre der perfekte Zeitpunkt, um zuzuschlagen.

BAUERNOPFER IM PAZIFIK:
Die Architekten des Krieges, Band 3

Ein CIA-Agent schließt sich einem Sondereinsatzkommando der Marine an, um eine geheime chinesische Basis im Dschungel Südamerikas zu infiltrieren.

Eine weibliche US Navy-Hubschrauberpilotin muss im Rahmen einer unvorstellbaren Katastrophe das Kommando ihres Zerstörers übernehmen.

Und der Admiral der modernsten Flugzeugträgerkampfgruppe Amerikas muss seine Tochter vor einem Angriff der chinesischen Marine retten.

In *Bauernopfer im Pazifik*, erwarten Sie spannungsgeladene Action, lebendige Charaktere und unvorhersehbare Wendungen.

Mit diesem dritten Band wird die Reihe Die Architekten des Krieges auf fesselnde und zufriedenstellende Weise fortgeführt.

AndrewWattsAuthor.com

EBENFALLS VON ANDREW WATTS

Die Architekten des Krieges Reihe
1. Die Architekten des Kriegs
2. Strategie der Täuschung
3. Bauernopfer im Pazifik
4. Elefantenschach
5. Überwältigende Streitmacht
6. Globaler Angriff

Max Fend Reihe
1. Glidepath
2. The Oshkosh Connection

Firewall

Die Bücher sind für Kindle, als Printausgabe oder Hörbuch erhältlich. Um mehr über die Bücher und Andrew Watts zu erfahren, besuchen Sie bitte:
AndrewWattsAuthor.com

ÜBER DEN AUTOR

Andrew Watts machte 2003 seinen Abschluss an der US Naval Academy und diente bis 2013 als Marineoffizier und Hubschrauberpilot. Während dieser Zeit flog er Einsätze zur Bekämpfung des Drogenhandels im Ostpazifik sowie der Piraterie vor der Küste des Horns von Afrika. Er war Fluglehrer in Pensacola, FL, und war an Bord eines im Nahen Osten stationierten Atomflugzeugträgers mitverantwortlich für die Führung des Schiffs- und Flugbetriebs.

Andrew lebt heute mit seiner Familie in Ohio.

Registrieren Sie sich auf
AndrewWattsAuthor.com/Connect-Deutsch/
um Benachrichtigungen über neue Bücher zu erhalten.

Printed in Germany
by Amazon Distribution
GmbH, Leipzig